월요일의
마법사와

금요일의
살인자

꿈꾸는돌 24 월요일의 마법사와 금요일의 살인자

추정경 장편소설

2020년 7월 24일 초판 1쇄 발행
2024년 1월 15일 초판 3쇄 발행

펴낸이 한철희 | 펴낸곳 돌베개 | 등록 1979년 8월 25일 제406-2003-000018호
주소 (10881) 경기도 파주시 회동길 77-20 (문발동)
전화 (031) 955-5020 | 팩스 (031) 955-5050
홈페이지 www.dolbegae.co.kr | 전자우편 book@dolbegae.co.kr
블로그 blog.naver.com/imdol79 | 트위터 @Dolbegae79 | 페이스북 /dolbegae

주간 송승호 | 편집 권영민·우진영
표지 디자인 민진기 | 본문 디자인 민진기·김하얀·이연경
마케팅 심찬식·고운성·한광재 | 제작·관리 윤국중·이수민·한누리 | 인쇄·제본 상지사 P&B

ISBN 978-89-7199-471-9 (44810)
ISBN 978-89-7199-432-0 (세트)

이 도서의 국립중앙도서관 출판예정도서목록(CIP)은 서지정보유통지원시스템 홈페이지
(http://seoji.nl.go.kr)와 국가자료공동목록시스템(http://www.nl.go.kr/kolisnet)에서
이용하실 수 있습니다. (CIP제어번호: CIP2020020726)

추정경 장편소설

월요일의
마법사와

금요일의
살인자

돌베개

차례

프롤로그

한국의 9등급 정보보호법
위키드백과, 우리 모두의 백과사전

"내신은 1등급, 우유도 1등급, 하지만 정보 등급은 9등급!"
(어떤 고등학교 급훈임)

시작

한국은 20××년 넘쳐 나는 가짜 뉴스와 혐오로 점철된 악플을 막기 위해 댓글 실명제를 도입했다. 하지만 실명제법을 도입했음에도 욕설과 비방을 넘어선 혐오와 차별에 음란·불법 정보들이 넘쳐 남에 따라 정보 사용에 대한 자격 검증이 필요하다는 주장이 제기됐다.

그 즈음 서울에서 개최되는 동아시아 국제마라톤 대회 테러 시도가 알려지며 이 주장이 더 강력히 제기됐다. 반사회주의자로 알려진 테러 용의자가 검거되고 마라톤 대회는 차질 없이 진행되는 듯 보였으나 시민들의 거센 반발에 부딪쳐 결국 전면 취소되었다. 나중에 테러 용의자로 붙잡힌 사람이 주최 측 직원이며 처우에 불만을 품고 헛소문을 퍼뜨렸음이 밝혀져 세상은 또 한 번 뒤집혔다. 주최 측은 해당 직원에게 손해배상을 청구했고, 정부는 가짜 뉴스를 퍼 나른 언론은 물론, 논의 중인 기밀 정보를 발설한 고위 공무원을 처벌했다. 여러 이해관계의 청구서가 오가는 와중에 정보 등급제의 필요성은 강력한 설득력을 얻었다. (소 뒷발에 얻어걸린 핑계란 설이 있음)

그들은 신속 정확하게 처리해야 할 중요 정보를 일반 국민이 알게 되는 것은 피로도를 증가시킬 뿐이며 결과에 아무런 도움이 되지 않는다고 주장했다. 중요한 정보는 알 권리가 있는 사람만이 다뤄야 하며 파생되는 의견 역시 그 등급 안에서만 공유되는 것이 타당하다는 논리였다. (어른들 하시는 일은 몰라도 된다는, 국민을 코찔찔이 초딩으로 보는 논리)

정부는 정보 접근 등급을 1부터 9까지 나누고 등급별 표준 매뉴얼을 마련했다. 등급 내 정보만 열람이 가능하고 고등급은 따로 기밀 유지 서약을 하는 등 철저한 관리 감독을 받는다.

다른 나라의 사례 (같은 듯 다른 너나들이 정보 통제) ·····························

일본은 2013년 특정비밀보호법을 제정했다. 일본 정부는 외교, 테러, 국방 등 주요 정보를 특정 비밀로 지정하고 이를 담당하는 공무원이나 언론인 등이 정보를 유출할 경우 최대 징역 10년형에 처하도록 규정했다. 그 외의 사람일지라도, 혹은 미수에 그치거나 과실로 누설했을 경우에도 인정사정없이 처벌

한다. (징역 10년형은 계획적인 강력 범죄에 준하는 가혹한 형량임)

대다수의 의견은 2011년 3월 11일 동일본 대지진 이후 후쿠시마 원전 사고가 일어나고 그에 따른 방사능 유출 피해에 대한 정부 차원의 입단속이 아니냐는 게 지배적이다. 외국 언론들은 언론의 독립성을 현저히 떨어뜨리는 처사이며 일본인의 자유가 제한될 것이라고 우려를 표명했다.

미국은 2001년 9월 11일에 일어난 테러 이후에 애국자법을 제정하였다. 이는 미국인들의 'Star-spangled awesome'(아메리카 반짝이별 만세)주의를 기반으로 개인의 전화나 이메일에 대한 광범위한 감청을 허용하여 테러리스트로 의심되는 사람을 체포하고 무기한 구금할 수 있도록 하는 법률이었다. 하지만 독소 조항에 대한 논란으로 2015년 6월 폐지되고 미국자유법으로 대체됐다.

한국의 정보 등급은 어떻게 나뉘나

기존 교육제도를 기반으로 상급 학교로 진학할 때 정보 등급 시험을 치른다. 어린이집과 유치원은 시험 없이 1, 2등급, 초등학교는 3등급, 중학교는 4등급, 고등학교는 5등급, 대학은 6등급이며, 그 이상은 자발적으로 등급 시험에 응시한다. 등급 시험은 분기마다 치러지는 국가 공인 시험이며 각 등급별로 난이도가 상이하다.

한편, 이 9등급 정보보호법은 10여 년의 과도기를 거쳐 세습화되고 있다는 게 지배적인 견해다. 높은 등급의 부모는 아이들에게 조기교육을 실시하며 선행학습으로 특사초(특수사립

초등학교) 등에 입학시켜 고등급 엘리트층으로의 사다리를 내려 준다. 7등급 이상은 사회 전체의 5퍼센트를 차지하며 이들은 곳곳의 요직과 95퍼센트의 부를 차지하고 있다.

흔히들 등급 사다리로 통하는 여러 가지 길이 있지만 제일 잘 알려진 것이 특사초중고의 입학이며 그다음이 일정액 이상의 사회 기부, 공무원 시험 합격 등이 있다.

9등급제의 특징

등급 상향은 일정 요건을 충족해야 가능하며 중간 단계를 뛰어넘는 급진적인 이동은 쉽지 않다. 등급 상향은 일정 기간(직전 승급 이후 최소 3개월), 교육 정도, 독서력 인증 등이 반영된다. 단 예외 조항은 존재한다. (앞서 언급했듯 고액 기부, 공무원 시험 합격은 초고속 엘리베이터)

다만 등급에도 하향 조건이 있는데 정보 비밀 폭로, 등급증의 대여·판매·해킹 시도 등이 발각되면 죄질의 경중에 따라 등급이 강등된다. 그러나 기타 범죄는 등급에 아무런 영향을 미치지 않는다. 전과 기록이 영향을 미쳤다면 7등급 이상의 상당수가 초등학교 등급 이전으로 회귀해야 할 것이라는 웃지 못할 예상도 있다. (9등급 연쇄 살인마도 있음)

등급에 소득 수준을 보는 항목은 없으나 소득 수준은 고등급과 상당한 비례 관계가 있는 것으로 알려져 있다. 실례로, 입학하면 6등급이 주어지는 특사고 학생들은 부모 다수가 전문직 종사자이며 집은 자가이고 소득 수준 상위 5퍼센트에 속하는 것으로 조사되었다. (5등급 이하 개천의 용은 승천할 하늘이 있는지

조차 모름)

　부모의 등급은 자동차 배기량, 아파트 평수, 학력과 비례한다는 우스갯소리가 있다.

　대다수 국민은 정치 법안보다 연예인의 스캔들에 더 많은 댓글을 단다. 두 정보 모두 3등급에 속하며 번개와 천둥의 속성을 지닌다. 민감한 정치적 사건에 뒤따라 큰 연예 스캔들이 터지도록 일부러 한 바구니에 뒀다는 게 일반적 공론이다.

정보력 차이로 인한 한계

　과거의 기본 의무교육만 받은 사람들은 속칭 '바닥'으로 불리며, 이주노동자들이나 북한 이탈 주민들은 등급 밖의 사람들로 '신불가촉천민'으로 여겨진다. 대한민국의 기본 교육을 받지 않았기에 기본 등급조차 주어지지 않고, 실생활이 가능한 3등급까지 받는 데 통상 3년이 소요된다. 생계가 힘든 이들은 등급 시험에 응시할 엄두조차 내지 못한다.

　실제로 시골 마을에서 근무하던 태국인 노동자가 태풍경보를 알지 못한 채 일하러 나갔다가 불어난 강물에 휩쓸려 숨진 안타까운 사고가 있었다. 그를 말렸던 동네 노인은 양동이의 물을 퍼부으며 억수같이 쏟아지는 비를 설명하려 했으나 그는 양동이로 물을 퍼내라는 소리로 알아들었다는 소문이 떠돌았다. (고등급의 정보는 재산과 관련이 있고 저등급의 정보는 생명과 직결되는 경향이 강함)

　마트나 관공서, 경찰서, 주민 센터 등에서 제공되는 정보들은 3등급 기준이며 일반 국민들은 등급으로 인해 생활에 큰 어

11

려움을 겪지 않는다.

3등급 이상이면 국민 누구나 공영방송을 시청할 수 있다. (1, 2등급일지라도 만 6세 미만 어린이일 경우 문제 되지 않음) 더 많은 유료 채널 구독 시 필히 그에 상응하는 등급 확인을 거쳐야 하며, 인터넷도 각 등급별로 로그인하여 볼 수 있는 포털 사이트의 메인 페이지와 상세 페이지가 다르다.

상이한 등급을 가진 가족은 최고 등급 구성원의 등급을 따른다. 사실상 불법이지만 가족 구성원 안에서는 눈감아 주는 분위기다. (가끔 콩가루 집안은 자식이 부모를 고발하기도 함)

또 하나 특기할 만한 제약은 도서관에서 등급에 따라 읽을 수 있는 책의 종류에 차등을 둔 것이다. 7등급 이상이 되어야 책 대출이 가능하며 전자책은 철저한 개인 생체 정보 확인을 거쳐 열람하도록 규제되고 있다. 최고 등급인 9등급이 가장 많이 열람하는 책은 경제, 경영서가 아닌 인문학 도서인 것으로 알려져 있다. 그럼에도 국민 대다수는 고등급만이 인문학에 접근할 수 있음에 큰 불만을 가지지 않는다.

원래 가지고 있던 고등급의 책은 자진 신고 기간 동안 등록하도록 했으며 같거나 더 높은 등급에게만 판매가 가능하다. 모든 책이 자유롭게 거래되는 도깨비 책 시장이 있는데 1년 이상 된 회원의 추천을 받아야 입장이 가능하다.

5,200만 대한민국 인구 중 9등급을 가진 이들은 채 5,000명도 되지 않는 것으로 알려져 있다. (슈퍼 울트라 브라만임)

효과

등급제 이후 가짜 뉴스와 악플은 표면적으로 사라지는 것처럼 보였으나 더욱 교묘하게 음지로 스며든 것으로 확인되었다. 사실 아래 등급은 상위 등급에서 일어나는 뉴스와 소문을 알 수 없다.

같은 등급 안에서 확대 생산되는 가짜 뉴스와 모욕성 발언은 점차 증가 추세에 있다. 동일 등급 공동체 의식을 기반으로 한 묘한 유대 의식은 그들만의 정보를 추종하고 믿는다.

국민 대다수는 자신의 예상 지위를 6등급 이상으로 인식하나 평균 등급은 3.9등급이다. 9등급 정보보호법 실시 이후 시위와 집회가 줄었으며 각종 선거 투표율이 현저히 떨어졌다.

실제로 3, 4등급이 가장 많이 접속하는 정보는 프로스포츠와 로또, 오늘의 운세이다.

등급 규정 위반과 그 처벌

낮은 등급이 높은 등급의 정보를 불법으로 접속하거나 사용하는 사례보다 높은 등급이 낮은 등급에게 정보를 공유하는 사례가 월등히 많다. 가족 간이나 연인 간에 불법 정보 교류가 잦은 편이다. 헤어진 연인이나 전 배우자에게 앙심을 품고 과거의 불법 정보 공유를 신고하는 경우가 가장 많다.

유사 등급 안에서의 정보 유출에 엄격한 편은 아니나 6등급 이상의 고등급이 허가 없이 아래 등급에게 작문이나 인문학을 가르친 경우는 엄격히 처벌받는다. 실제로 8등급의 한 교수가 5등급 자녀의 대학 논술 지도를 하다가 발각되어 처벌받은 사례가 있다.

높은 등급은 자신이 볼 수 있는 정보를 공유하거나 발설할 수 없으며 이는 형사상 처벌과 더불어 등급 강등으로 이어진다. 재등급 시험은 상당히 까다로운 조건을 충족해야 치를 수 있으며 꼬리표처럼 확인 표시가 달라붙는다. 6등급이 5등급으로 강등됐다가 시험을 다시 치렀을 경우 6-A등급을 받게 되는 식이다. 대리 시험 발각 시 당사자와 대리 시험자 모두 3등급으로 강등, 향후 5년간 시험 응시가 금지되며 A등급 꼬리표가 일정 기간 따라붙는다. (A라는 글자는 동서고금을 막론하고 주홍 글씨)

이탈과 반발

무정부주의자들로 폄하되는 반대파 일부는 등급 시험에 반발하며 최종 학력 기준으로 책정된 자신의 등급증을 받지 않았다. 담당 공무원이 직접 찾아가 등급증을 주려 하였으나 이를 거부하고 소금을 뿌린 사람도 있었다. 그들은 이 9등급 정보보호법을 정보로 인간을 지배하는 신노예제도라 칭하며 통치 세력의 교묘한 술수라 폭로했다.

현재 비밀 단톡방을 만들어 정보를 공유하거나 의견을 나누더라도 일일이 단속하기는 힘든 실정이다. 단톡방은 비밀 정보를 돈으로 사고팔거나 공익을 위해 모이는 극단적인 두 가지 성격을 가진다. 특히 정보보호법에 반대하는 비밀 모임은 열사적 성격이 강해 단속반이 침투하면 단톡방을 폭파한 뒤 유유히 빠져나가는데, 만약 내부 고발자가 있으면 찾아내 응징을 가하기도 한다. 포상금을 노리고 신고한 이를 '동족 살인자'라 부르고,

IT 기술력으로 그를 찾아내는 전문가를 '추노꾼'이라 부른다. 추노꾼의 업계 암묵적 룰은 IT 십일조이다. 그들도 나쁜 목적의 불법방을 신고해서 포상금을 취하지만 정보 독립방은 건드리지 않으며, 열 번 중 한 번은 범죄방을 대가 없이 고발하고 헌납한다.

최신 핫이슈 ···

최근 21특사고에 다니는 이○○(18)라는 고등학생이 3등급 저소득 가정 아이들에게 불법으로 작문을 가르치다 당국에 적발, 소년재판에 넘겨졌다. 이 군은 특사고 입학이 취소돼 5등급으로 강등되고 소년원 처분을 받을 것으로 보인다. 현재까지 정보보호법을 어겨 재판에 회부된 고등학생은 이 군이 최초이며 최연소 기록이다. (불을 훔쳐 인간에게 선물한 현대판 프로메테우스의 환생으로 불리기도)

이 문서는 위키드백과에서 20××년 5월 16일(토) 02:39에
마지막으로 편집되었습니다.

최종 수정 by 해커 독스

1장

테러리스트 소년

1

휘강의 재판에는 많은 이들의 이목이 집중되었다. IT계의 날고 뛰는 정보 사냥 기술자들도 그의 AI 재판을 해킹하기 위해 모여든다는 소문이 있었다. 별 볼일 없는 소년재판에 세간의 눈과 귀가 모여든 이유는 딱 하나, 그의 소년범죄가 전례 없는 죄목이며 AI 재판이기 때문이다.

소년재판의 대부분은 절도 사건으로 뭔가 훔쳤다 하면 돈이거나 오토바이다. 무면허는 옵션이고 농업용 삼륜 오토바이부터 스쿠터, 전기 오토바이, 할리 데이비슨에 이르기까지 배기량 10cc마다 가격표처럼 양형표가 책정되어 있다. 학폭 사건도 누가 먼저 괴롭혔는가, 욕설의 종류와 폭행의 강도, 빼앗긴 금액에 따른 세세한 분류표가 있을 정도다. 그러므로 AI 소년재판이란 에스토니아에서 최초로 실행한 AI 소액재판과 맞먹는 수준의 엑셀 함숫값이랄 수 있다.

그런데 이 촘촘한 엑셀의 수식 안에 불법 작문 교습이라는 듣도 보도 못한 희한한 데이터가 입력된 것이다.

21세기의 정보 독립을 주장하는 발칙한 열여덟 살은 건조한 세상에 찬물을 끼얹었다. 무엇보다 그가 금수저의 전형적인 엘리트 코스 중 하나라는 특수사립고등학교 재학생이라는 사실이 놀라움을 안겨 주었다. 휘강은 자신이 6등급 정보에 접근할 수 있는 특사고 학생임을 자랑스럽게 여기지 않았다. 오히려 부끄러워했다.

그는 전체 정원의 20퍼센트에 해당하는 사회통합전형으로 특사고에 입학했다. 그중 중증 장애인의 자녀에게 주어지는 사회다양성전형에 해당했으므로 신계급사회의 굴레에서 특별사면된 것은 제 아버지 덕이었다. 아버지의 장애를 밟고 올라간 참담함이 그를 옭아맸다. 두 부자는 몇 날 며칠을 소리 없는 아우성에 가까운 격렬한 수어를 주고받았다.

가라, 못 간다, 가라, 안 간다. 소리가 없는 세계에서 고성이 오갔다. 보다 못한 그의 할아버지는 한마디 충고를 던졌다. 사회적 쿼터는 이 약육강식의 세계에서 인간들 스스로가 약자를 보호하기 위해 만든 합의이니 불편해할 일도 참담해할 일도 아니다. 문제가 있다면 구성원들이 폐기하든 수정하든 다른 대안을 찾을 테니 살고 있는 시대의 구성원으로 열심히 살아가라. 반면 아들의 소고집을 아는 아버지는 단식이라는 초강수를 뒀다. 휘강을 사랑하는 총량도, 사랑하여 상처를 주는 총량도 그가 으뜸이었다. 곡기를 끊은 아버지 옆에서 밥 한 숟가락 넘어갈 리가 없었다. 결국 휘강은 일주일 동안 동굴처럼 지내던 방에서 나와 특사고의 사다리로 올라갔다.

이제 와 다시 생각해 봐도 자신의 선택이다. 제가 선택했고, 제 행동이 만든 자리, 누구의 탓도 아니다. 탁자 모서리를 잡고 손가락 끝에 힘을 주었다. 국선 변호사는 빠르게 서류를 훑다가 휘강을 슬쩍 바라보며 말했다.

"이제 슬슬 실감이 나나 보지."

"각오한 일인데요, 뭐."

남자는 희한한 놈이란 눈빛으로 그를 훑었다. 절도에 갈취에 폭행, 그 밥에 그 나물로 사고만 치는 녀석들의 변호는 매뉴얼 10선 안에서 골라 먹는 메뉴가 된 지 오래였으나 불법 작문 교습으로 잡혀 온 고딩은 이 아이가 처음이다.

"단추 하나를 푸는 건 어때?"

염려와 타박의 말투였지만 굵은 목에 넥타이를 꽉 잡아맨 자신에게 더 유용한 말이었다. 그의 눈은 시종일관 두꺼운 서류철에 붙박인 채였다.

"너무 똘똘한 모범생 같아."

"좋은 거 아닌가요?"

"그런 소리를 들으니 똘똘한 것 같지는 않네."

"제가 왜 AI 판사에게 멍청해 보여야 한다는 건지 이해가 안 가서요."

"초범이고, 그저 객기를 부린 해프닝으로 보여야 분석하지 않을 테니까."

"이제 와서 절 분석해요? 벌써 데이터로 판결 다 내리고 있는 거잖아요."

눈이 단상 위 검은 스크린으로 향했다. 방 안의 무수한 카메라를 통해 자신을 본다고 한들 AI 판사가 사람을 읽을 리는 없다고 의심하며.

"죄를 묻고 벌하는 거면 간단한데 소년범죄는 피해자뿐만 아니라 피의자인 소년의 남은 인생도 생각해야 하니까. AI 판사는 그 모든 변수를 계산하는 거야. 그냥 학교생활이나 성적만 보는 게 아니야. 네 학교 밖 동선과 인간관계까지 분석하면 저 문제적 슈퍼컴퓨터가 보기에 네 범죄행위가 좀 튀지. 아니 많이 튀지. 오늘 꽉 채우고 온 그 단추처럼 답답하게 살아온 애가 맞는데 이 사건 하나만 너무 튀니까 이 특이점을 추적하려고 네 뒷조사에 들어가서 동기를 묻고 네 과거를 파헤치면 줄줄이 딸려 나올 게 뭔지 거기까진 생각이 되니, 각오한 소년? 컴퓨터는 법정에 들어선 순간 네 전신을 훑고 심박동, 동공의 흔들림까지 잡아낼 거야. 다시는 죄를 짓지 않겠습니다! 얄팍한 입술이 내는 말보다 네 동공이 얼마나 확장되는지, 땀구멍에서 땀이 얼마나 분비되는지를 더 믿을 거라고. 고로……."

변호사는 호기심이 증폭될 시간을 기다려 주었다.

"내가 AI라면 너는 또 그 머리로 글을 가르칠 거라는 데 손목 하나, 아니 서버 하나를 건다."

"뭘 근거로요?"

"사람은 개 못 주는 제 버릇이라고 하지만 컴퓨터는 알고리즘이라고 하겠지. 두고 봐. 넌 그렇게 될 거니까."

"그게 단추 하나를 푼다고 해결될 일은 아닌……."

"그럴까?"

남자의 진지한 표정을 보건대 괜한 말은 아닌 듯 보였다. 휘강은 대꾸 없이 운동화로 바닥을 툭툭 쳤다. 먼지 끼고 낡은 구두가 한 발짝 곁으로 왔다.

"우리는 아주 작은 구멍 하나가 필요한 거야. 네가 빠져나갈 작은 숨구멍. 너희 학교 도서 절도 사건 용의자에 부러 네 이름 올려놨다. 판결에 도움이 될 듯싶어서. 그 숨구멍 하나가 이 모든 의문을 배출시키는 깔때기 구멍이 되어 줄 수도 있는 거야. 넌 그냥 테스토스테론 과다 분비로 너희들이 말하는 그, 관심을 끌려는 뭐, 그 전형성 안에 들어가 있는 게 안전할 거야. 참, 안경도 벗자."

"그렇다고……."

미심쩍어하면서도 순순히 단추를 풀고 안경을 벗었다.

"자, 초점 흐리게 정면 보고 좀 맹한 표정도 짓고."

휘강은 정면에 놓인 거대한 스크린을 바라봤다. 그는 공정하다는 슈퍼컴퓨터의 홍보 문구를 믿지 않았다. AI 어딘가에도 특권층을 위한 알고리즘이 존재하겠지. 정말 사람을 읽는다면 특사고 가면 너머에 있는 진짜 자신을 알아볼 테고.

AI 스크린에 불이 들어오자 법정 안에 있는 모든 사람들이 일어섰다. 재판장 안으로 진짜 판사가 들어온 듯 예의를 갖춰 진지하게. 혈연, 학연, 지연, 전관예우에 로비로 오염된 재판을 바로잡기 위해 법전과 데이터베이스에만 기반을 둔 인공지능 판결 시스템이 도입된다고 했을 때 세상이 어땠던가. 만인의 만인에 대한 투쟁이나 다를 바 없는 모든 집단과 시민들의 싸움이지 않았나. 찬성하는 이들은 오죽하면 사람보다 인공지능을 더 신뢰하겠냐고 돈과 권력으로 오염된 판결을 에둘러 비판했다. 우리 집 개도 작정하고 털면 소년원 2년이란 말은 뼈아픈 명언이었다. 그럼에도 그 반대를 뚫고 AI가 소년재판에 들어온 이유는 모순적이었다. 유산계급의 자식들이 가해자가 아니라 피해자가 된 커다란 학폭 사건이 발생했고 소년법의 구멍을 메우자는 자성의 목소리로 이어졌기 때문이다. 있는 집 자식이 당한 억울함만큼 놀라운 기폭제는 없었다.

결국 인공지능 판결을 소년재판에만 적용하기로 결정하면서 휘강의 눈앞에 벌어지는 이 믿을 수 없는 일들이 현실이 된 것이다. 체는 촘촘해졌고 돌은 고르게 걸러졌다.

AI는 완장을 찬 선도부가 되었다. 금수저들은 놀라우리만큼 빠른 속도로 소년범죄에서 빠져나갔다. 강화된 처벌과 공정성은 돈으로 후처리를 지향하던 그들의 사고방식을 사전 예방으로 탈바꿈시켰다. 쉽게 말해, 있는 집 아이들이 소년법에 걸리지 않게 환경 자체를 바꿔 버린다는 것. 혹은 걸리더라도 두 번 실수하지 않게 확실히 교육한다, 뭐 이 정도.

그러니까 이 범죄의 장에 남은 것은 그 심각성을 각성하지도 못하고, 자제하지도 못하는 어리석은 십대들쯤. 물론 휘강 역시 예외가 아니다.

어쨌든 재개발 지역 아이들에게 금지된 작문 수업을 한 걸로 법정에 선 휘강이 중형을 받을 것은 불 보듯 뻔한 일이었다. 싸구려 범죄 감평 사이트에서 죄목을 수렴한 결과 '빠져나갈 구멍 없음. 6개월 이상 교화형'이라고 뜬 것은 이상한 일도 아니었다. 다만 이런 돌아이 짓을 한 선례가 없다는 게 문제랄까.

국선 변호인은 이미 다음 사건의 서류를 보고 있었다. 빨리 빨리 가자, 그의 입술이 AI 판사의 판결문을 재촉하고 있었다. 그에게 맡겨진 사건 가운데 오늘 판결을 받을 사건만 일곱 건이 었다. 박봉에 산더미 같은 일거리를 맡았지만, 단 하나 다행인 것은 그가 밭을 가는 소처럼 우직한 워커홀릭이라는 점이다.

AI 판사의 판결문이 뜨는 대형 스크린은 여전히 완전한 블랙 아웃, 침묵이다. 어쩌면 침묵 속에서 수십 수 앞을 내다보고 있을지도 모를 일. 알파고와의 대결에서 이세돌이 신의 한 수라 불리는 78수를 뒀을 때처럼, AI는 묘수를 위해 계산에 계산을 거듭하고 있는 모양이다.

그럼에도 AI의 수는 막다른 골목에서 막힐 것이다. 그 어떤 점에도 살아 나갈 묘수는 보이지 않았다. 어쨌든 교화를 기반 으로 하는 소년법의 대전제에 어떤 판결을 내려야 한 수, 두 수, 그 이상의 수 앞에 있는 실패를 피하게 해 줄까. 아니, 조금 늦 춰 줄까. 제아무리 슈퍼컴퓨터라 한들 무산계급의 앞날을 내다 보는 데는 답이 없을 텐데. 결국 AI 판사라는 것도 사고 친 애들 옥바라지구나.

"이휘강 학생."

검사가 이름을 불렀다. 법복의 남자는 시종일관 차가운 눈빛 이었다.

"지난 8개월간 신정보중앙로 72, 21-1에서 어떤 일을 했죠?"

"아이들에게 글을 가르쳤습니다."

"작문은 4등급 이상의 정보 이용 자격을 가진 사람만이 배울 수 있는 것이고, 등급이 충족된 경우라도 당국의 허가를 받아

까다로운 관리 감독하에 가르칠 수 있습니다. 이렇게 자격이 되지 않은 이들에게 허가 없이 작문을 가르치는 게 위법행위란 건 알고 있었나요?"

"네."

"공정하신 재판장님, 이휘강 군이 작문을 가르치는 행위가 위법하다는 걸 사전에 알고 있었다는 놀라운 사실을 본인의 입을 통해……."

생각이 블랙홀로 빨려 들어갔다. 검사가 AI 판사에게 '존경하는'이 아닌 '공정하신'이란 단어를 쓴 걸 보면 AI는 단어의 뉘앙스까지 선별하는 모양이다.

스크린에 AI 판사의 질문이 돋움체로 떠올랐다.

"주로 어떤 것들을 가르쳤습니까?"

"문장을 쓰고 행간을 가르쳤습니다. 저는 길을 보여 줬고 아이들은 스스로 생각하고 문장을 만들었어요."

짧은 침묵을 헤집고 검사의 질문이 이어졌다.

"그런데 아이들 이름을 왜 임의로 바꿔 불렀죠?"

"……."

날카로운 질문에 허를 찔렸다. 검사가 자료를 보며 말했다.

"아리송한 어둑서니, 쓸데없는 가납사니, 야무진 아귀차니, 왜 서로를 이렇게 부르게 했습니까?"

"어려운 단어를 오래 기억할 거고 서로가 서로에게 구멍이 될 테니까요."

"구멍은 어떤 의미죠?"

AI 판사의 질문이 이어졌다.

"만약 서로가 서로를 고발해야 할 처참한 순간이 온대도 그 이름이 아이들을 지켜 주겠죠. 이 세상 어디에도 아리송한 어둑서니란 아이는 없으니까요."

검사는 갈고 있던 칼을 빼 들었다.

"그럼, 선생이었던 이휘강 군은 아이들의 이름을 알고 있겠네요."

"모릅니다. 본명은 처음부터 금지였으니까요. 실수로 흘려 말했어도 잊었어요."

"이름을 잊었다라. 거참, 세상 편하네요. 그날 도망간 아이들 이름을 한 명도 모른다? 본인 혼자 짊어지고 가겠다?"

그게 다가구 주택의 옥상에서 야학을 했던 이유거든요. 수업을 시작하고 일주일간 '도망 연습'을 하며 그림자처럼 빠져나가는 훈련이 먼저였던 것처럼. 제일 뒤처지던 아리송한 어둑서니가 날다람쥐가 되었을 때 첫 수업을 시작한 이유를 AI라고 한들 짐작이나 할 수 있었을까요.

손끝으로 눈길을 떨어뜨리며 속으로 되뇌었다. 녀석들은 골목 곳곳에 숨겨 둔 숙제를 찾았을까.

손톱 옆의 거스러미가 또 성가시게 일어나 있었다. 비타민B 결핍이라던가. 몸 어디든 결핍이 아닌 곳이 없을 텐데 유독 이 녀석만 쟁쟁거리는 목소리로 시비를 걸고 있다. 넌 몹시도 부족한 인간이야, 라고.

휘강의 생각은 콘크리트 장벽을 뚫고 능금길을 찾아 헤매던 시절로 돌아갔다.

어렵사리 능금길을 찾아냈을 때 아이들은 선생 하나 없이 저희끼리 모여 글을 배우고 있었다. 그곳은 사고가 났을 때 모이기로 한 능금길의 안전가옥이었다. 아이들은 휘강도 그들을 잡으러 온 사람일까 봐 겁을 먹고 있었다. 그는 주저 없이 아이들의 선생님이 되었다. 그리고 그들에게 금지된 작문을 가르쳤다. 금기에 등급을 매긴다면 작문은 금기의 9등급이었다.

세상은 정해진 등급 안에서만 제 문장을 쓸 수 있었다. 당국은 사실을 기반으로 한 문장보다 사유를 기반으로 창작된 문장을 더 과하게 검열하고 통제했다.

그 결과 작가는 자기 검열과 출판사의 검열과 교정 당국의 검열을 거쳐 힘든 진통 끝에 작품을 출간할 수 있었다. 책 한 권이 나오기까지의 오랜 기간을 누군가는 장장 2년에 달하는 코끼리의 임신 기간에 비유했다. 사람 새끼가 아니라 코끼리 새끼를 낳았구나, 유명한 작가의 말이었다.

사람들은 쉬이 문장을 놓았다. 아이가 말을 습득하는 속도보다 더 빠르게.

물론 통제에도 차별이 존재했다. 성적이 월등한 일부 부유층 자제들이 다니는 특수사립고에서는 대학생 수준과 맞먹는 작문 수업을 받았다. 등급 안의 계급으로 불리는 특수사립고 입학은 명문대 입학과 동급으로 여겨질 정도였다. 그들과는 다른 문으로 입학한 휘강은 비싸게 배운 작문을 별 볼일 없는 일기와 시를 끼적이는 데 쓰며 살아가고 있었다. 모든 것이 심드렁했다. 제 등급 밖으로 나갈 수도, 머릿속 생각을 제대로 된 문장으로 만들 수도 없다는 족쇄에 길들여지던 어느 날, 쪽지 하나가 날아들었다.

코끼리 새끼를 내놓든가,

네가 가진 재능을 내놓든가.

능금길 27번지, 녹색 대문집 3층, 작문 교습소 모임으로 올 것!

— from 비밀 문장수호대

짧은 문장이 휘강의 마음 벽을 못으로 긁어 댔다. 날카로운 울림이 속을 들끓게 만들었다. 오랫동안 휘강을 지켜본 듯 속마음을 정확히 꿰뚫은 문장이었다. 그런들 구겨진 재생지에 휘갈겨 쓴 글씨체를 보아 딱히 믿음이 가는 글은 아니었다. 혹시나 하는 마음에 찾아본 지도에 능금길 27번지란 곳은 존재하지 않았다. 정말 비밀 문장수호대란 모임이 존재한다면 그들은 누구일까. 그들은 나름의 인물 검증을 거쳐 휘강에게 쪽지를 보냈을 것이다. 학교나 어른에게 이 쪽지를 신고하지 않을 인물로 휘강을 선택했을 테고 위치 또한 쉽게 드러날 수 없게 암호화하지 않았을까.

능금길이란 곳이 지도에 등재되지 않은 곳이라면 사람들의 기억 속에 있을지도 모른다. 쉬이 포기하고 싶지 않았다. 그날부터 온 도시를 뛰어다니기 시작했다. 뛰다 보면 언젠가 발부리에 차이리라. 돌부리든 능금이든.

그쯤에서 입을 다물자 아이들은 책상을 두드리며 아우성쳤다. 열 살, 아홉 살짜리 꼬맹이들이 볼멘소리를 내며 입을 삐죽거렸다.

"아— 샘! 그래서 그 여기를 어떻게 찾았냐고요."

"중요한 대목에서 이야기를 끊어요."

"능금길 27번지는 우연히 찾게 된 거야. 아무튼 그 얘기는 너희가 숙제를 다 해 온 날 해 줄 거다."

"아, 그런 게 어디 있어요!"

아이들의 항의를 무시하고 숙제를 나누어 주었다. 만약의 경우를 대비한 초등 교과 수학 문제 프린트였다.

"집에 가서 대충 풀기."

"만날 대충 풀어 오래 놓곤 틀린 수대로 야단치면서."

아이들은 입을 삐죽 내밀며 종이를 챙겨 넣었다.

"근데요, 샘 말고는 아무도 능금길을 찾아온 적이 없었어요?"

"있었지. 딱 한 번……."

그 누구도 이 교습소를 찾아낼 수 없으리라, 일말의 가능성조차 생각하지 않았던 한 달 전, 경계심이 바닥으로 떨어졌을 때 비밀 교습소를 들키고야 말았다. 자신이 그 길을 안내하는 길잡이가 됨으로써.

그 일 전까지 제 꼬리에 무엇을 달 수 있는지 상상조차 해 본 적이 없었다. 생각 없이 작문 교습소에 들어서는데 등 뒤에서 사람의 인기척을 느꼈다. 심장이 떨어질 듯 놀랐으나 얼어붙은 채로 서 있었다. 그는 집을 나서는 순간부터 휘강을 뒤쫓았다.

다부진 체격의 남자는 교실에 모인 아이들 면면을 찬찬히 훑었다. 그는 아이들이 태블릿에 쓰고 있던 글자들을 보며 금세 상황을 알아차렸다. 놀란 아이들이 창가로 달려가자 휘강이 그들을 제지했다. 낯선 사내는 그 자리에서 한 발짝도 앞으로 다가오지 않았다. 소년 역시 말을 잊었다. 들어온 문으로 돌아 나가던 그가 손을 들어 말을 남겼다.

'다치지 않게…….'

해야 할 최소한의 말만을 남긴 채 남자는 덤프트럭으로 돌아갔다. 그날 이후 직선 길을 포기했다. 몇 차례나 동네를 돌며 주위를 확인하고 교습소로 향하는 게 버릇이 되었다. 그것으로도 모자라 새로운 안전장치를 추가했다. 골목길에 들어서며 옥상에서 골목을 지키는 당번 아이를 올려다보았다. 녀석은 발을 동동거리며 골목 끝을 뚫어지게 내려다보고 있었다.

절대 들키지 않는다. 아이들을 잡히게 하지 않는다. 몇 번이나 다짐하고 또 다짐했다. 그날 아버지의 미행이, 자신의 준비성이, 당번 아이의 예리한 촉이 제 기능을 할 날이 기어이 찾아오고야 말았다. 아직 아이들에게 능금길의 비밀을 말하지도 않았는데, 어쩌면 영영 말할 기회를 잃어버릴지도 모를 날이 되었다.

수업 중 단 한 번도 울리지 않던 휴대폰이 다급하게 울렸다. 망을 보던 당번 아이가 골목길에 수상한 남자들이 나타났음을 알려 주었다.

"몇 명?"

"다섯이요."

"확실해?"

"그 사람들 태블릿에 우리 교실 위치가 찍혀 있었어요."

휘강은 지체 없이 타이머를 켜고 아이들을 집합시켰다. 아이들은 그의 손짓에 맞춰 일사불란하게 가방을 싸고 캐비닛 앞으로 모였다. 캐비닛 안에는 고장 난 선풍기 따위 잡동사니가 가득했다. 무거운 것들을 꺼내고 캐비닛을 살짝 밀자 가림막을 친 커다란 구멍이 나타났다. 구멍에 연결된 천막용 천은 뒷담을 타고 옆집 장독대 옆으로 이어져 있었다. 구멍은 아이들 덩치에 딱 맞았고, 천은 건물 옥상에서 속도를 줄여 안전하게 하강할 수 있도록 설계되었다. 원래 연통 자리였던 구멍을 늘려 탈출구를 만든 것은 휘강의 아이디어였다. 아이들의 바짓단을 양말 안에 넣어 주고 일일이 주머니 속을 확인했다. 혼자가 되어 달려야 할 그들을 지켜 줄 비밀 무기였다.

"자기 숨는 데 다 기억하고 있지?"

"잡히면 어떡해요?"

"안 잡혀. 못 잡아. 걱정 말고 미리 연습했던 대로 해. 무조건 달리면 돼!"

"그럼 선생님은?"

"한 사람은 잡혀야 돼."

"선생님도 도망치면 되잖아."

"힘 빼지 않고 잡혀 줘야 안심해. 걔들은 바보거든."

휘강을 바라보는 열두 개의 눈동자가 잔뜩 겁을 먹은 채 흔들리고 있었다. 휘강은 아이들 볼을 하나하나 감싸며 다짐을 받듯 말했다.

월요일의 마법사와 금요일의 살인자

"글은?"

"……."

"글은!"

"……몰라요."

"하지만 진짜 모르면?"

"여기가 멍게가 된다."

아이들이 제 머리를 쥐어박는 모습을 보며 휘강은 희미하게 미소 지었다. 아이 하나가 주머니 속 물건을 꺼내 들고 물었다.

"이건 언제 써?"

"네가 힘들 때, 그때 먹는 거야."

아이는 말랑한 캐러멜을 주머니 속 깊이 찔러 넣었다. 공포는 바늘구멍으로 찾아들어 집채만 한 파도로 그들을 삼킬지도 모른다. 휘강은 그 어린 아이들이 느낄 두려움의 깊이를 헤아렸다. 그러나 그걸 피할 수 있는 희망은 캐러멜 하나로도 가능하다. 두려움이 바늘 틈으로 한 사람을 잠식하듯 용기란 것도 딱 그만큼의 크기면 되었다. 자신이 그러했듯 주저앉고 싶더라도 뛸 수 있을 것이다. 혀로 녹아들어 두려움을 걷어 가는 그 단맛 쪼가리 하나 덕분에.

"좋아. 어둑서니부터!"

어둑서니는 환호성을 울리며 구멍 안으로 뛰어들었다. 제일 먼저 도착한 어둑서니가 나머지 작은 아이들을 받아 냈다. 몸집이 작은 아이들이 차례로 내려가고 마지막 아이가 뛰어들었다. 요람이 아이를 품어 주듯 탈출구는 모두를 다치지 않게 품었다가 내어놓았다. 모두 안전하게 탈출했음을 알리는 수신호로 천이 두어 번 흔들리자 휘강은 천의 이음매를 모두 풀었다. 어둑서니는 땅에 떨어진 천을 둘둘 말아 장독 안에 숨긴 다음 비장하게 거수경례를 올려붙였다.

"하—교!"

휘강은 구멍을 막고 캐비닛을 원래대로 돌려놓고 타이머를 들여다보았다. 전원 탈출 1분 40초. 그리고 제자리로 돌아와 단속반이 잠긴 문을 박차고 들어오길 기다렸다. 다급하게 올라오는 발소리가 들려왔다. 그들이 거칠게 손잡이를 돌리고 있을 때 휘강은 가쁜 숨을 몰아쉬며 창문가에 걸터앉았다. 분필 하나를 으깨어 손바닥에 바르며 숨을 골랐다. 우지끈— 지난주에 새로 단 문고리가 떨어져 나가고 벌컥 문이 열리자 자신도 모르게 욕이 튀어나왔다.

"씨팔, 새건데!"

그 말을 남기고 창문에서 뛰어내렸다. 두 사람의 고개가 창문을 비집고 나왔다. 그들은 뛰어내릴까 말까 갈팡질팡하다가 소리를 지르는 쪽으로 태세를 전환했다.

"거기 서, 새끼야!"

휘강은 가볍게 뒷골목으로 내달렸다. 그 골목에서 어떻게 빠져나가야 들키지 않고 큰길에 다다를 수 있는지 정확히 알고 있음에도 휘강은 골목 벽에 매달려 그들이 쫓아오길 기다렸다. 그들이 등장할 때마다 딱 한 골목만 뛰어넘었다. 그리고 벽에 매달려 그들의 느린 발을 기다렸다. 몇 개의 골목을 뛰어넘어 마지막 담벼락에 매달려서야 극적으로 붙잡혔다. 목덜미를 잡혀 벽에 밀어붙여졌을 때 얼굴이 일그러진 채로 소리 없이 웃었다. 그 누구도 휘강의 손바닥이 흰 분필 가루투성이인 걸 이상하게 여기지 않았다.

경찰서에서 연락했을 때 휘강의 아버지는 강원도 어디 광산에서 광물을 싣는 중이었다. 혼비백산해 달려온 어머니와 달리 적재물을 하차하고 온 아버지의 얼굴은 차분했다. 경찰이 자초지종을 설명하자 과묵한 트럭 운전수인 남자는 가끔 고개를 끄덕였다. 아버지는 소년재판 절차에 대해 이야기를 듣고 집으로 돌아오는 길에, 잠깐 동네 슈퍼에 들러 소주 한 병을 사 들고 나왔다. 밤늦은 가게 앞 평상에 두 사람은 말없이 앉아 있었다. 달만 붉은 밤이었고 어둠 속엔 건장한 두 남자의 실루엣만이 보일 뿐이었다. 작업복의 흙을 털어 내며 아버지는 종이컵 가득 소주를 따랐다.

"……죄송해요."

그 말은 과묵한 남자의 얼굴을 변하게 만들었다. 아버지는 휘강이 이 모든 일을 자책하며 주눅 든 것에 화가 나 있었다. 그는 아들이 이런 선택을 하게 된 것이 억지로 특사고에 입학시킨 탓이라 생각했다. 기껏 따른 소주를 다시 병에 붓고 뚜껑을 꼭 닫아 손에 쥐었다. 울분을 술로 삭이기보다 잠시 봉해 두길 택한 듯, 평상에 튄 한 방울은 누가 볼세라 손가락으로 꾹 찍어 없애 버렸다. 그리고 아들의 어깨를 치며 말했다.

'고개 들어라.'

휘강은 아버지가 소주병을 들고 가게 안으로 다시 들어가는 것을 보았다. 아버지는 펜을 들어 소주 밑바닥에 뭔가를 휘갈기고 가게 냉장고 맨 안쪽에 병을 밀어 넣었다. 그렇게 먹다 만 술을 맡긴 사람이 여럿이고 그 모든 게 용서되는 희한한 동네였다. 들어간 김에 들고 나온 아이스크림은 휘강의 손으로 건너왔다.

'……잘했다.'

그는 아들의 등을 두드리며 말했다. 아이스크림은 입안에서 달게 녹았다. 아비가 삭인 쓴맛이 아들의 입에서 단맛으로 바뀌는 기적이 되었다.

2

거스러미를 쥐어뜯던 손이 장내의 갑작스런 웅성거림에 멈췄다. 옆자리의 변호사가 쥐고 있던 묵직한 파일이 아래로 떨어지며 휘강의 발등을 찧었다.

스읍— 고통을 속으로 삭이며 발등을 움켜쥐는데, 그제야 밝아진 스크린에 뜬 판결문이 눈에 들어왔다. 동시에 그 문장이 스피커를 통해 재생되었다.

"사건 번호 DB1908, 이휘강, 정보 등급 6-A등급으로 변경, 심리 상담 30시간, 15도서관 720시간 자원봉사."

멍한 귓속으로 사람들의 웅성거림이 들려왔다.

소년원이 아니라 자원봉사, 그것도 도서관에? 이거 AI 버그인가. 쟤가 뭐 알파고 아들이라도 된대?

그들의 질문은 가장 합리적인 의심이었다. 변호해 주던 국선 변호사의 얼굴조차 어두웠다. 처음 면접한 날 그는 휘강이 '어른들의 유기된 양심'이라는 알 수 없는 말을 했다. 그때나 지금이나 휘강은 그 말의 진의를 알지 못하지만 그가 자기편이라 생각했다. 그럼에도 변호사는 재판 결과에 화가 난 얼굴이었다. 소년원을 피한 것만으로도 좋은 판결이 분명함에도 그는 서늘한 표정으로 이런 말을 했다.

"서로가 서로의 구멍이 된다는 말, 참 멋진 말이었다. 근데 너도 이 세계의 구멍이 됐다."

늘 사건에 쫓겨 허둥대고 어리바리한 얼굴이던 사람이 그 순간만큼은 차가운 표정으로 스크린을 보고 있었다. 뚫어질 듯 노려보며 답을 구하는 얼굴로, 왜 하필 이 아이가.

"제 사건이……."

"새 길이 될 거거든. 그럼 그 길로 신나게 달려 나올 애들이 누구일까."

내려다보는 그의 얼굴에 얼핏 비친 것은 화난 듯한 목소리와 달리 서글픈 눈빛이었다.

이 판결이 AI 판사가 남긴 오류에 가까운 선례가 되고, 이 바닥으로 점점 힘 있는 아이들이 빠져나와 안착하며 하향평준화 판결을 이끌어 낼 것을 내다보는. 딱 한 번의 선례라는 게 힘이 없는 뒷줄의 아이들에게 이렇게 무서운 거라고.

인사를 하고 재판장을 나왔다. 휘강이 섰던 자리는 이미 다른 아이가 메우고 있었다. 재판은 잠시 휴정에 들어갔고 다음 서류로 달려 나가던 국선 변호사가 또다시 휘강의 자료로 돌아와 코를 박고 있었다. 그때 뒤따라 나오던 검사가 앞을 가로막으며 말했다.

"판결 마음에 드니?"

마치 새로 자른 머리 스타일이 마음에 드냐고 묻는 투였지만 목소리는 차갑기 그지없었다. 그 역시 휘강에게 화가 나 있었다. 하나의 판결을 두고 검사와 변호사 모두에게 미움받는 이유를 알 수 없었다.

"너에게도 우리에게도 제일 좋지 않은 판결이다. AI 판결 흐름이 바뀌었고, 우리는 그 의도와 알고리즘을 찾아내느라 밤을 새워야 하고, 넌 720시간 동안 사고를 치지 않아야 하고. 왜 애꿎은 나까지 노동 교화형일까."

휘강은 성마른 얼굴의 검사를 바라보며 담담히 말했다.

"판결은 제가 아니라 AI가 내렸는데요. 그러니 AI한테 물어보셔야 할 질문 아닌가요."

그는 할아버지가 말하던 가운과 제복과 곤봉의 사람이었다. 완장의 힘을 가진 그들이 논리 없이 힘으로 찍어 누르려 한다면 거부해라. 그것이 그들과 네가 상생하는 길이다.

검사는 어이가 없다는 표정으로 덜 여문 열여덟을 바라봤다. 이 녀석은 어디서 굴러온 괴물인가. 어떤 강심장을 가졌기에 손톱의 달만큼도 쪼그라들지 않고 당당하게 내 앞에 서 있는가. 그럼에도 뒤돌아서서 걸어가는 휘강은 제복의 남자가 던져준 노동 교화형이란 말에 꼿꼿했던 마음이 처참하게 구겨진 채였다.

2장

벌집 도서관

심리 상담소를 다녀와 시계를 보니 오후 2시였다. 사복으로 갈
아입을까 하다가 당분간 교복으로 버티라던 국선 변호사의 조
언을 듣기로 했다. 식탁에 포스트잇 한 장이 붙어 있었다.

"국 데워서 먹어. 엄마 마트 갔다 올게. 저녁에 닭백숙 먹자."
그 옆에는 초특가 닭고기 행사 전단지가 놓여 있었다. 베란다
에서 내려다보니 근처 마트에 길게 줄을 선 사람들의 행렬이 보
였다. 저 줄 어딘가에 엄마가 있고 앞으로 입에서 닭똥 냄새가
날 만큼 질리게 닭 요리를 먹게 될 거란 예감이 든다. 국을 데우
던 전자레인지의 땡 소리와 함께 일주일 전 학교 컴퓨터로 접한
6등급 국제 뉴스가 떠올랐다.

지난주 중국에서 발생한 고병원성 조류독감으로 쓰촨성 양
계장에서만 닭 1만 마리가 폐사됐다고 했다. 사례가 보고된 농
장은 잇따라 봉쇄되어 멸균되었지만 전 세계적으로 확산 추세
였다. 철새에 의해서도 전파된다는 점을 감안하면 머지않아 한
국에서도 조류독감이 발생하거나 이미 발생했을 수도 있고 그

여파에 닭고기 가격이 폭락하리라 예상했던 바였다.

고로 특판 닭고기는 가격 하락을 염려해 지레 헐값에 처분된 것일 수도 있다. 조류독감이 사람에게도 전파 가능하다는 충격적인 6등급 정보는 아직 3등급 뉴스로 내려오지 않았고.

문자를 보낼까 하다가 접었다. 원래라면 자신 역시 조류독감 뉴스를 알 수 없었을 등급일 테니까. 문자를 보내더라도 이유를 알릴 수 없음이 더 참담했다. 머릿속의 닭고기는 도서관으로 향하는 내내 맴돌았다. 상업 지구를 지나 15도서관이 있는 주택 지구로 들어섰을 때 눈에 띈 창고형 대형마트에선 수많은 자가용이 드나들고 있었다. 그들 중 특판 닭고기를 위해 줄을 선 사람은 없을 것만 같다. 오히려 조류독감 소식을 접하자마자 관련 주식을 팔고 대체주를 사지 않았을까. 휘강은 온통 닭고기에 사로잡혀 버렸다. 고급 정보가 돈이 있는 사람들에게는 돈과 관련된 숫자가 되고 가난한 사람들에게는 생명과 직결된 숫자가 된다는 점이 자꾸만 속을 어지럽혔다.

내비게이션도 휘강을 휘뚜루마뚜루 돌려 댔다. 지도의 골목을 꺾고 꺾고 또 꺾으며 양지머리를 우려내듯 속을 끓여 진을 빼놓았다.

"목적지에 도착했습니다."

내비게이션은 요란한 작별 인사를 하며 휴대폰 속으로 사라졌다. 눈앞에 우뚝 솟은 성곽 같은 건물 하나가 있었다.

앞으로 720시간 노동 교화형을 치러야 할 15도서관. 단 하나 특이한 것은 외벽에 쳐진 육각형 형태의 콘크리트 구조물이 벌집을 연상시킨다는 점이다. 지식을 품은 커다란 벌집, 그게 휘강이 본 도서관의 첫인상이었다. 그래서 사서를 '꿀을 빠는 직업'이라고 하나. 가치 높은 지식에 접근할 권한이 있다는 걸 이렇게 상징적으로 보여 주는 건가 싶고, 제 안에 매단 추가 또다시 천근만근 무게가 되어 마음을 짓눌렀다. 도서관으로 걸어가는 길에 무수히 많은 노란 화살표가 보였다. 마치 산속에서 길을 잃지 말라고 나무마다 달아 놓은 산악회 리본처럼 발길이 멈춰질 때쯤 다음 화살표가 등장했다. 때마침 오늘이 일주일에 한 번씩 있는 사람책 프로그램 추첨일이기에 온라인 접수에서 통과한 사람들을 위한 안내판이 친절한 길라잡이가 되어 주었다. 휴대폰을 닫고 천천히 언덕을 올랐다. 그 곁으로 여러 사람이 헐레벌떡 도서관을 향해 뛰어갔다.

"몇 시야?"

"1분 남았어, 빨리!"

재촉하던 남자는 가쁜 숨을 몰아쉬던 여자의 손을 잡아당기며 도서관 문으로 돌진했다. 휘강도 무리에 휩쓸려 얼떨결에 도서관 안으로 들어섰다. 1층부터 3층까지 중앙을 틔워 개방감을 준 로비는 각 층의 난간에서 아래를 내려다볼 수 있는 구조였다. 로비는 이미 많은 사람들로 북적이고 있었다. 그들에게서 무언가를 기다리는 사람 특유의 초조함이 발산되었다. 주위를 둘러보다 한쪽 구석에 세워진 안내문에 눈길이 갔다.

사람책 프로그램 공고

당신은 일곱 권의 사람책을 만날 수 있습니다.

ISBN도 없고, 가격도 없고, 페이지도 없으며

심지어 문맹인 사람도 읽을 수 있습니다.

단 한 권의 책을 빌릴 수 있으나

도서관 밖으로 들고 나갈 수 없으며

주어진 두 시간 안에 독서를 마쳐야 합니다.

그대가 책을 읽는 동안

그 책도 그대를 읽게 되니

책이 당신을 다 읽어 버리기 전에

독서를 끝내시길,

오래 사로잡혀 있지 않길 바랍니다.

　

책에 사로잡힐 사람이 몇이나 된다고 쓸데없는 걱정을 할까. 해박한 지식을 가진 사람책이 더 높은 곳으로의 길라잡이가 되어 준다는 홍보 문구도 곧이곧대로 믿지 않았다. 누구나 읽을 수 있는 사람책을 대여하는 시스템은 기나긴 가뭄에 시달리는 사람에게 물 몇 방울을 뿌려 주는 쇼에 가까웠다. 원래 쇼라는 게 관중의 불빛을 모아다 무대 위 쇼맨에게 헌납하는 눈가림이지 않나. 사람들은 목마름의 이유를 고민하기보다 몇 방울의 물이라도 마실 수 있는 기적을 꿈꾸고, 그래서 간절한 사람들이 더 잘 속게 마련이고.

만든 이들조차 그 효용을 믿지 않았다. 적당히 흔들어 대다가 사라지는 약한 태풍이길 기대했다. 그저 불만을 해소하기 위한 분출구처럼 기획했던 행사였기에 도서관 측 역시 사람책 프로그램에 큰 관심을 기울이지 않았다. 그저 말깨나 하는 사람들이 두 시간 동안 군중의 갈증을 달래 주길 바라 장단을 맞춰 주는 쪽이었다.

요일별로 다른 사람책이 대출된다. 월요일은 마법사를, 화요일은 의사를, 수요일은 종교인을, 목요일은 일용직 노동자를, 금요일은 두 명의 여성을 처참히 죽인 살인자를, 토요일은 한 사람만을 위해 연주하는 피아니스트를 만날 수 있다. 단, 월요일과 금요일은 격주로 운영되고, 일요일은 도서관의 깜짝 이벤트로 특별한 사람책이 초청되기도 한다.

사람들이 가장 열광하는 것은 마법사와 살인자였다. 마법사는 쇼맨이었고 찰나의 순간에 많은 이들을 현혹했다. 도서관이 정한 주제에서 벗어나 자기 쇼를 홍보하고, 제멋대로 시간을 늘렸다 줄였다 하며 아슬아슬한 선을 넘나들었다. 그는 단 한 명으로 제한된 관람자를 열 명까지 늘린 적도 있었다. 그의 마술에는 모든 것이 소환되었다. 자료실에서 책을 읽고 있던 꼬마부터 그 꼬마의 주머니에 든 돈까지. 마법사는 모든 화기가 금지된 자료실 안에서 책에 불을 붙이고 스프링클러까지 작동시켰다. 이 사건이 쇼란 명분으로 무마된 뒤, 도서관은 마법사를 제재할 명분을 잃게 되었다. 어쨌거나 그것은 도서관의 금기를 깰 수 있는 놀라운 '마술'이었으니.

반면에 살인자는 무언가를 애쓰지 않았다. 사실 그는 소설가로 사람책에 등재되었지만 스스로 살인자로 불리길 바랐다. 그는 사람들이 고등급의 작문이 아니라 제 밑바닥 살인 본능을 엿보고 싶어 함을 잘 알았다. 마법사와 살인자 두 사람은 도서관 입장에서는 잘라 낼 수도 들고 있을 수도 없는 양날의 검이었으나 마법사와 달리 살인자는 붙잡을 손잡이가 없는 쪽이었다.

무기 징역수로 썩기엔 그의 외모가 너무나 특출했고 본인도 그 점을 영민하게 이용했다. 그는 우수에 찬 얼굴만으로 사람들을 홀렸다. 큰 키와 준수한 외모는 내면의 악취를 감춰 주기에 충분했으며 수많은 독자들이 그 썩은 내에 현혹되었다. 그리하여 열광적 추종자들의 끝없는 탄원이 살인자를 감옥 담벼락 밖으로 불러냈다.

믿거나 말거나 그의 필명은 히아신스였는데 꽃을 비유로 들고자 했다면 입도 줄기도 없이 꽃잎만을 흉내 내 파리를 유혹하는 라플레시아가 더 어울렸을 것이다. 파리를 유혹하기 위해 시체의 썩은 내를 풍기는 꽃이야말로 살인자 오태중의 정체성과 닮았다.

시체꽃과 히아신스는 오태중 때문에 한 묶음이 되어 버렸고 그 악취 덕분에 15도서관은 전국적인 홍보 효과를 누렸다. 오태중 사람책에 대한 문의가 게시판 글의 절반을 차지했다. 그를 보고자 하는 수요는 폭발적으로 늘었다. 그 바람에 도서관 옆면에 걸린 현수막에 살인자란 글자 대신 푸른 히아신스 꽃을 든 오태중이 나부끼게 되었고, 그것이 법무부 호송 차량에서 오태중이 내릴 때마다 히아신스 꽃잎이 흩뿌려지게 된 이유였다.

그 현수막을 덮은 동상이몽을 오태중과 도서관이 함께 꾸었다. 도서관은 오태중이 얌전하게 회원을 모아 주길 바랐고 오태중은 자유롭게 제 광기를 발산하고자 했다. 그는 사람책 프로그램을 신청한 독자를 대상으로 '소설 강연'이 아닌 '살인 강연'을 펼쳤다. 피를 흘린 피해자의 몸이 얼마나 가벼워졌는지를 얘기할 때 사서와 신청자가 기절했다는 일화는 두고두고 전설이 되었다.

결정적인 사건이랄까. 오태중의 광기와 욕망을 엿볼 수 있는 박제된 일화가 남았다. 그는 사람을 죽였을 때 쾌감을 느꼈냐고 묻는 이들 앞에서 윤동주의 시 하나를 막힘없이 낭송했다.

"한 사나이가 있습니다. 어쩐지 그 사나이가 미워져 돌아갑니다. 돌아가다 생각하니 그 사나이가 가엾어집니다. 도로 가들여다보니 사나이는 그대로 있습니다."

살인자는 그 사나이가 누구일 것 같냐고 묻고 사람들의 반응을 즐겼다. 몇몇은 제목 그대로 자화상이라 대답했지만, 몇몇은 그것이 살인에 대한 은유임을 알아차렸다. 그는 시를 오역해 자신의 것으로 만들었다. 깊이를 알 수 없는 검은 구멍을 목도한 사람들은 살인자의 입에서 나오는 선혈의 단어들에 충격을 받았다. 사람을 죽일 수 있는 냉혈함과 시를 사랑하는 순수함이 한 몸에 공존한다는 사실은 경악 그 자체였다. 연민과 사랑의 감정이 고장 난 채로 희로애락을 가질 수 있음에 평범한 사람들은 공포를 느꼈다.

2

히아신스가 곳곳에 풍년이네.

오태중의 또 다른 현수막이 로비에 걸려 있었다. 원래는 마법사의 현수막이었으나 오태중의 요청으로 안까지 바꿔 달았다는 소리가 들렸다. 그깟 쇼맨 같은 마법사와 자신은 급이 다르다나. 저야말로 쇼맨으로 비교하기에도 곤란한 인간이건만.

자기애에 충만해 손가락으로 얼굴을 감싼 자세는 건물 안이나 밖이나 그대로였다. 가위가 있으면 불쌍한 히아신스라도 도려내고 싶은 마음이 굴뚝같았지만 눈길을 얼른 돌리는 쪽을 택했다.

그런데 로비가 이미 만원이었다. 우물쭈물하는 사이 사람들로 꽉 채워져 오도 가도 못하게 끼여 버렸다. 시계를 올려다보았다. 오후 4시 정각이 되자 로비의 2층 유리 난간에 사람이 나와 섰다. 그의 등장으로 소음이 일제히 잦아들었다.

"6월 둘째 주 사람책 프로그램 2차 추첨을 시작하겠습니다. 1차 추첨을 통과하신 분들 중에 번호표가 없으신 분은 무효 처리되니 본인 번호표와 신분증이 있는지 잘 확인하시기 바랍니다."

남자는 어디선가 사람 키만 한 수레바퀴 하나를 끌고 와 섰다. 수레바퀴에는 카지노의 빅휠처럼 숫자들이 잔뜩 적혀 있고 맨 위에 조그만 화살 하나가 달려 있었다. 숫자가 60까지인 걸 보면 1차 예선을 통과한 사람이 60명이란 소리고, 다음 주는 일요일과 월요일이 빠지므로 다섯 명을 뽑는 셈이다.

진행자가 힘차게 바퀴를 돌렸다. 숫자가 보이지 않을 정도로 쌩쌩 돌아가던 바퀴가 느려지자 팽팽한 긴장감이 감돌기 시작했다. 32, 33, 34, 35인가? 바늘이 한 칸을 더 밀어내고 36에 안착하자 여기저기서 탄식이 새어 나왔다.

"36번 어디 계시죠?"

월요일의 마법사와 금요일의 살인자

후끈 달아올랐던 열기와 반대로 차가운 침묵만이 감돌았다.

"36번 없습니까?"

예상과 다른 반응에 휘강도 주위를 두리번거렸다.

"없으시면 재추첨으로……."

"있어요."

갈라진 목소리와 함께 팔 하나가 솟아올랐다. 생기 없이 초췌하고 마른 여자였다. 마른 나뭇잎을 연상시키는 갈색 원피스를 입은 여자는 계단으로 올라가 진행자에게 휴대폰에 뜬 자신의 번호를 확인시켰다. 옆에 있던 남자가 자기 일인 양 안타까워했다.

"하필이면 첫 타자로 걸려 가지고. 에잇, 텄네."

"뭐가 터? 1번이면 마법사잖아."

"마법사는 개뿔! 그리고 다음 주 월요일 휴관이야. 저건 공정성이다 뭐다 해서 다른 사람 추첨할 사람을 뽑은 거고."

"아, 그냥 한자리 주지. 뭘 그렇게 까다롭게."

"말이 많았으니까 그렇지. 그래서 요일도 무조건 순번대로고 원하지 않아도 걸린 날짜 사람책을 대여받아야 하는 거라고. 아무튼 맨 먼저 뽑혀서 다른 사람 뽑기 가이드 한 사람은 다시 뽑힌 적이 한 번도 없어. 남 바퀴만 돌려 주고 집에 가니 텄다고 하지."

그 불운을 전한 남자는 턱 끝으로 36번을 가리키며 말했다.

"두고 보라고. 자기 번호를 뽑을지 남 좋은 일만 시켜 줄지."

36번은 잔뜩 긴장한 채 빅휠을 돌렸다. 그녀가 돌린 수레바퀴는 몇 번이나 36번을 지나치더니 36이 아닌 15번에 안착했다. 이번에는 괴성에 가까운 환호성이 터져 나왔다.

"15번 올라오세요."

15번은 날다람쥐처럼 2층으로 뛰어 올라가 힘차게 수레바퀴를 돌렸다. 15번의 수레는 타인의 인생을 결정짓기 위해 나아갔다. 사람들은 비 맞은 중처럼 제 숫자만을 중얼거렸다. 바늘은 또 한 번 36번을 지나쳐 47번에 안착했다. 또다시 환호성이 들리고 분홍 티셔츠가 2층으로 올라갔다. 47이 58을 부르고, 58이 수레바퀴를 돌렸다. 그 어떤 의혹도 들러붙지 못하게 빠른 속도로 돌아가던 바퀴는 수십 바퀴를 지나고 나서야 겨우 속도를 떨어뜨리고 숫자들을 가늠하더니 20번을 물고 멈춰 섰다. 누군가가 환호성을 지르며 자리에서 튀어 올랐다. 그는 금요일의 사람, 살인자를 추첨한 것이다. 남자의 반응과 주변 사람들의 시선을 보건대 오늘의 로또는 이 남자인 듯했다. LED 화면에 15, 47, 58, 20 네 개의 숫자가 새겨졌다.

20번이 돌린 누군가의 수레바퀴가 힘차게 돌아갔다. 바퀴는 신나게 몇 바퀴를 돌다가 36과 37 사이에서 간당간당하게 멈춰 서는 듯했다. 첫 번째 추첨자는 뽑히지 않는다는 그 징크스가 깨질지, 휘강마저 긴장되었다.

그때 갑자기 둔탁한 기계 가동음과 함께 차가운 바람이 휘몰아치기 시작했다. 주변의 시스템 에어컨이 가동되고 강풍이 뿜어져 나오자 36에 멈출 듯 보였던 바늘이 37로 넘어갔다. 누군가의 환호와 누군가의 한숨으로 희비가 교차되었다. 왜 하필 천장의 시스템 에어컨이 그 순간 작동된 건지 아무도 의구심을 가지지 않는 눈치였다. 다섯 개의 숫자가 각 요일별 사람책 당첨자로 지정되고 일요일은 도서관의 자체 선정 도서로 표시되었다. 옆에 선 남자가 또다시 물었다.

"자체 선정이면 뭐 금서 정도 보여 주나?"

"네가 보고 싶다고 금서나 비싼 도서 보여 주겠냐? 표지가 없는 깜깜이로 도서관이 아무 사람책이나 보여 주는 거지. 2차 탈락자들에게 다시 기회를 주는 거야. 외부인이 당첨권을 사고파는 건 금지지만 당첨된 사람끼리는 일요일만 빼고 서로 날짜를 변경할 수가 있어. 물론 아무 조건도 없이 합의하에. 저 여자도 그 틈새를 노리는 거고. 36번 저 여자 오태중 골수팬으로 유명한데 몰래 당첨권 사려고 했다가 딱 걸렸지. 참가도 금지됐다가 풀린 지 얼마 안 됐어."

"너도 완전 골수잖아."

"나야 뜨뜻미지근한 관심이고 36번 저 사람이야말로 오태중 초기부터 사생 팬인데 온도가 다르지."

"자기가 그러고 싶다고 금요일 당첨자가 바꿔 준다는 보장은 없을 텐데."

남자는 목소리를 낮추며 은밀하게 말했다.

"죽으면 자리가 비거든."

"에이, 설마……."

"오태중이 오는 금요일에는 늘 앰뷸런스가 대기 중인 게 왜겠어."

쇼 관람을 끝낸 두 남자는 자료실로 돌아갔다. 당첨된 다섯 명은 절차 확인을 위해 담당자를 따라가고 구경하던 사람들도 뿔뿔이 흩어졌으나 사생 팬이라는 36번만이 그 자리에 남았다.

여자는 천장의 에어컨을 올려다보고 있었다. 휘강은 휴대폰을 켜며 엘리베이터로 향했다.

휴대폰은 '3층, 6자료실' 사서를 찾아가 자원봉사자로 등록하라고 알려 주고 있었다. 바로 그때 어린이 자료실의 문이 열리더니 사서 두 명이 책 수레를 끌고 엘리베이터 앞에 섰다. 두 사람이 끌고 온 검은 수레에는 '도난 방지 시스템 가동 중'이라는 LED 등이 깜박거리고 있었다.

"저기요."

두 사서와 휘강은 동시에 뒤를 돌아보았다. 36번이었다.

"아까 에어컨이 갑자기 작동된 거 말이에요. 그거 사람이 켜는 거예요?"

두 사서가 몹시 당황한 표정으로 서로를 바라보았다.

"누가 일부러 켠 건가요?"

"도서관 전체 온도가 일정하게 유지되게 되어 있어서 아마 자동으로 작동한 걸 거예요. 그렇지, 2사서?"

1사서 신분증을 단 남자가 말했다. 그 곁의 2사서라 불린 여자 사서는 웬일인지 겁을 먹은 표정이었다.

"갑자기 센 바람이 나오면서?"

36번의 눈빛이 날카로웠다. 두 사서는 '잘못 걸리면 줄초상이다' 말을 아끼는 표정이 역력했다. 2사서가 어렵게 입을 뗐다.

"가, 갑자기 사람이 많아져서…… 시스템이 자동으로 작동됐겠죠."

"두 번째예요. 내 번호 근처만 가면 갑자기 거센 바람이 나오는 게."

세상에 나만 되는 게 없다는 피해 의식만큼 무서운 게 없다. 난감해진 두 사서의 구원자는 때마침 도착한 엘리베이터였다. 두 사람은 수레를 밀며 엘리베이터에 올랐고, 휘강은 그들을 대신해 닫힘 버튼을 얼른 눌러 주었다. 36번은 문이 닫히는 마지막 순간까지 사서들을 노려보고 있었다. 엘리베이터가 위로 올라가자 둘은 참았던 숨을 뱉었다.

"와, 지릴 뻔했네."

"어우, 놀라라. 아까 잡아먹을 것 같은 그 표정 봤어요? 근데 저 여자 이번에도 금요일 참가권 몰래 사려고 하지 않을까요?"

"서약서 받는다잖아. 몰래 팔면 위약금 물고, 다시는 도서관 이용할 수 없게 한다고."

"사생이 아니라 미친 스토커예요. 오태중이 불쌍해 보이기는 처음이네요."

그들은 사람책 신청자 선발에 골머리를 앓고 있다는 속내를 무심코 흘려 버렸다. 선발 과정에 수백, 수천 명이 몰려 문제가 커지자 뒤늦게 프로그램을 중단하려고 했지만 이용자들의 거센 반발에 부딪쳤고 이제는 뜨거운 감자를 넘어선 타오르는 용광로 수준이라고. 불을 지핀 것은 자신이나 불을 끌 수 없다는 면에서도, 누구든 태워 버릴 수 있다는 점에서도.

"미친 거 같아요, 다들! 제 번호 안 걸린 게 우리 잘못인가! 그냥 컴퓨터 추첨제로 하든가."

"요새 AI 판결 때문에 말이 많았잖아. 도둑 작문 수업한 애한테 도서관 봉사라는 게 말이 돼? 그러니까 컴퓨터 추첨 못 믿겠다는 말이 나온 거지."

"그러게요. 생각해 보면 그 판결이 좀 수상하긴 했어요. 수천만 건의 데이터베이스를 분석하고 비슷한 판례를 찾아 판결한다고 오류가 영점영영영영영 뭐라고 했으면서."

"판례가 없었겠지. 제 인생 걸고 남한테 작문 가르친 고딩은 그전에 없었던 거고. 그 대단한 인공지능도 애가 둔 수를 못 읽은 거야."

"하긴, 돌아이를 무슨 수로 읽겠어요."

"2사서, 걔 오늘 몇 시에 온다고 했지?"

"심리 상담 마치고 온댔는데, 아마 지금쯤……."

여기 왔어요, 그 돌아이. 농담 삼아 슬쩍 인사를 건네 보고 싶었다. 시간을 확인한 두 사람이 돌아보는 게 느껴졌다. 휘강은 그들의 대화를 못 들은 척 계속 휴대폰을 들여다봤다. 엘리베이터가 3층에 도착하자 무안할 두 사람을 위해 재빨리 내려섰다. 이어폰을 꽂고 안내 영상을 다시 한번 재생했다.

'처음 오신 분은 자료실 앞 등록기에서 신분 조회와 인증 단계를 거쳐 회원 가입을 하세요.'

일부러 등록기를 지나쳐 6자료실 문 앞으로 갔다. 단말기 인증 없이 입구의 센서 안으로 발을 들이자 파란 경고등이 들어왔다. 뒤따라오던 2사서가 말을 붙였다.

"어떻게 왔어요?"

"법원에서 자원봉사 명령 받아서 왔는데요."

"아, 그……."

생략된 뒷말을 알면서도 짐짓 모른 척했다. 1사서가 서둘러 6자료실로 들어가자 2사서는 등록기를 가리키며 황급히 말머리를 돌렸다.

"여기에 도서관 회원 가입부터 해요. 주민번호 입력하면 등급 확인할 거예요."

휘강은 2사서가 가르쳐 주는 대로 번호를 입력하고 결과를 기다렸다. 화면은 잠시 대기 모드였다가 다음 단계로 넘어갔다. 최근 등급 심사일과 학교를 기입하는 칸이 등장했다.

"특사고 학생증 가져왔죠?"

"없는데요."

"없어요?"

"중학교 때 받은 등급 카드만 있어요."

휘강이 4등급 카드를 내밀자 2사서는 당황했다.

"큰일인데."

"왜요?"

"학생은 2등급이나 손해를 보니까. 특사고는 6등급인데 학생증이 없으면 그냥 중졸 4등급으로 인식하거든. 그럼 몸 쓰는 일로 내려가는 거고."

"그쪽이 더 좋은데요."

2사서는 별스럽다는 눈으로 휘강을 바라보다 등록기 버튼을 누르며 말했다.

"보통은 기를 쓰고 올라가려고 하는데 취향이 특이하네. 일단 도서관 카드부터 만들어요."

"꼭 따로 만들어야 돼요?"

"사고가 많아서 우리는 자체 강등 시스템을 쓰니까 따로 필요해요. 책이 좀 비싸야지, 도서관은."

휘강의 등급 카드로 정보를 입력하던 2사서는 놀란 눈으로 멈칫했다.

"어? 뭘 벌써 얼굴 인식이래. 정면 봐요."

"네?"

"정면! 정면!"

컴퓨터는 숨 쉴 틈도 주지 않고 다짜고짜 얼굴을 찍었다. 그 바람에 찍힌 것은 2사서가 휘두른 손과 놀란 휘강의 옆모습이었다. 화면은 승인과 취소 선택 단계로 바뀌었다.

"미안, 취소하고 다시 찍어요."

2사서가 전체 취소 버튼을 누르려는 순간 등록기는 제멋대로 "카드를 발급 중입니다"라는 메시지를 띄웠다. 성격 급한 등록기는 딸깍 소리를 내며 무언가를 토했다. 당황한 2사서는 등록기가 만들어 준 도서관 카드를 꺼내 들었다.

"어머, 미쳤나 봐."

"그런 사진도 되는 거예요?"

"아니, 아니! 정면 얼굴 아니면 카드 발급 자체가 안 되는 건데 컴퓨터가 왜 이러지."

"다시 만들까요?"

"아, 사유서 쓰고 되게 골치 아픈데. 일단 오늘은 교육부터 받고 이번 주 안에 다시 재발급 받아요. 참, 휴대폰에 도서관 앱 깔고 로그인하면 자동 연동될 거예요. 근데 진짜 별일이네. 머리카락이 귀만 가려도 넘기라고 빽빽 소리를 질러 대던 프로그램인데……."

휘강은 미심쩍게 바라보는 2사서의 얼굴을 애써 외면했다.

이 녀석 진짜 알파고의 아들인가. 어떻게 등록기를 구워삶았지. 그녀의 생각만큼은 인공지능처럼 읽혔다.

2사서가 자료실 입구의 단말기에 카드를 대자 거대한 자료실 문이 삐걱 소리를 내며 열렸다. 휘강은 2사서를 따라 6자료실 안으로 들어갔다. 특사고의 도서관과는 차원이 다른 장서량과 규모를 자랑하는 거대한 도서관이 휘강을 받아들였다. 수십 개의 책장이 즐비한 가운데 출입구 옆에는 도서를 검색할 수 있는 자료 검색대와 대출과 반납을 처리하는 기계가 자리 잡고 있었다. 그리고 그 한쪽 구석 높은 단상 위 거대한 물음표를 단 곳에 사서의 자리가 있었다. 2사서는 빠르게 동영상 몇 개를 불러와 컴퓨터 스크린에 올려 주었다.

"이건 자원봉사자가 받는 기본 교육. 그냥 인강이라고 생각하면 돼요. 도서관은 등급별로 1등급에서 9등급까지 갈 수 있는 자료실이 다른데, 1, 2등급은 1층 어린이 자료실이고 3등급부터는 3자료실 이런 식이에요. 그래서 여기는 6등급 이상이 올 수 있는 6자료실. 이해 가죠?"

"나머지는요?"

"7, 8등급이 보는 책들은 6자료실 맨 안쪽에 있는데 제일 위쪽 자료들이라 사다리 없이는 뽑아 볼 수도 없어서 그 사다리가 우리 사서들 특권이에요. 각 등급 보존서고는 따로 운영되고 있고."

"9등급은요? 그 사람들이 보는 책은 어디 금고 같은 데 있어요?"

"있지. 아예 우리도 못 들어가는 9등급 보존서고에."

"어디 있는데요?"

"그걸 아는 것 자체가 9등급 비밀!"

2사서는 괜한 거 묻지 말고 동영상이나 시청하라는 듯 화면을 가리켰다. 휘강이 이어폰을 꽂고 동영상을 다시 재생하자마자 낯익은 얼굴 하나가 다가왔다. 2사서는 휘강의 휴대폰에 이것저것 필요한 데이터를 옮겨 주느라 가까이 다가온 사람의 떨떠름한 표정을 읽지 못했다.

"사서님!"

"어, 왜?"

"아동 보존서고 다 청소했는데요."

"벌써? 그럼 여기 있는 책들 제자리로 옮겨 줘."

"저 일손 달리는데 새로 온 애 시키시면 안 돼요?"

휘강은 자신을 '새로 온 애'라 지칭한 녀석의 얼굴을 물끄러미 바라봤다. 녀석은 휘강의 시선을 고깝게 받아 냈다.

"아, 여기는 아직 동영상 교육 중이라 오늘은 안 되고 내일부터. 그러고 보니 천지웅 학생도 특사고잖아. 둘이 인사부터 해."

휘강과 천지웅은 대꾸 없이 서로를 바라보았다. 2사서는 어리둥절한 표정으로 물었다.

"뭐 둘이 아는 사이야?"

"아니요."

둘은 나란히 부정했다. 그와 동시에 휘강은 녀석보다 살짝 늦게 답을 했다는 데 짜증이 올라왔다. 다행인지 불행인지 2사서는 서로의 비호감을 눈치채지 못한 듯 보였다.

"아차, 관장님이 보자셨는데 내 정신 좀 봐! 휘강 학생은 그거 그만두고 관장실부터 가 봐요."

"왜요?"

"관장님이 AI 판결 받은 학생 한번 보자고 하셨거든. 원래 그 양반이 새 얼굴에 관심 많아. 가서 특사고 교복 좀 보여 주고 인사만 하고 와요. 참, 말대꾸하지 말고!"

"제 교복을 보여 줘요?"

"이 양반이 특사 출신 좋아하거든. 좀 순혈주의 엘리트 의식 뭐 이런 거에 빠졌는데 그냥 장단만 맞춰 주고 기름 좀 바르고 오면 돼요."

2사서의 설명을 들으니 더더욱 발걸음이 떨어지지 않았다. 곁에 있던 천지웅이 그 껄끄러운 마음에 사포질을 해 댔다.

"얘는 순혈이 아니라 머글인데 슬리데린 출신 관장이 퍽이나 좋아하겠네요. 등급도 6-A로 밀렸는데 기름은커녕 들켰다가는 제 뼈나 발려 나가겠지."

욕지거리 한마디 듣지 않고도 욕을 한 바가지 얻어먹은 기분이었으나 그 말을 반박하지 않았다. 단 한 번도 관장을 만나 본 적이 없지만 이상하게도 녀석의 말이 구구절절 옳은 소리 같다는 느낌이 들었다. 근데 저 녀석은 어떻게 내 정보를 저렇게 잘 알고 있는 거지? 사돈 남 말 하고 있지만 누군가의 뼈를 바르는 일은 저 녀석 취미이지 않나.

3

한쪽 머리를 날카로운 것으로 쪼아 대는 듯한 두통이 일었다. 관장실에 들어선 순간부터 향기를 가장한 인공 화합물 냄새가 끼쳤기 때문이다. 대번 보이는 방향제의 개수가 다섯 손가락을 넘어섰다. 인공 향에 길들여진 눈앞의 남자는 핏기 하나 없는 얼굴로 무심히 쳐다보고 있었다. 정적을 깬 건 햄버거 포장지를 바스락거리는 소리였다. 관장은 이른 저녁인지 간식인지 모를 햄버거 세트를 먹고 있었다. 손에 묻은 소스까지 핥아 먹으며 법원 위탁 안내서를 훑어본 관장이 혼잣말을 뱉었다.

"아, 그 AI 오류."

대꾸 금물, 그 말에 반응하지 않으려 숨을 골랐다. 그는 유복하게 자란 남자 같았다. 키는 크지 않지만 살집은 좀 많은 편이었다. 어딘지 모르게 피를 빨아 먹는 통통한 각다귀를 닮았다는 생각이 들었다. 단정하게 빗어 넘긴 머리끝에 꾸덕꾸덕한 왁스가 남아 있는 걸 보면 뭐든 좀 과잉인 사람으로 보였다. 잘 다려진 와이셔츠의 깃은 너무 빳빳하고, 구두도 너무 반질반질했다. 그의 구두는 아파트 지하 주차장에서 도서관 지하 주차장으로 마른 길만을 밟고 살아온 듯 흙먼지 하나 보이지 않는다. 이름은 교포 분위기가 흘러넘치는 사무엘 김. 어딘가 유약해 보이는 동시에 날카롭고 눈빛이 곧잘 허공을 훑곤 했다. 어린아이에서 바로 중년으로 이어지는 진공관에서 무탈하게 살아왔으리라. 그 좁은 세계에서 꺾이지 않고 살았다는 건 축복일까, 저주일까.

"특사고인데 4등급 카드를 받았네."

그 말에 비릿한 조롱이 배어 있었다. 천지웅이 비아냥거리듯 먼저 던져 준 정보가 아니었다면 휘강은 관장이 내뱉는 칼날 같은 말에 마음 어딘가를 베이는 기분일 것 같았다.

"왜? 내 말이 기분 나쁜가?"

대꾸하고 싶다. 좋을 리가 없지 않냐고. 하지만 휘강은 침묵을 택했다.

"불법 교습한 사람이 봉사하러 왔으니 반갑지 않은 건 당연한데 그걸 가면 쓰고 잘 왔다 반겨 주는 게 이상한 거야. 가뜩이나 우리 도서관은 사람책 프로그램 때문에 괜한 소문이 나는 것에 민감할 수밖에 없는데 AI 오류 학생이 얼마나 신경 쓰이겠어. 오태중 하면 15도서관이 자동 검색되니 검색당하는 쪽이 몸을 사려야지."

기분 나쁘게도 옳은 소리다.

"오태중 책 본 적은 있나?"

"아뇨."

"한 번도?"

"네."

"특사고에선 오태중이 안 먹히나 보군."

그 말을 하는 관장의 입꼬리가 미묘하게 올라갔다. 휘강의 답이 관장을 흡족하게 해 준 것 같았다. 근질거리던 입이 끝내 대꾸를 하고 말았다.

"사람 따라서요."

"근데 본인은 아니다? 오태중 사람책도 별로고?"

"오태중도 싫고, 사람책도 싫어요."

"왜?"

"너무 쇼 같아요."

뭐가 그리 우스운 건지 그는 가쁜 숨을 몰아쉬며 웃어 댔다.

"아, 대답이 너무 의외라. 그걸 쇼라고 한 건 네가 처음이거든. 근데 쇼 맞아. 사람책이란 게 원래 그런 살인자나 마법사 나 부랑이 같은 광대들 좋자고 만든 건 아니었거든. 원래 취지는 게이나 장애인이나 알코올 중독자 같은 사회적 소수자들을 만나 편견을 좁히자였는데 우리는 다른 의미로 만나기 힘든 때깔 좋은 사람들만 내세우지. 그게 사람책을 처음 시작한 유럽 애들이랑 우리 차이야. 걔들 책은 누런 재생지를 쓰고 면지도 띠지도 필요 없는 제 머릿속인 거고, 우리는 비싼 모조지에 띠지에 추천사에 번쩍거리는 표지를 둘러서 있어 보이고 싶어 하는 우리 머릿속의 반영인 거고."

그럼에도 15도서관은 다른 도서관들이 반대하는 살인자 오태중을 받아들였으며 그 최종 권한이 관장 자신에게 있음을 부인하지 않았다. 관장은 투명한 유리병 속에 담긴 발효 음식 같았다. 도대체 어느 선까지가 약이고 어느 선을 넘어야 독인지 알 수 없다는 점에서.

관장의 눈은 잠시 서류의 한곳에 고정되었다.

"근데 전국 백일장에서 국무총리상을 받았었네. 검열 약한 판타지 이런 걸로?"

"아뇨. 시였어요."

"특이하네. 시 쓰는 건 학교에서 배웠나?"

"그냥 짧게 써서 냈더니 시래요."

"장래 희망이 시인? 작가?"

"그냥 쓰는 거예요. 기침처럼 참지 못하고 불쑥 튀어나와서."

"참지 못하고 튀어나온다라, 본능처럼?"

그 말이 관장의 무엇을 건드렸을까. 관장은 두 손을 깍지 끼고 한참 동안 생각에 잠긴 얼굴로 말이 없었다.

"카드 주고 가. 내가 주임 사서한테 얘기해서 정시에 네 카드로 입실 기록 찍으라고 할 테니까 오고 싶을 때 와."

관장은 햄버거를 다 먹은 후 책상을 물티슈로 닦고 있었다. 기름이 묻은 주변까지 정리하는 걸 보면 천성적으로 꼼꼼한 사람인 듯했다.

"말씀은 감사하지만 법원 명령대로 시켜 주세요."

말한 자신이 놀랄 만큼 단호한 목소리였다. 휘강은 본능적으로 관장의 호의가 꺼림칙했다.

"자, 그럼 이렇게 하는 건 어떻겠니? 관장실에서 잔심부름을 하며 지내는 걸로 업무를 바꿔 줄게. 탕비실이라고 직원들이 휴게실처럼 쉬는 공간이 있는데 넌 매일 거기 대기하다 내가 시키는 일만 하는 거야. 도서관 안에서 올리고 내리는 건 전적으로 내 권한이니까 상황 봐서 도서관 등급도 올려 주고."

"그냥 자료실로 보내 주세요."

"정말 자료실로 가고 싶어?"

"네."

"좋아. 어디로 가고 싶은지 말만 해. 5? 6?"

"1층이요."

관장은 철없는 열여덟이라 생각했던 얼굴을 올려다보았다. 볼수록 맹랑한 녀석이네.

그는 휘강의 도서관 정보 접근 등급을 정정했다. 원한다면 이 도서관에서 가장 잡일이 많고 육체노동이 심한 곳에서 부풀어 오른 녀석의 솜뭉치에 물을 먹여 볼 생각이었다. 관장은 컴퓨터에 등급을 입력하고 승인 버튼을 눌렀다.

"1층 어린이 자료실로 가 봐. 아, 그전에 여기 휴지통 좀 비워 주고."

관장은 발치에 있던 휴지통 두 개를 휘강에게 발로 쓰윽 밀었다. 일반 쓰레기통과 재활용 쓰레기통을 구분해 쓰는 이 남자의 성정은 선인가 악인가. 분명 호의를 베푸는 걸로 보였으나 휘강은 가슴 밑바닥에서 이상한 거부감이 밀려 나왔다. 휴지통을 비우고 꾸벅 인사를 한 뒤 관장실을 나왔다. 그리고 다시 한번 그 알파벳과 숫자 조합을 떠올려 보았다.

사무엘 김, PI31415926.

책상 위에 널브러뜨려 놓은 햄버거 사이에 펼쳐져 있던 관장의 출입증 등록 번호였다. 어지러워 보이는 곳에서 규칙을 찾는 것이 휘강의 특기였다. 누군가는 비상한 기억력이라고 했지만 머릿속을 이불 개듯 잘 개어 놓고 꺼낼 때마다 우르르 딸려 나오는 걸 막지 않을 뿐.

문 앞에서 잠시 멈추고 머릿속 공간을 상상했다. 그곳은 휘강이 암기를 쉽게 하기 위해 임의로 만든 자신만의 이미지 저장 공간이다. 컴퓨터 하드디스크처럼 그 역시 머릿속에 나눠 놓은 저장 공간을 이미지화해서 체계적으로 자료를 넣었다. 눈을 감고 커다란 창고 안으로 들어가는 것을 상상했다. 창고형 매장처럼 높직한 진열대가 있고 연도순으로 수많은 상자들이 쌓여있다. 그 안으로 걸어가 가나다순으로 쌓아 놓은 상자 중 하나를 꺼내 조그만 종이 파일을 넣었다. 그리고 상자 밖에 커다란 매직으로 굵게 이름을 써 넣었다.

'각다귀 정보 모음.' 각다귀 정보 상자는 'ㄱ' 칸으로 올라갔다. 'ㄱ'은 각다귀를 뜻하기도, 관장을 뜻하기도, 김 사무엘로도 딸려 나올 수 있다. 관장이 관장 자리에서 밀려나도 각다귀 같은 그의 첫인상이 사라지지 않는 한, 위치가 바뀌지 않을 정보상자였다.

엘리베이터를 타고 1층으로 갔다. 어린이 자료실 앞에 서자 왁자지껄 도떼기시장을 연상시키는 꼬맹이들의 목소리가 들려왔다. 이제 갓 한글 교육을 시작한 꼬맹이들이 엄마, 아빠 손을 잡고 삼삼오오 놀러 와 반나절을 죽치고 논다는 어린이집 뺨친다는 그곳.

게다가 그들은 도서관 유료 프로그램의 열혈 이용자이자 불량 책을 가장 많이 만들어 내는 악성 독자들로 유명했다. 찢어지고 뜯기고 색칠되고 온갖 오물로 뒤덮인 동화책을 원상 복구하는 일이 어린이 자료실 사서의 주 업무라는 건 익히 알고 있었다. 또한 갑을의 법칙에 의해 사서의 업무가 자기 같은 봉사자들에게 내려온다는 것도.

어린이 자료실의 자동문 앞에 섰다. 그때 누군가가 휘강 앞으로 깜박이도 켜지 않고 칼치기를 하고 들어왔다.

"문 앞에서 대기 타지 말자."

팔 한가득 종이 상자를 들고 있는 천지웅이었다. 지웅은 어깨로 툭 밀치고 자료실 안으로 들어가 버렸다. 반쯤 나가 있던 정신이 녀석 덕분에 제자리를 찾았다. 자료실 데스크에 있는 사서에게 다가가 카드를 내밀었다.

"관장님이 이리로 보내셨는데요."

"아, 새로 온 학생이에요?"

9사서 이름표를 단 긴 생머리의 여자 사서는 휘강의 카드를 받아 바코드를 조회했다. 옆에서 검은 뿔테 안경을 낀 사서가 입을 삐죽거리며 말했다.

"뭘 밑보였기에 오자마자 여기래."

"희선 씨이—"

긴 생머리 사서가 팔을 꼬집듯 길게 이름을 부르자 희선 씨라 불리는 10사서가 입을 삐죽거리며 말했다.

"내가 뭐 틀린 말 했어요? 9사서님도 그랬잖아요."

9사서는 머리를 절레절레 흔들었지만 10사서는 남은 말을 털어 내었다.

"여긴 키즈 카페야. 돈 좀 있는 아줌마들이 제일 좋아하는 키카. 키카보다 여기가 더 싸게 먹히거든."

고급 정보를 알뜰히 챙겨 머리에 입력했다. 휘강은 정보 조회를 끝낸 9사서가 내미는 카드를 두 손으로 잡았다. 그러나 카드가 꼼짝하지 않았다. 9사서는 두 눈을 모니터에 고정한 채 돌려주려던 카드를 힘주어 잡고 있었다.

"잠깐만!"

"네?"

"관장님이 1층으로 가라고 한 거 맞죠?"

"네."

"학생이 법원에서 AI 판결 받은 그 학생이고?"

"네."

"근데 왜 4등급이었어? 관장님은 왜 바로 6등급으로 수정하고?"

어리둥절한 표정으로 그녀를 바라봤다. 이상한 분위기를 감지한 10사서가 9사서의 모니터에 얼굴을 드밀었다.

"그러네요. 원래 4등급 컷이었네. 웬일로 기분이 좋았나."

"입으로는 어린이 자료실 가라고 해 놓고 6등급으로 승격시켜 주셨다고?"

"뭐야, 설마 관장님한테 햄버거 뭐 이런 거 사다 줬어?"

"아니요."

"그럼 이 귀신 곡할 노릇은 뭐야. 지금까지 햄버거는, 아니 관장은 등급을 떨어뜨린 적은 있어도 올려 준 적은 없는데 네가 뭐라고 6등급으로 올려 줘? 그게 관장이 쥐고 있는 제일 비싼 열쇠인데."

고의가 아닐 거예요. 손에 묻은 소스가 튀었거나, 그 손가락이 미끄러졌을 겁니다. 관장실에서 있었던 일들로 유추해 볼 때 두 사서가 흥분하며 보인 반응이 수긍이 갔다.

"얘 특사고예요."

좌중의 흥을 깨는 목소리가 끼어들었다. 떨떠름한 표정의 천지웅이 잔칫상을 뒤엎고 있다.

"아까 보니 학생증 안 가지고 와서 등급 깎이던데 관장이 원래대로 올려 준 거겠죠."

"천지웅 학생 친구구나."

"아니요!"

둘은 또다시 동시에 목소리를 높였다. 9사서는 별스러운 놈들도 다 있다는 표정으로 둘을 쳐다보다 한 마디를 더 얹었다.

"근데 오태중 팬이에요?"

"아뇨."

"오자마자 사람책 프로그램에도 신청했기에 혹시나 해서."

"제가요?"

9사서가 보여 준 사람책 프로그램 신청자 명단에 휘강의 이름이 존재했다. 손가락이 미끄러졌을 거라고 믿고 싶었던 순진한 마음에 얼음물이 끼얹어졌다. AI 판결도, 6등급도, 사람책도, 누군가 의도를 가지고 자신을 끌어들이고 있음이 분명했다. 기억을 조금 더 멀리 되감았다. 그리고 능금길이 떠올랐다. 그를 도서관으로 이끈 것은 어느 날 문득 던져진 쪽지 하나였고, 그것이 이 모든 우연의 시작이었다. 그제야 끈질기게 괴롭히던 불안의 정체를 눈치챘다. 자신은 누군가가 만들어 놓은 장기판의 말로 움직이고 있다!

④

다음 날부터 어린이 자료실로 출근 도장을 찍었다. 사서들은 6

자료실로 가도 된다고 했지만 내키지 않았다. 그 길은 '보이지 않는 손'이 만들어 놓은 길이었고 그 의도를 알지 못하는 이상 누군가가 만들어 놓은 각본대로 움직이고 싶지 않아서다. 대신 키카라 불리는 어린이 자료실에서 몸으로 때우며 도서관의 잡일에 수월해지기로 마음먹었다.

누가 시켰든 휘강에게는 마무리 지어야 할 일이 남아 있다. 꺾여도 다시 붙잡아 세워야 할 지지대로서의 일, 자신이 붙잡히고 능금길 야학이 폐쇄되었으니 아이들 두 발이 묶인 것이나 다름없다. 자신은 요주의 대상이라 아직 현장 복귀가 어렵지만 그 일을 할 대체 인력을 구한다면 아이들의 공부를 이어 갈 수 있다. 작문을 가르칠 사람을 구하는 눈이 자연스레 학교 안으로 돌아갔다.

공부와 담쌓고 일 벌이는 걸 좋아하고 붙잡혀도 잘 빠져나올 수 있는 유복한 인간으로. 골라야 한다면 특사고 학생이 적합했다. 자기가 영입된 방식처럼 점조직으로 지령을 떨어뜨릴까도 생각했다.

"능금길 작문 교실, 의미 있는 삶을 원한다면 도전해 보시오."

쓰고 보니 저를 가리키는 화살표 같다. AI의 아들이란 소문이 난 뒤로 작문 교실이란 말만 나오면 휘강을 의심할 게 뻔하다. 결국 손에 남은 선택지는 하나뿐이다.

등교 시간에 맞춰 아이들이 교실로 들어왔다. 반쯤 열려 있던 뒷문을 끝까지 벌컥 열어젖힌 녀석은 김도겸이다. 삼형제 중 장남에, 아버지는 이란에 뭘 수출하는 제법 큰 사업을 한다는데, 녀석은 늘 만만한 놈들의 주머니를 턴다. 터는 재주는 좋은데 제 아버지가 밀린 국세를 내지 않기 위해 집 금고에 돈을 숨기고 친척 차를 탄다는 둥 제 입까지 터는 녀석이다. 입만 잠기면 합격인데 일단 보류.

도겸의 뒤를 이어 소리 없이 미끄러져 들어오는 덩치는 김도겸의 친구 육탄이다. 놀랍게도 본명이다. 들리는 소문에 따르면 원래 성은 이씨였고 엄마가 재혼하면서 새아버지 성을 따랐는데 하필이면 육씨였다고. 확인되지 않은 이야기다. 어쨌거나 복잡한 가정사에 한 번쯤 집을 뛰쳐나가 비뚤어질 만도 했을 텐데 녀석은 보통 십대 남자애들과 다른 세상에 사는 것 같았다. 사씨를 만나면 사탄이 되었을 거라고 돌려 까는 말에도 차라리 육탄이 되어서 다행이라며 멍청한 입을 손수 달아 주었다. 녀석을 보노라면 힘이 빠진 절간의 늙은 개가 떠올랐다. 목탁 소리에 득도한 중은 절을 떠나도, 속세의 소리에 속을 끓인 중생은 그 목탁 소리가 그리워 절밥 먹는 개로 태어난다고, 출가한 삼촌이 그랬단다. 그러면서, 내가 목탁 소리에 끌리는 건 내 속이 시끄러운 건가, 무서운 소리를 한다. 도를 아냐고 물으면 이미 깨치고 태어났다 대답할 녀석이었다. 중늙은이 같은 육탄이라면 중생 구제에 뜻을 모아 줄 것 같아 선택지에 이름을 올려 놓았다.

그렇게 추리고 남은 게 강주노, 학교에 숙면을 취하러 오는 겨울 곰이다.

녀석이 수업 시간에 고개를 들고 있는 걸 본 적이 단 한 번도 없었다. 녀석은 늘 책상에 엎드려 있었고 그 상태로 내리 세 시간을 잤다. 쉬는 시간마다 다른 반 여자아이들이 몰려와 창문에 매달렸지만 녀석은 늘 운동장 창가 쪽으로 고개를 돌리고 잤다. 여자애들은 강주노의 뒤통수만 봐도 기절할 듯 소리를 질렀다. 동면하듯 잠만 자다 점심시간이 되어야 기지개를 켜고 자리에서 일어나는 별종이었다. 덕분에 점심시간 안에는 말 한 마디 붙이기가 힘들었다. 몇 번 말을 붙이려고 애를 쓰다 녀석에게 들러붙어 있는 주변 아이들에게 까이기만 했다.

기회는 뜻하지 않게 찾아왔다. 도서관에서 찾아볼 책 때문에 새벽같이 등교한 날, 농구대 근처에서 미친 듯이 슛을 쏘고 있는 움직이는 녀석을 보았다. 녀석은 오롯이 혼자였다. 클럽 DJ를 하느라 밤을 새운다는 소문이 사실인가. 어쨌든 늘 아이들에 둘러싸여 있던 주노가 혼자인 이 순간 실낱같은 희망이 보였다. 사발통문에 처음으로 이름을 올릴 사람으로 주저 없이 강주노를 골랐다.

다음 날 다시 새벽이슬을 맞으며 학교로 왔다. 도서관 대신 농구 코트에서 강주노를 기다렸다. 농구공 하나를 가방에 넣고 등교하던 강주노는 휘강을 보고 말없이 멈춰 섰다. 농구대를 먼저 차지하고 있는 건 휘강이었으니 강주노가 아쉬운 쪽임에도 띠꺼운 얼굴로.

"넌 뭐냐."

원래 싸가지가 없는 성격일 듯했다. 그는 휘강의 낡고 볼품없는 농구공을 발로 차 버리고 제 공을 꺼내 던졌다. 휘강에게 끼겠다는 게 아니라 휘강을 끼워 준다, 였다. 일대일 시합을 하다 아이들이 점점 불어나자 휘강과 강주노는 그들에게 자리를

71

내주고 코트를 떠났다.

건물 뒤편 선생님들 차가 고이 모셔진 공간으로 간 둘은 어색하게 입을 다물고 섰다. 나 새벽까지 일해서 졸린데 급한 일 아니면 나중에 보자. 하품을 하며 심드렁해하는 녀석 앞에 글을 읽을 줄 아는 귀한 눈이 필요하다는 말과 함께 사람책 일을 술술 불었다. 담벼락에 기대선 녀석의 표정에 아무 변화가 없었다. 감정을 읽을 수 없는 얼굴로 빤히 바라볼 뿐이었다. 녀석은 긴 침묵 끝에 입을 떼었다.

"내가 궁금한 거부터 묻고. 넌 왜 말할 때마다 '나 이휘강인데'라고 말하냐. 꼭 모르는 번호로 전화하는 사람처럼."

"그냥 버릇이야."

"다른 애들한테는 안 그러던데."

예상 밖의 말에 당황하고 말았다. 꿰뚫듯 바라보는 그 갈색 눈동자에서 시선을 돌리면 거짓말을 시인하게 될 것 같았다. 게다가 너무 크고 맑은 눈동자였다.

"뻥치지 말고. 알고 있는 거지? 언제부터 알았어?"

"뭘?"

"한 번만 더 잡아떼면 토킹 끝이다."

"밑도 끝도 없이 아냐고 물어보는 사람한테 뭘 대답해."

"나한테 말할 때 이름을 말하는 건 네가 유일해. 꼭 네가 너라는 걸 가르쳐 주려는 사람처럼. 내가 사람 몰라본다는 거 알고 있었던 거잖아. 그거 어떻게 알았냐고!"

머리 굴릴 시간을 주지 않겠다! 녀석은 생각할 틈도 주지 않고 쳐들어왔다. 더 이상 발뺌했다간 사발통문은커녕 묵사발이 될 분위기였다. 사람의 치부를 읽는 게 재능인지 병증인지 늘 확신이 서지 않았기에 말을 아꼈지만 솔직해지기로 했다.

"너 애들 볼 때 늘 이름표부터 보고 얼굴 봐. 선생님은 아예 옷으로 대충 알아보는 눈치고. 그걸 알게 된 건 그냥 좀, 사람의 아픈 곳을 읽어. 능력이랄 수도 없고 도려낼 수 있다면 파 버리고 싶은 그런 종기 같은 거야."

"웃기시네. 네가 MRI냐, 사람 아픈 곳을 짚어 내게. 너 지금 내 약점 잡았다고 불법으로 같이 일하자고 협박하는 거잖아."

"그런 거 아니야."

그저 단련된 것이라고 말하고 싶었다. 복싱 선수가 링 위에 올라섰을 때처럼 모든 감각이 시각에 집중되어 상대의 시선을 읽는 게 습관이었다고. 그러나 주노의 말대로 이건 말로 설명할 수 없는 웃긴 능력이었다. 이유를 설명해야 했다.

"……아버지가 언어 장애가 있으셔. 듣기는 하지만 말을 똑바로 못 하셔. 주로 수어로 말하고 글자로 대화해. 그러다 보니 다른 사람들 아픈 데가 잘 보였던 거야. 근데 확신은 없었어. 어쩐지 넌 내 얼굴은 기억하는 것 같아서 한동안 헷갈렸어. 선생인지 학생인지도 몰라보는 안면 인식 장애 수준인데 왜 나를 기억하지? 내 목소리를 기억하는 건가, 다른 걸 기억하는 건가."

주노의 얼굴은 굳어 있었다. 입을 닫는 것으로 추측이 맞다는 걸 인정하고 있었다. 녀석은 짧은 망설임 끝에 말했다.

"다른 쪽이야."

"……내 체취 이런 거?"

주노는 처음으로 별 싱거운 놈, 하는 얼굴로 웃었다.

"애들 밥 먹고 농구 한판 뛰고 오면 뭔 냄새가 나는지 모르냐. 다 지독하지."

"그럼?"

"몰라. 그냥 네 얼굴이 흐릿하게는 보여서. 네가 이름을 말해서 그런가 싶기도 하고."

"나만?"

"그래, 너만 새끼야! 네가 이목구비가 뚜렷한가 보지, 됐냐? 어쨌든 너도 내 부탁 들어줘. 그럼 네가 필요하다는 사발통문에 이름 새길게."

"미리 말하는데 돈은 없어."

잠시 자신이 찌질하다는 생각을 했다. 주노는 그 말에 대꾸도 없이 제 할 말을 뱉었다.

"대신 내가 사람을 기억할 수 있게 도와줘."

"그걸 내가 어떻게!"

"저 허접한 인간들 사이에 딱 너만 나를 알아봤어. 내 문제점을 정확히! 너라면 그 문제에 대한 답을 찾을 수도 있겠지."

"그건 병이잖아."

말을 뱉고 나서야 큰 실수를 했음을 깨달았다.

"미안! 나쁜 의도는 아니었어."

"사람 아픈 곳만 후벼 파는 것도 병이야, 새끼야."

주노는 명치가 얼얼할 만큼 세게 농구공을 던졌다. 휘강은 앞으로 고꾸라지며 가장 중요한 걸 확인하지 못했단 사실을 기억해 냈다. 미국에서 10년을 살았지만 특사고에 들어왔으니 기본은 되어 있겠지. 큰 걸 바라는 게 아니라 3등급 애들에게 작문을 가르칠 정도의 눈곱만한 지식. 하지만 문맹률이란 고급 단어조차 강주노 같은 사람을 걸러 내지 못했다. 이 녀석은 그 낮은 문맹률을 아슬아슬하게 피해 간 준까막눈이었다! 열여덟이나 먹었으면서 아직까지 '괜찮다'를 '괸찮다'로 쓰고, '이래라저래라'를 '일해라 절해라'로 쓰는 준까막눈에겐 안면 인식이 아닌 한글 맞춤법 수업이 더 절실했다. 그럼에도 강주노는 엿을 먹이려 작정을 한 듯 들러붙었다. 자고 있는 시간보다 깨어서 휘강을 괴롭히는 시간이 길어졌다. 녀석의 인기 덕분에 김도겸의 영입이 수월해졌으나 사람들의 눈 밖을 벗어날 수 없는 피곤한 삶을 살아야 한다는 건 죽을 맛이었다.

김도겸은 '인싸' 옆의 휘강에게 빛의 속도로 다가왔다. 그저 손을 내밀었을 뿐인데 기다렸다는 듯 제살붙이처럼 엉겼다. 녀석은 초등학교 5학년 때부터 고등학교 1학년 때까지 소아청소년정신과를 6년 동안 다니며 상담 선생님의 차를 여러 번 바꿔 줬다고 너스레를 떨었다. 본인 스스로 주의력 결핍 과잉 행동장애라고 병명을 말하는 덤덤함을 보였다. 줄줄이 연년생으로 태어난 두 동생에 치여 첫째라는 이유로 빨리 자라기를 강요받았던 어린 날을 회상하며, 가족은 '가끔 좆같은'의 줄임말인 '가좆'에서 파생된 말이라는 궤변을 늘어놓았다. 녀석은 완벽한 타인인 휘강의 귓구멍을 자신의 금고로 삼아 비밀을 털어놓고 마음대로 드나들었다.

"애가 셋이나 있는데 한 살 차이는 좀 심하잖아. 새해 달력도 아니고 해마다 찍어 댈 건 뭐야. 그러니 나 하나 없어져도 괜찮지 않을까 해서 아파트 옥상에 올라갔는데 하필이면 보름밤인 거지. 달빛이 가로등처럼 밝다는 걸 처음 알았네. 옥상에서 어떤 고딩 둘이 엉켜 있는데 숨어서 보고 나니까 죽고 싶은 마음이 없어진 거야. 저것들도 즐겁게 사는데 난 뭔가."

그 말을 하는 녀석의 왼손에 삐뚤빼뚤 새겨진 조잡한 문신을 보았다. 손목을 빼곡히 채운, 다시 살고자 힘들게 새겼을 글자들, 다짐들. 그리고 가끔 좋았을 그들에게 받은 상처로 또다시 엇나가 새겨져 있는 칼자국들.

그날 밤, 집으로 돌아오는 길에 서쪽 하늘에 걸린 초승달을 보았다. 너도 대부분은 찌그러진 모양이고 가끔 둥근데 그 가끔 둥근 걸 이상적인 모습이라고 생각하는 거, 늘 웃음꽃 피는 가족이 정상이라고 생각하는 거랑 뭐가 다르냐, 이런 헛소리를 애먼 달에게 뱉었다.

도겸은 사발통문에 이름을 올린 바로 다음 날 육탄을 데리고 왔다. 육탄의 육성에 따르면, 그저 순리에 따라 자기 차례가 될 것 같아 서둘러 왔다고 했다. 이 녀석은 신기가 있는 게 아닐까.

탄은 말했다. 휘강이 주노를 깨우고 도겸이를 더 생기발랄하게 만드는 기적을 보았으니 제 몫도 있을 것 같아 찾아왔노라. 아니면 다음 학기쯤 출가를 할까 고민 중이었단다.

탄은 외가 쪽에 지금 제 나이에 출가한 작은 외삼촌이 있다고 말했다. 사랑에 실패했는지, 시험에 실패했는지, 크게 일을 한 번 겪고 산에 들어가 세상사 인연을 끊었으나 유독 자신만이 혈육으로 들러붙었단다. 삼촌이 있는 절이라 불목하니 노릇을 했는데 작년 겨울부터 입산 금지 명령과 함께 다 닦아 놓은 거울에 자꾸 때가 낀다는 말을 듣는 순간 자신이 혈육에 집착하는구나, 싶더라나.

　그제야 자신의 한계가 느껴졌노라며, 어설프게 드나들지 말고 절에 말뚝을 박아 볼까 고민하던 차에 휘강의 부름을 받은 것이란다. 휘강은 속을 들여다보듯 그들을 불렀다는 말에 당혹스러웠다.

　"난 그런 줄은 몰랐는데……."

　"근데 아는 것 같더라고. 너 딱 마음이 아픈 애들만 집어내니까."

　휘강은 탄의 이야기에 뒤통수를 한 대 얻어맞은 듯했다.

　"사실 내가 너한테 끌리는 거지. 너 AI의 오류라는 걸 알고부터."

　휘강은 말문이 막혔다. 도대체 녀석이 무엇을 원하는 건지. 그 머릿속의 질문마저 읽는 듯 녀석은 선문답을 뱉었다.

　"나도 오류니까."

⑤

휘강은 복잡한 머릿속을 털려고 할아버지의 일기를 들추었다. 할아버지도 늘 닦아 놓은 사람의 기억에 때가 낀다고 했다. 세월의 때라 해도 좋고, 기억의 눈곱이라 해도 좋고, 무엇으로 부르든 자신의 기억조차 그렇게 더께가 쌓일 것이므로 늘 걷어 내야 한다고. 그것을 라쇼몽이라 불렀다.

　라쇼몽은 기억 왜곡의 대명사처럼 쓰이는 영화 제목이었다.

휘강은커녕 그의 아버지도 태어나지 않았던 시절의 일본 영화가 궁금하지는 않았다. 다만 할아버지가 늘 말했던 '인간은 누구나 라쇼몽의 필터를 가진다'는 말이 이 복잡한 상황의 해답으로 떠올랐을 뿐. 휘강은 또다시 할아버지에게 답을 구했다.

그래, 인간의 눈이란 그렇게도 이기적이다.

제가 보고 싶은 것만 보고 제가 담아야 할 프레임에만 초점을 맞추니. 왜곡된 시선을 인지하거나 아예 인지하지 못하거나, 둘뿐이다.

그런 인간들 틈에 숨어 사는 맹독을 가려내는 것이 농부로 사는 나의 운명임을 안다.

노구를 이끌고 다섯 평 마당에 풀 몇 포기 키웠더니 철면을 두른 온갖 벌레들이, 영감 나 좀 키워 주소, 하며 달려든다. 내가 너를 키우자고 풀을 키웠을까. 독한 약을 칠까 하다 죽음에게 매일 영토를 잠식당하는 주제에 뭘 죽이는지 알지도 못하는 어설픈 사신 노릇을 접었다.

고얀 놈들, 이파리 몇 개 뜯어먹고 게서 살아라. 마당에 나가 서서 아웅다웅 아귀다툼을 하는 녀석들을 바라보자니 성이 절로 난다. 배추벌레는 양심도 없이 속을 파먹고, 진딧물은 속도 없이 이파리에 들러붙는구나. 하루하루가 전쟁터요 각축장이건만 어찌 이리 모나게 두루 어울려 살아 내는지. 그들 사이로 독한 자리공 하나가 울타리를 타고 넘어온 것이 보인다.

다만 늙은 두루미가 독수리를 피해 입안 가득 돌멩이를 물고 날아오르듯, 내 스스로 영어囹圄의 몸을 자초하려는 것은 부지

불식간에 뱉어 버릴지 모를 그 한마디를 막기 위함이다. 때가 되면 강이를 시켜 옆 마당에서 넘어온 성질 못된 자리공 하나만 뽑아 양지바른 곳에 뿌리를 펼쳐 두는 날이 오겠지. 풀도 나무도 다 말라 죽이는 이 못된 놈 하나만 치울 테니 나머지는 니들이 알아서 살아라. 고얀 놈들!

욕지거리를 써 놓은 할아버지의 문장에 단내가 났다. 오래 읽고 곱씹어 보니 손을 댄 것은 자리공뿐, 나머지 존재는 사랑의 대상이다. 많은 이야기가 담긴 듯했으나 어린 휘강은 알 수 없었다. 그저 다른 목소리가 숨어 있구나 짐작할 뿐.

할아버지는 주변을 고사시키는 인간형을 자리공이라 표현했다. 깊게 뿌리 내려 주변 모든 것을 빨아들이며 생태계를 교란하는 존재, 특사고의 조그만 텃밭에서 천지웅은 그런 놈이다.

녀석은 한 아이의 주변에 보이지 않는 울타리를 치고 그 곁으로 그 어떤 물과 빛도 들어가지 못하게 만들었다. 아이들은 감히 천지웅이 만들어 놓은 울타리를 넘지 못했다. 이상한 건 녀석이 주먹을 쓰는 쪽도 돈을 쓰는 쪽도 아니란 점이다. 오히려 좀 비실비실해 보이는 쪽이었다. 패거리도 없는 그런 놈을 아이들은 무서워했다.

천지웅이 찍은 놈은 투명 인간이 되었다. 괴롭힘의 양상이 사뭇 수동적인 희한한 따돌림이었다. 휘강은 그러거나 말거나 그들 모두에게 관심이 없었다. 그런 천지웅을 도서관에서 만난 게 반가울 리도 없고 딱히 그걸 계기로 말을 트고 싶지도 않다. 도서관에서도 둘은 모르는 척 행동했고 학교에서도 여전히 모르쇠였다.

그리고 사건이 터졌다. 수업 종이 치기 전 교실로 들어온 수학이 말했다.

"감규민, 이놈 도대체 몇 번째야. 학교 쨌어?"

아이들은 울타리 때문임을 짐작하면서도 입을 다물었다.

"이 새끼 수행 평가서도 업로드 안 하고. 반장, 수업 마치면 연락해서 교무실로 오라고 해."

그때 뒷문이 열리고 감규민이 들어왔다. 교실이 바뀐 걸 뒤늦게 알아차리고 한걸음에 달려온 듯 숨이 턱밑까지 찬 모습이었다.

"종 친 지가 언젠데 이제 나타나? 등록금 기부하고 다니지? 수행 평가서는?"

"⋯⋯냈는데요."

"내긴 누가 내! 네 것만 없어, 네 것만!"

녀석의 얼굴이 벌겋게 달아올랐다. 반장에게 냈던 수행 평가서가 누구 손을 탔는지 뒤늦은 깨달음이 찾아왔을 것이다. 녀석은 고개를 떨어뜨리고 빈자리를 찾아 앉았다. 수업 내내 이 역겨운 카르텔의 똥내가 코를 찔렀다. 휘강은 수업이 끝나자마자 반장에게 가 감규민의 보고서를 달라고 말했다. 반장은 떨떠름한 표정으로 녀석의 보고서를 휘강의 태블릿으로 옮겨 주었다. 이걸 수학에게 제출하면 이 좀스러운 따돌림은 끝날 것이다. 녀석의 불행은 그에게 옮겨 올 것이므로. 천지웅은 새 울타리를 휘강의 주변에 칠 것이고, 불과 오늘까지 지독한 괴롭힘을 당하던 감규민은 천지웅의 손아귀를 벗어난 순간 휘강을 외면할 것이다. 길에서 개똥을 밟으나 은행알을 밟으나 냄새가 나기는 마찬가지. 휘강은 똥내를 뒤집어쓰기로 마음먹었다.

천지웅은 조금 열이 뻗친 표정으로 휘강을 찾아왔다. 휘강이 툭 던져 본 말에 천지웅의 심기가 불편해져 있었다.

"아까 했던 말 뭐냐?"

"뭐?"

"내가 독해력이 달,려,서 묻는데 감이랑 친했어?"

녀석은 느닷없는 이야기를 꺼냈다.

"아니."

"근데 왜 그러지?"

"네가 일부러 그런 거 같아서."

"내가 왜 그러는지 이유는 생각해 봤냐? 걔 어떤 애인지는 알고?"

"아니."

"걔 중3 때 자기 반 애 하나 왕따시키고 굴욕 동영상 찍어 돌리고 전학까지 시킨 놈이야. 그 동영상을 제일 먼저 보낸 게 왕따 애가 좋아하던 여자애였지. 감이 와?"

"뭐가?"

"악질이라고."

"근데."

"게다가 너무 말이 많아, 걔는. 늘 낄낄대고 지껄이고 한시도 멈춰 서서 생각이란 걸 해 보지 않는 놈이야. 못된데 멍청하고 한술 더 떠 게을러. 셋 중 하나만 하지 더럽게 다 갖춘 놈이야."

"그래서 네가 교육 중이시고."

"저 하나로 안 되니까 애들 모아 한 놈 찍어서 괴롭히고, 그런 식으로 살아왔으니 이 정도로 해 줘야 말귀를 알아 처먹겠지."

"그럼 너도 저 새끼랑 똑같이 한다는 거 인정하는 거네."

"아니. 똑같으면 나도 볼 때마다 때리고 돈 빼앗는 차원이겠지. 난 그냥 다른 애들 못 괴롭히게 울타리만 박아 줬을 뿐이야."

섬뜩함이 몰려들었다. 악마 같은 행동에 신념을 가지고 있다. 아동성범죄자를 골라 죽였다는 미국의 어떤 살인마 부부 이야기가 떠올랐다. 그들이 범죄자를 골라 죽임으로써 자신의 살인 욕망을 정당화했듯 이 녀석도 괴롭힘의 이유에 정당성을 주장하고 있다.

"난, 네가 나서지 않았으면 좋겠다."

"왜?"

"요크셔테리어 말고 사람 무는 못된 개만 잡고 싶거든."

이 새끼가 사람을 애완견 취급하네. 열이 올랐지만 참았다.

"네 말대로 난 누굴 괴롭히지도 나쁜 짓을 하지도 않았는데. 그냥 애들 괴롭히는 게 네 밑바닥 본성이라고 밝히는 게 어때?"

"그럴지도. 근데 감은 좋게 말해서 알아 처먹을 놈이 아니야. 쟤가 저 울타리를 벗어나면 또 허접스러운 친구 몇몇을 사귈 거고, 제 본성대로 애들 괴롭힐 생각이 들 거고, 이제는 더 영악하게 양아치 짓을 하겠지."

"그렇다고 네가 보안관은 아니잖아."

"그래, 나는 보안관이 아니야. 그럴 권리도 없고. 그래도 넌

저 새끼 안 도와줬으면 한다."

"그냥 저 새끼랑 나랑 둘 다 따시켜. 내 책상 돌려놓아도 난 저 새끼랑 친구 안 먹을 테니까."

다음 날 휘강의 책상이 돌려져 있었다. 책을 넣는 서랍 부분이 앞으로 가 있다는 것은 천지웅이 휘강을 다음 타깃으로 정했다는 뜻이었다.

담임의 눈이 잠시 휘강의 책상을 훑는 것이 느껴졌다. 아주 잠깐 눈빛이 부딪쳤지만 아무 말이 없었다. 담임 역시 돌려진 책상이 무얼 의미하는지 모르지 않았다. 그럼에도 방관한다는 건 동조하거나 귀찮거나.

조례가 끝나고 1교시가 시작되기 전 천지웅을 제외한 그 누구도 휘강에게 말을 걸지 않았다. 천지웅은 무미건조한 목소리로 말했다.

"악에게 선을 베풀면 선에게 무얼 베풀겠느냐. 이 말은 2,500년 전 공자님 말씀이고, 나는 감 같은 놈에게 호의를 베풀 생각이 없어. 녀석은 교화도 자력갱생도 안 되는 놈이거든. 내가 네 책상을 돌려놓은 이유는 그걸 가르쳐 주기 위해서야. 두고 봐. 녀석은 이제 네가 내 밥이라고 안심하겠지. 다시 애먼 사람을 물어 댈 거고. 기회는 녀석에게 준 게 아냐. 너 보라고 만든 수업이니까 잘 보라고."

"그러시든가."

"똥 쌀 때 힘을 잘못 주면 엉뚱한 데가 터져 죽는 거야. 괄약근 잘 쓰자."

녀석은 톡톡, 책상을 두드리고 갔다.

수업 종이 울리고 복도에 있던 아이들이 교실로 들어오는데 주노가 휘강의 책상이 바뀐 것을 알아차렸다. 녀석은 아무 말 없이 자기 책상을 끌고 휘강의 옆자리로 왔다. 휘강의 짝의 책상을 친절하게 자기 자리로 옮겨 준 뒤 녀석은 제 책상 역시 휘강과 똑같이 거꾸로 돌려놓았다. 죽어가는 땅에 제 뿌리를 뽑아 찾아든 미친 나무였다.

"넌 왜?"

"천지웅 존나 천재! 아무도 안 건들고 아는 척 안 하고 알고 보면 명당이야."

"돌았냐?"

"차라리 안 건드렸으면 좋겠다."

"천지웅이 가만 안 둘 텐데."

"그 새끼 똑똑하다니까. 계산기 열심히 두드려 볼 거야. 나를 건드는 게 이득이 되나, 안 되나."

"그냥 미친놈인지 착하게 미친놈인지."

"부모가 교수라던데. 다섯 살 때 미분, 적분 혼자 풀고 한글도 혼자 깨치고. 머리는 타고난 것 같은데 어딘가가 빈 것 같더라."

"어디?"

"몰라."

천지웅이 돌린 책상은 단 하나였는데 네 개의 책상이 더 돌아갔다. 셋은 주노와 도겸과 탄이었고, 나머지 하나는 슬그머니 원래로 돌린 감규민이었다. 녀석은 천지웅의 관심이 다른 데

쏠린 틈을 타 울타리 밖으로 도망갔다.

어떤 면에서 천지웅의 예상은 옳았다. 감은 보름달이 찌그러지기도 전에 변했다. 녀석은 친구를 사귀고 패거리를 만들더니 주눅 들어 있던 예전 모습을 찾아볼 수 없을 만큼 활달해졌다. 죽어가던 나무가 수액을 맞고 살아난 것처럼 생생히. 그리고 천지웅의 예상대로 만만한 애 하나를 빵셔틀로 삼고 점점 강도를 높여 가는 게 보였다. 감의 무리는 카드에 충전된 돈을 빼앗고 숙제를 시키는 차원을 넘어 극악해지고 있었다. 감이 제 무리들과 낄낄대며 보고 있던 동영상을 어깨너머 확인한 순간 천지웅이 타이르듯 말렸던 이유를 깨달았다. 하지만 깨달음의 이유가 달랐다. 잡풀과 벌레들을 살리고 자리공 하나만을 뽑는 이유, 공생할 수 있는가, 없는가. 잡풀과 자리공의 결정적 차이였다.

휘강은 감의 태블릿을 빼앗아 저장된 동영상을 지웠다. 감이 벌떡 일어섰지만 주노가 손가락으로 이마를 밀자 제자리에 주저앉고 말았다.

"뭐야, 이 새끼!"

감은 자신을 민 주노가 아닌 휘강에게 화를 내며 말했다.

"이런 거 찍어서 돌리면 재밌냐?"

"와— 이 새끼 나대는 병 아직도 못 고쳤네. 네가 뭔데 지랄이야."

"지가 당해 봤는데도 이러면 사람이 아닌 거지."

"뭔 개소리야, 새끼야! 제 앞가림도 못 하는 놈이 매번 누굴 돕네 마네야!"

"도와준 거 알고는 있었네. 알면서도 또 옛날 그 짓으로 돌아갔고."

"이거 완전 꼴통이네. 야, 심심한데 이 새끼나 데리고 놀까?"

감은 패거리를 돌아보며 실실거렸다.

"어이, 존나 샌님 꼴통!"

감의 패거리가 거리를 좁혀 오자 도겸과 주노가 막아섰다.

"죽고 싶냐?"

도겸의 한마디에 분위기가 순식간에 험악해지자 녀석들은 잠시 주춤거렸다. 보고만 있던 탄까지 일어나 합세하자 다른 아이들의 시선이 그들에게 쏠렸다. 휘강은 제지하며 말했다.

"건들지 마. 얘는 우리 상대가 아냐."

"쫄았냐, 씹새야!"

"너한테는 우리보다 천지웅이 더 잘 어울려."

"뭐라냐, 꼴통이!"

감은 휘강의 발 앞에 침을 뱉고 다시 제 패거리와 자리로 돌아갔다. 귀여운 요크셔테리어라니. 웃기게도 할 말 없게 만드는 비유가 아닌가. 천지웅은 창가에 기대어 선 채 이 사태를 흥미롭게 보고 있었다. 시선을 마주치지 않고 말했다.

"수업료 냈으니까 다시 가져가."

감은 누구에게 하는 소리인지 몰랐겠지만 먼 곳의 누군가는 확실히 들었을 것이다. 제가 감규민에게 더 잘 어울린다는 칭찬의 말을.

다음 날, 휘강과 사발통문 친구들의 책상이 원위치되어 있었다. 그리고 감규민 패거리 중 감의 책상만이 다시 돌려져 있었다. 그것이 무얼 의미하는지 휘강과 감규민은 알아차렸다. 하지만 휘강이 만든 전례가 있었다. 감규민 패거리들은 휘강과 친구들이 했던 것처럼 스스로 책상을 함께 돌려놓았다. 네가 만든 규칙 따위 하나도 두렵지 않다, 그렇게 원하면 쟤들이 했던 대로 우리도 책상을 돌려놓을 테니까.

하지만 현실 세계의 불문율이란 게 있다. 나는 돼도 너는 안 되는, 나는 로맨스여도 너는 불륜이라는. 녀석은 그 불변의 진리가 제게도 적용됨을 몰랐다.

어떤 이유에서인지, 혹은 어떤 과정에서인지 감규민 패거리 네 명 중 하나가 며칠이 안 돼 떨어져 나갔다. 녀석은 감규민 패거리를 피하며 다른 무리로 스며들었다. 녀석은 감규민에게는 짜증을 부렸고 천지웅과는 눈을 마주치지 못했다. 어떤 과정이었을지 감이 왔다.

그리고 얼마 못 가 감규민 패거리 셋 중 또 하나가 떨어져 나갔다. 이제 남은 것은 감규민과 그의 행동 대장 역할을 하던 껑다리 녀석 하나뿐이다. 그런데 어떤 이유에서인지 천지웅은 그 껑다리를 감규민에게서 떼어 내지 않았다. 나중에 그 이유를 물었을 때 천지웅의 대답이 묘했다.

"벼랑이잖아. 저 새끼가 기댈 수 있는 마지막 난간까지 빼앗으면 진짜 뛰어내리리라는 거니까."

그럼에도 불구하고 감규민과 껑다리는 서서히 멀어져 가는 듯 보였다. 친구라는 이름으로 묶여 있기에 둘은 서로의 존재가 너무 비참했던 모양이다. 잠만 퍼 자던 주노가 눈을 껌뻑이며 중얼거렸다.

"천지웅이 똑똑한 건가, 감규민이 멍청한 건가."

"남의 일에 관심 없다며? 잠이나 자."

"저 새끼 비법이 뭘까. 뭐기에 애들이 저렇게 설설 기지?"

"그럼 네가 한번 개겨 보든가."

"개기는 건 됐고, 넌 내 숙제 언제 할 거야?"

"뭔 숙제?"

"사람 기억하게 도와주는 숙제."

"나라고 뾰족한 수가 있겠어? 그냥 고민 중이야."

"좀 성의를 보여야지, 새끼야!"

"성의는 네가 보이든가! 노력하면 체취 정도는 기억할 수도 있잖아."

주노는 기지개를 켜며 말했다.

"체취 좋아하네. 니들 냄새 진짜 쩔어. 전 내에 등급이 어디 있냐, 알파고 아들아!"

한숨이 절로 새어 나왔다. 말을 안 듣는 내담자를 상담하는 기분이다. 타이르듯 조용히 말했다.

"문제를 해결하려면 일단 네가 문제가 있다는 걸 인정해야 돼. 그러니까 네 문제를 제쳐 두고 다른 사람 탓만 하고 있으면 끝이 없다는 거야. 네 얘기부터 하라고!"

주노는 철퍽 책상에 엎드리고는 얼굴 한 면을 찌그린 채로 말했다.

"……미국에 살 때 우리 동네에 동양인 남자라고는 나랑 우리 아버지밖에 없었어. 여기서야 내 외모를 혼혈이라고 하지만 외국 사람 눈에는 동양인으로 보인다는 거지. 내 눈엔 그 사람들도 마찬가지였어. 덩치 크고, 눈두덩 훅 들어가고, 머리 노란 전형적인 백인들. 난 그 사람들을 구분하는 게 힘들었어. 그렇게 열여섯 살까지 살다가 갑자기 한국으로 오게 됐는데 문제는 그 뒤부터였어. 이번에는 한국 사람들을 구분하는 게 너무 힘든 거야. 처음에는 외국에 오래 살아서 구분을 잘 못하나 싶었는데 아니었어. 사람들 얼굴이 다 똑같아 보여."

"우리가 어떻게 보이는데?"

"검은 머리에 좀 평면적이고 희미한 얼굴. 눈 코 입은 뭉개진 채로 보이고."

"다 오징어로 보인다는 거잖아. 화나네, 이 새끼!"

"교복까지 입고 있으니 더 쥐약이잖아."

아무리 뒤져도 제 안에 답이 없다면 눈은 바깥으로 향해야 한다. 휘강이 진중히 말했다.

"내일부터 도서관으로 와. 올 때 학생증 꼭 들고."

"내가 거길 왜 가?"

"어차피 학원도 안 다니잖아. 와서 책 좀 봐. 온 김에 사람책 프로그램도 신청해 보고 지난번에 말한 작문 교습소 공부도 하고. 그리고 넌 내가 아니라 진짜 정신과 상담의를 만나서 얘기하는 게 나을 수도 있어."

"돌았냐."

주노는 오라면 가고 가라면 올 녀석이니 휘강도 녀석을 재촉하지 않기로 했다. 녀석이 도서관에 나타나는 것은 천지개벽할 일이라 생각하며.

6

7월 첫째 주가 시작되며 도서관 봉사는 4주차를 맞이했다. 주노는 도서관에 오지 않았고 휘강은 점점 더 바빠졌다. 일이 손에 익을수록 더 많은 일거리들이 곳곳에서 주어졌다. 1자료실부터 6자료실까지 일손이 필요할 때면 언제나 휘강을 호출했다. 생활기록부에 반영될 봉사를 하는 아이들도 많은데 굳이 휘강의 이름만을 불러 댔다.

"강아, 강아" 이렇게도 부르다가 "휘휘" 내키는 대로도 불렀다. 왜 자꾸 저만 부르냐는 볼멘소리에 1사서는 "부르면 재깍 대답하고 오는 놈이 너여서"라고 이상한 이유를 댔다.

또한 끈질기게 사람책 프로그램 추첨에 이름이 올랐다. 잊을 만하면 1차 당첨 공지가 날아와서 속을 끓게 만들었다. 추첨일에 현장을 가 보기도 했지만 어딘가에서 지켜보고 있을 그 눈을 찾아내기란 불가능했다. 최종 추첨에 당첨되어도 휘강은 이를 갈며 버텼다.

그 와중에 공식적으로 똥 기저귀 향기에서도 해방되었다. 6자료실 막내 사서가 병가에 들어가고 설상가상 오기로 한 사서마저 갑작스런 사고로 빠진 후 휘강이 6자료실에 고정 배속되었다. 햄버거 러버 관장은 좀체 집무실 밖으로 나오는 법이 없기에 휘강과 마주칠 일도 없었다. 관장이 하루 종일 관장실에서 게임만 하다 퇴근해도 아무도 모를 거라고 사서들은 혀를 내둘렀다. 여러모로 속은 편한 양반이었다.

주말이 되면 도서관은 몇 배나 많은 사람들로 북적이기 일쑤였다. 6자료실에 세를 내고 살다시피 하는 사람들의 대부분은 특사고 학생들이었다. 휘강은 6등급 망나니로 불리는 그들이 망쳐 놓은 서가 정리를 도맡아 해야 했다. 반납된 책들을 다시 제자리에 두는 일을 하는 틈틈이, 사람들이 책을 찾을 수 있도록 돕는 것도 휘강의 몫이었다.

오태중의 표현을 빌리자면 도서관이란 해부된 뇌의 전시장. 소름 돋지만 와닿는 표현이다. 이곳에 오래 머무르면 알지 못하는 신의 세계를 엿볼 수 있지 않을까도 싶을 만큼 인간의 정수가 저장되어 있다.

책을 꺼내 읽는 이들의 표정은 여유로웠다. 그들이 누리는 것은 대다수 사람들이 빼앗겨 버린 권리이자 인류의 유산임에도. 그 생각에 잠겨 오래도록 사다리에 매달려 있었다. 누군가가 미친 듯이 사다리를 흔들어 댈 때까지.

휘강은 흔들리는 사다리를 재빨리 내려왔다. 그리고 그 무례한 손을 움켜잡으며 말했다.

"말로 부르시죠."

"책 하나만 찾아 줘."

휘강의 또래로 보이는 녀석은 초면부터 반말이었다. 검은 후드를 덮어쓴 모습하며 마스크로 얼굴을 가린 모양새하며 시건방이 철철 흘러넘쳤다.

"6자료실 이용하면서 책 한 권도 못 찾나?"

"그거 딱 지금 네 사다리 위에 있다고."

녀석은 들고 있던 태블릿을 내밀었다. 검은 후드는 7등급 경제학 책을 찾고 있었다.

청구기호 813. 7. 74ㅈ, 똑똑한 금수저를 위한 경제학

이걸 네가 읽는다고? 녀석을 힐끗 바라보았다. 그런 눈빛 지 겹다는 듯 고개를 절레절레 흔들던 녀석은 조그맣게 한숨을 쉬 며 사다리를 오르려고 했다. 이 바보에게 설명할 바에 내가 올 라가는 게 낫겠다. 녀석은 그런 얼굴이었다. 휘강은 후드를 낚 아채 바닥으로 끌어 내렸다.

"일반인은 사다리 사용 금지야."

녀석이 찾는 책은 813 서가 꼭대기에 있었다. 책을 뽑아서 사 다리를 내려왔다. 녀석은 고맙다는 말 한마디 없이 시큰둥한 얼굴로 책을 훑었다. 한심해서 툭 뱉었다.

"진짜 금수저들은 그런 경제학 책 읽지도 않을걸."

"제 부모를 수저로 평가하고, 남들이 정해 놓은 금수저, 흙수 저 프레임에 갇혀 사는 거 부끄럽지도 않나. 표지만 보고 내용 을 판단하는 건 바보들이나 하는 짓이라고. 똑똑한 줄 알았는 데 생각보다 멍청하네."

아, 존나 똑똑하네. 말문이 막혔다.

"너, 나 알아?"

"네가 그 AI 판결 받은 애지? AI의 숨겨진 아들, 뭐 그런 헛소 문의 주인공."

"너 뭐냐?"

"친구 중에 해커 있어? 도둑 작문 수업을 했던 사람을 등급도 안 깎고 도서관 자원봉사로 보낸다는 게 말이 안 되잖아. 돈도 백도 안 통하는 재판에 이제 남은 수는 해킹밖에 없으니까."

반박할 수 없는 논리다. 휘강조차 자신의 판결을 바꾼 게 해

킹일 수도 있다고 의심하고 있던 차였다. 그런데 얘는 도대체 그 소문을 어디서 들은 걸까.

"해커 알고 있으면 소개 좀 해 달라고 할랬더니, 표정 보니 그냥 맹탕이네."

"넌 뭐냐고."

"난 그냥 책 좋아하는 사람. 근데 넌 신청한 사람책 프로그램은 왜 안 하려는 거야?"

"너야말로 이 도서관 해킹하는 거 아냐? 네가 내 정보를 어떻게 알지?"

"아까 사람책 추첨할 때 있었잖아. 번호 붙어 놓고도 존나 구시렁거렸으면서. 왜 안 나갔냐고."

"누가 나 엿 먹이는지 보러 간 거야."

"피해 의식 쩌네."

슬슬 열이 올랐다. 게다가 이 녀석 묘하게도 시건방진 누군가를 떠올리게 만들었다.

"너 혹시 특사고 다니는 형이나 동생 있냐? 성은 천씨고?"

닮은 구석이라곤 눈곱만큼도 보이지 않는데 시건방진 말투와 태도가 쌍둥이처럼 닮았다. 검은 후드가 어이없다는 듯 마스크를 벗었다. 그는 천지웅이 아니었다. 닮았다고 느꼈으나 전혀 다른 얼굴이었다. 검은 후드는 책을 돌려주며 말했다.

"자, 멍청이들을 위한 경제학. 다 읽었으니까 제자리에 꽂아 줘."

녀석에게 갈빗대를 세 대쯤 얻어맞은 기분이 들었다. 아, 이새끼! 사람 제대로 물먹이네. 책을 들고 꼭대기 책장으로 올라갔다. 책을 제자리에 꽂으면서도 분이 가시지 않았다. 재수 밥맛인 녀석이 똥강아지 훈련을 시켜 대네. 욕지거리를 참으며 사다리를 내려오는 그때 몸이 굳어 버렸다.

머릿속마저 하얘졌다. 사다리를 올라가 책을 다시 빼어 들었다. 손의 온기까지 그대로 남아 있는 책은 방금 휘강이 꽂아 놓았던 그 책이 맞았다. 그러나 『똑똑한 금수저를 위한 경제학』은 『멍청이들을 위한 경제학』이란 새 커버를 입고 있었다. 다급하게 주변을 둘러보았지만 녀석은 사라진 뒤였다.

책을 들고 대출기로 뛰어가 바코드를 찍어 보았다. 그 어떤 정보도 읽히지 않았다. 책의 커버를 벗겨 보니 원제목과 바코드는 손상 없이 그대로였다. 바코드를 다시 찍으니 책의 원래 정보가 입력됐다. 커버를 도로 입혀 도난 방지기를 지나가 보았다. 알람이 울리지 않는다! 바코드와 책에 숨겨진 칩을 도난 방지기가 인식하지 못한다는 건 커버가 차폐막이 된 것이다. 그것은 이 커버 하나로 어떤 책이든 빼낼 수 있다는 뜻이고! 도난 방지 레이더를 피할 수 있는 스텔스기! 모두의 눈을 속였던 할아버지의 일기처럼.

손에 든 차폐막이 과거의 차폐막을 끌어 올렸다. 등급제가 시행되고 집안이 어려울 때마다 야금야금 책을 팔아넘긴 이후로 집에는 할아버지의 일기장만이 남았다. 부모님은 그 일기장을 등급 밖의 책이라 부르며 9등급 책처럼 소중히 간직했다.

할아버지는 요양원으로 가기 전날까지 일기를 썼다. 어떤 날은 이상한 글자들이, 또 어떤 날은 망상에 가까운 이야기들이 담겼다. 의도였는지 치매의 흔적인지는 확실치 않다.

월요일의 마법사와 금요일의 살인자

일기의 대부분은 동네 개차반 젊은 놈의 술주정과 쓰레기를 남의 집 대문 앞에 버리는 동네 아줌마를 욕하는 데, 혹은 의미 없는 과거사를 끼적이는 데 할애되었다. 그러다 몇몇 날은 이런 글을 쓰기도 했다.

인생을 라쇼몽이라 부르던 자들은 흘러갔다. 내가 보는 세상과 휘강이가 보는 세상은 같은 교통사고를 바라보는 두 개의 다른 블랙박스처럼 기록될 것이다.

일기에 제 이름이 등장할 때마다 멋쩍었다. 마치 오래 뒤 자신이 그 일기를 훔쳐볼 것임을 아는 듯 때론 짓궂게 때론 능청스럽게.

일기는 한번 손에 들면 빠져나올 수 없는 이상한 힘이 있었다. 휘강이 열여섯 살 되던 해, 할아버지의 블랙박스는 동네에서 일어난 기이한 사건을 기록하고 있었다.

이달 들어 벌써 네 번째다.

영감의 치매 소식은 하루가 다르게 동네 밖으로 퍼지고 있다.

치매에 걸린 동네 영감이 길을 잃었다가 파출소에서 발견되었을 때, 그를 발견한 경찰과 배회하던 영감을 마지막으로 목격했던 동네 가게 사장과 애타게 찾아 헤맨 그의 딸까지 세 사람의 증언과 추리가 달랐다. 영감은 본인의 것이 아닌 줄무늬 추리닝을 입고 있었고, 누군가의 틀니를 착용하고 있었고, 주머니에 50만 원의 거금을 넣은 채 용도를 알 수 없는 열쇠 하나를 들고 있었다.

딸은 아침을 준비할 때 아버지가 집에서 입던 잠옷에 슬리퍼 바람으로 나갔다고 진술했고, 두 시간 뒤 영감을 목격했다던 가게 주인은 좀 전까지 자기 가게 앞에서 늘 마시던 요구르트를 마시고 있었다고 말했다. 딸은 오후 늦게야 버스 정류장에 있던 아버지를 발견했다.

아버지와 함께 50만 원을 찾은 딸은 아버지가 그 추리닝을 입고 나간 걸 깜박했다고 말을 정정했고, 동네 아저씨는 할아버지를 본 건 며칠 전이었다고 털어놨고, 경찰관은 할아버지가 잠시 누군가에게 납치되었던 것이 아닐까, 너무 앞서가는 시나리오를 작성했다. 달라진 추리닝 바지와 꼭 맞는 틀니와 하늘에서 떨어진 50만 원, 그리고 희한한 열쇠 하나. 모든 것이 미스터리였다.

목욕탕 골목 CCTV를 뒤지던 경찰관은 영감이 동네 목욕탕에 잠옷 차림으로 들어갔다가 추리닝 바지를 입고 나오는 장면을 찾아냈다. 추리닝 바지를 입고 들어갔던 원주인은 허둥대는 표정으로 잠옷 차림으로 빠져나오는 장면이 찍혔고, 그날 목욕탕 안에선 크고 작은 도난 사고가 신고되었다. 얼마 후 목욕탕 도난 사건의 진짜 범인이었던 잠옷 바지가 붙잡혔고 그의 집에선 목욕탕 만능열쇠가 발견되었다. 범인은 목욕탕에 세탁 수건을 운반하는 업자였고 모든 자물쇠가 맞물려 돌아갔다. 하지만 끝끝내 틀니의 주인만은 나타나지 않았다.

무수히 많은 눈과 귀가 이 사건을 보고 들었지만 여전히 사각지대가 존재했다. 당사자의 증언은 철저히 배제된 채 이 사건은 라쇼몽이 되었다.

영감이 목욕을 마치고 옷장 열쇠를 꽂아 둔 사이, 도둑이 영감의 옷장과 자신의 옷장을 헷갈려 허둥대다 영감의 잠옷을 입고 도망친 게 먼저라는 건 누구도 몰랐다. 영감은 어쩔 수 없이 도둑의 바지를 입고 예약이 된 치과로 향했으며 틀니를 착용하고 동네로 돌아와 정류장에 있었을 뿐이었다. 정작 딸은 그날이 아버지 치과 진료를 예약한 날이란 걸 까맣게 잊고 있었다. 간헐적 치매와 평생의 건망증 간의 대결이었다.

그 영감이 버스 정류장에 있었던 이유는 때마침 손자가 학교에서 올 시간이어서다. 치매라기엔 이렇게 의심스러운 구간이 존재함에도 불구하고 영감의 증언은 단 한 줄도 담기지 않았다.

인간은 지독하게 자기 인생만 보기 마련이다. 그가 오랫동안 되풀이해 온 말이었으나 그 누구도 진의를 파악하지 못했다. 영감이 죽고 염습을 하기 위해 틀니를 뺄 때가 오면 그 딸은 틀니가 맞춤처럼 꼭 맞는 이유를 뒤늦게야 알아차릴 것이다.

우습게도 이 사건은 할아버지 본인의 이야기였다. 그리고 할아버지는 이 황망한 사건에서 느낀 바를 담담히 한 줄로 요약해 두었다.

아둔한 이들의 건망증은 그럴싸한 미스터리가 된다.

휘강은 지난주 도서관에서 있었다던 '귀신같은 책 증발 사건'을 떠올렸다. 그럴싸한 미스터리로 보이지만 실상은 다른 커버를 씌운 책처럼 얄은 눈속임이 불러일으킨 오해의 집합체. 아둔하다고까지 말할 수 없으나 취사선택한 건망증의 하모니였음은 부인할 수 없는 일이다.

사실 책이 사라졌음을 최초로 인지한 것도 어떤 남학생이었다고 했다. 그 학생을 만나기 전까지 디지털 시대의 희귀 전공 전문가인 사서들은 본인이 어떤 큰 실수를 했는지 전혀 눈치채지 못하고 있는 상태였다. 남학생은 태블릿을 들고 와 서가에 있다고 나오는 책 한 권이 없다고 말했다. 처음엔 자칭 '도서관 귀신', 베테랑 2사서가 달려갔다. 그녀는 학생이 책의 위치를 제대로 찾아가지 못했을 거라고 장담했다. 하지만 책이 있어야 할 자리가 비어 있었다. 2사서는 주변에서 책을 읽고 있는 사람이나 누군가 읽다가 꽂아 놓았을 간이 정리대를 훑었다. 사람이 많지 않은 시각이었고, 나와 있는 책도 많지 않았다. 그녀는 여유 있는 웃음을 띠었다.

없어진 책들이란 그저 자기 자리를 이탈했을 뿐이라며 누군가 잠시 보고 잘못 꽂아 뒀을 가능성이 가장 높다고 추리했다. 하지만 주변 어디에서도 책은 보이지 않았다.

사서들은 모두 긴장했다. 이 책을 보았던 마지막 이용자를 검색했다. 마지막 이용자가 책을 보고 반납한 게 일주일 전, 책은 빌려 갔던 다른 책들과 함께 정상 처리된 것으로 나왔다. 그 사이 아무도 책을 빌린 적이 없었다. 사서들은 커다란 싱크홀을 발견한 사람들처럼 당황했다.

우왕좌왕, 설왕설래 갖가지 추측이 오갔다. 인증을 거치지 않은 단 한 권의 책도 입구의 도난 방지 시스템을 뚫고 빠져나갈 수 없다. 도난 방지 시스템은 표지에 내장된 미세한 칩을 인식한다. 7등급 이상이 아니면 책을 자료실 밖으로 가져가는 게 불가능했다. 대출을 위해선 책값의 열 배에 달하는 금액을 도서관에 예치해야 했다. 더군다나 학생이 고른 책은 하필이면 쪽수가 700페이지에 달하는 비싼 소설이었다. 고도의 해킹 기술이 아니면 이 칩 전체를 인식 불가로 만드는 것은 불가능했다. 그들은 곧 내부자를 의심하기 시작했다. 시스템을 끄고 빼갔을 것이다, 해가 진 뒤 창문 밖으로 던지고 어둠 속에 숨어서 가져갔을 것이다, 도난 방지 추적기를 교묘하게 제거했을 것이다 등등 많은 이야기가 오갔다. 그들은 자신이 한 번쯤 해 봤던 생각들이 다른 동료의 입을 통해 나오자 뜨끔한 기분을 감출 수 없었다. 탕비실에서 인스턴트커피 몇 개, 휴지 몇 개를 챙겼던 것과는 비교할 수 없는 차원이었다.

3자료실, 4자료실의 사서들이 헤쳐 모여 올라왔다. 고요한 달의 바다와 같던 도서관에 몰아닥친 책 증발 사건은 소처럼 걷던 사서들을 뛰게 만들었다. 책장을 뒤지고 창고를 뒤지고 심지어 화장실 환풍기 안까지 샅샅이 수색했다. 사서들은 파리한 얼굴로 주저앉았다. 함께 물어내야 할 700쪽의 무게가 어깨를 짓눌렀다. 그들은 우황청심환과 술과 더블 샷 커피로 주말을 견뎠다. 월요일이 되어 새 책 한 묶음이 도착한 뒤, 사서들은 제각각의 모습으로 경악했다. 털썩 쓰러지거나, 자신도 모르게 비명을 지르거나, 그대로 얼어붙거나. 2사서는 불이 난 걸 처음 발견한 사람처럼 쩌렁쩌렁하게 소리쳤다. 와인이다! 와인을 쏟았던 책이다!

그들이 잃어버렸던 책은 청구기호가 붙지 않은 새 책으로 다시 나타났을 뿐, 그저 네 사람의 기억이 뒤죽박죽되는 바람에 벌어진 해프닝이었다. 책을 빌려 간 누군가가 와인을 쏟는 바람에 책이 오염됐고 1사서는 책의 변상을 이용자와 논의했다. 와인이 책 옆면 전체에 배어 난감한 상황이었다. 결국 폐기 결정이 내려졌다. 1사서는 책의 표지에서 청구기호 라벨을 제거했고, 2사서는 새 책을 주문했다. 3사서는 책의 청구기호를 컴퓨터에 기록하고, 4사서는 오염된 책을 폐기고에 가져다 놓았다. 멋쩍게 이 사건을 마무리했던 그들을 바라본 휘강은 전율했다. 주먹에 힘이 들어갔다. 온 힘을 다해 소리치고 싶었다.

책이 빠져나갈 구멍!

게다가 자신에겐 모든 것을 가능하게 만드는 만능 커버가 있지 않은가. 폐기방의 도난 방지기도 이런 커버를 씌우면 얼마든지 따돌릴 수 있다. 그것은 희열에 가까운 발견이었다. 사서는 제목보다 청구기호를 먼저 본다. 그들이 놓쳤던 바지의 종류와 목욕탕 골목 CCTV의 시간 차와 매일 마시는 요구르트의 사소한 허점이 눈앞에 있었다. 오염된 책은 청구기호 라벨이 제거된 채 지하 창고로 내려간다. 공공 도서의 가치는 훼손됐지만 여전히 책으로서의 가치를 가지고 있는 추적 불가능한 책. 책의 커버를 바꾼다면 그 책을 바깥으로 가져오는 것도 불가능한 일이 아니다. 그렇게 라벨을 뗀 죽은 책들의 무덤이 한곳에 존재한다.

그러나 이 모든 것은 때마침 『멍청이들을 위한 경제학』의 커버가 나타나지 않았다면 불가능한 시나리오다. 이런 귀신같은 타이밍은 거듭된 우연으로 만들어진 것이 아니다. 이것은 해커가 아니면 불가능한 설계다. 그리하여 책의 구멍을 찾아낸 그 남학생이 휘강이 도서관에서 만난 검은 후드라는 사실과 그 검은 후드가 휘강을 도서관으로 빼낸 진짜 해커일지도 모른다는 사실이 연결되었다. 녀석은 휘강에게 자신을 드러냈다. 되바라지고 시건방지게 사다리를 흔들어 대며.

3장

금요일의 살인자

천지웅은 아이들이 쑥덕대는 소문을 들었다. 유료 사이트 ID를 공유하듯 금지된 정보를 공유하는 미친놈이 우리 반에 있다고. 특사고 D반의 세계는 둘이었다. 앞문으로 드나드는 아이들과 뒷문으로만 드나드는 아이들. 보이지 않지만 존재하는 그들의 결계였다. 이휘강의 세계는 앞문으로만 열려 있었다. 소위 잘나간다는 아이들이 차지한 뒷문의 세계에 기웃거리며 한번 말이라도 붙여 보고 발이라도 담가 보려고 애를 쓰는 족속과도 달랐다. 휘강은 저항 없이 1미터 밧줄에 발이 묶인 5톤의 코끼리처럼 행동했다. 그런데 펄 속의 조개처럼 존재감을 감추던 녀석이 동네 아이들에게 불법으로 작문을 가르치다가 경찰에 붙잡혔고 소년재판에 회부됐단다.

앞문과 뒷문으로 나뉜다고 21특사고 울타리가 낮은 것은 아니었다. 그들은 작문을 배울 수 있거나 그런 재능을 인정받은 유산계급의 자식이었다. 계급 꼭대기에서 아래를 내려다보도록 키워진 아이들은 섞여서는 안 될 부류를 알았다. 불가침 계급으로서 그들은 평생 고등급의 책 한 줄을 읽을 수도 작문을 배울 수도 없는 이들을 신불가촉천민이라 불렀다.

녀석도 그곳 출신이다. 그 결계를 깨고 어렵게 이 세계에 입성했다면 뿌리를 내려야지 왜 이빨을 박아 넣었을까. 천지웅은 궁금했다.

천지웅은 무미건조한 눈빛으로 녀석을 바라봤다. 네가 특사고 샌님들과 결이 다른 녀석이라면 언젠가 그 튀어나온 못 같은 성질을 드러내는 날이 올 거다. 수풀 속에 몸을 숨긴 포식자처럼 기다리고 기다렸다. 천지웅의 계산은, 아니 계획은 먼저 다가가는 쪽이었다. 작문 교습소 얘기를 물어보며 녀석의 울타리 안으로 발을 넣어 볼까도 생각하던 참이었다.

그런데 이휘강은 뜻하지 않은 지점에서 튀어 올랐다. 감규민의 수행 평가서를 들고 뒷문으로, 보란 듯이 그 문을 열고 천지웅에게 걸어왔다.

"감규민 물먹이는 게 너라며."

천지웅은 대꾸 없이 녀석을 봤다. AI로부터 유리한 판결을 받고 새로운 인생을 사시기로 했나. 왜 힘없는 애를 괴롭히며 사느냐는 등 시답잖은 이야기나 지껄일 줄 알았더니 휘강은 뜬금없는 이야기를 꺼냈다.

"혹시 감규민 보고서 읽어 본 적은 있냐?"

"내가 그 새끼 글자 쪼가리를 왜 읽어야 하지?"

"읽어 봐. 그럼 이유를 알 테니까."

휘강은 감규민의 수행 평가서를 천지웅의 책상에 내려놓았다. 짜증이 솟구쳐 눈길이 태블릿으로 향했으나 거기 쓰인 글보다 이휘강의 태도가 더 신경 쓰였다.

"얘 이대로 제출하면 가만 놔둬도 F야. 네가 굳이 이런 수고를 하지 않아도 이 새끼는 글자 읽을 줄만 알지 일기 한 줄 쓸줄 모르는 놈이라고."

"그래서?"

"놔두라고. 가만 내버려 둬도 알아서 고꾸라질 테니까. 그리고……."

이휘강은 정말 하고 싶었던 말을 내뱉었다. 확실한 쐐기 박기로.

"독해력이 달리는 건 너도 피차일반인 것 같다."

천지웅은 단 한 번도 느껴 보지 못한 열등감이 솟아올랐다. 못난 걸로 따지면 막상막하라 잘난 척할 짬밥이 아닐 텐데. 이휘강이 하려다 만 이야기였다.

다음 날 바로 천지웅은 이휘강의 책상을 돌려놓았다. 화도 났고 오기도 생겼다. 한창 담금질로 감규민의 못된 성질을 뽑아내고 있는 중이었음을 설명할 기회조차 없었다. 요크셔테리어처럼 순둥순둥하게 생긴 녀석이 어디서 훈련사 노릇인가.

천지웅은 일단 녀석을 담가 보기로 했다. 저 현실감 없는 안목을 개조해 놓고 저를 인정하게 만든 다음에야 같은 편으로 끼우든 말든. 아이들이 녀석을 피하고 대놓고 유령 취급을 하는데도 눈썹 하나 흔들리지 않는 것도 짜증 나는데 강주노라는 웬 호랑말코 같은 새끼가 엉겨 붙은 것에 더 화가 치밀었다. 강주노는 제 책상을 끌고 와 공식적으로 '따'를 당하는 휘강의 옆에 나란히 붙었다. 나도 이 새끼와 세트로 건들지 말라, 였다. 똥무덤을 만들어 놨더니 쇠똥구리들이 회식을 하고 있는 꼴이다.

분위기가 이상하게 흘러갔다. 게다가 김도겸, 육탄이라는 패가 가세했다. 앞문과 뒷문, 보이지 않던 D반의 질서가 무너지고 아이들이 섞이기 시작했다. 천지웅이 원한 것은 순순한 이휘강 하나였지 어중이떠중이들이 들러붙어 뭉쳐 버린 쇠똥구리 패거리가 아니었다. 녀석들이 차라리 코드 몇 개로 짜 맞춘 프로그램이었다면 한 방에 뜯어내는 게 쉬웠을 텐데, 그놈들의 결속은 근원을 볼 수 없는 인간이라는 유기체였다. 또한 저는 속하지 못한 수컷들의 '케미스트리'에 건짜증이 솟구쳤다.

사실 마법사가 천지웅의 얘기 전에 이미 이휘강의 존재를 알고 있었다는 건 이상한 일이었다. 천지웅은 녀석이 워낙 대형 사고를 쳐서 그런가 보다 하고 넘겼지만 나중에서야 마법사가 녀석을 주시한 이유가 달리 있었음을 알았다.

마법사는 그저 이휘강의 재판을 오염시키고자 했다. 최소 소년원 1, 2개월은 받을 죄목임에도 AI 판결을 통해 도서관 자원 봉사로 빼내 오길 원했다. 과정이야 어쨌든 마법사는 해커 독스에게 이휘강을 15도서관으로 보내라고 말했다. 열두 살에 미국 대학 졸업장을 가진 천재 소년은 그의 제안을 받아들였다. NASA의 영입 제안을 거부하고 두문불출 중인 그는 스스로 천재의 안식년을 택했다.

마법사를 제외하고 그 누구도 독스가 21특사고의 평범한 고등학생인 천지웅으로 살아가고 있다는 사실을 알지 못했다. 반면 독스 본인은 교복 입고 학원 다니고 미적분이나 푸는 평범한 고등학생의 삶이 가장 어렵다는 걸 알았다. 그 삶이 지겨울 때쯤이면 학교 홈페이지나 주민 센터 프로그램 몇 개를 해킹하는 걸로 위안을 삼았다. 독스가 마음만 먹으면 뚫지 못하는 시스템은 없었다. 단, 15도서관 9등급 출입증은 빼고.

독스는 글로벌 해커 친구들 몇몇을 불러 15도서관 등록 프로그램 해킹을 시도했다. 하지만 9등급은 업그레이드가 금지되어 문을 열 수 없는 데다 시도 자체가 알람이 되었다. 9등급 카드뿐만 아니라 거대한 자물쇠의 열쇠가 필요했는데 촌스럽게도 디지털과 아날로그의 조합이었다. 철벽을 뚫으려고 들러붙었다가 마법사에게 잡힌 게 인연이 되었지만 아직도 15도서관의 9등급 인증은 독스에게 아픈 구석이었다.

은행도 뚫는 해커들이 도서관 프로그램 하나 뚫지 못하는 상황은 20세기형 버그와의 조우로 정의되었다. 15도서관 9등급은 10년 전 세 사람의 인증을 마지막으로 더 이상 새 인증을 내지 않았다. 9등급을 가진 세 사람의 인물 정보는 누군가에 의해 일부러 삭제되어 있었다.

마법사는 경찰에 협조해 오태중 사건의 비밀을 캐고 있지만 독스의 존재를 알리지 않았다. 대신 독스를 작전의 또 다른 멤버로 참여시켰다. 미지의 세 사람을 찾아내고 촌스러운 열쇠도 풀어낼 인물로 유연한 사고를 가진 사람이 필요했다. 마법사는 독스를 골랐고 독스는 이휘강을 선택했다. 독스는 검은 후드를 쓰고 얼굴을 변장한 뒤 이휘강에게 존재를 드러냈다. 나는 너를 돕고 있는 존재라고, 독해력이 달리는 인간이 아니라.

자존심이 상하는 게 또 있었다. AI 프로그램을 뚫고 들어가 이휘강의 판결을 바꾼 것은 자신이 아니었다. AI는 마지막 순간까지 모든 요소를 고려해 사건을 판단하기에 답을 정해 놓지 않는 것이 원칙이다. 때문에 마지막 변론을 하는 그 순간까지 판결을 알 수 없다. 게다가 AI 본체는 극비의 보안 체계로 막혀 있어 어떤 루트로도 들어갈 수 없다. 다만 데이터베이스의 유사 판례들은 이휘강의 소년원 2개월형에 97퍼센트 타당성을 부여하고 있음을 엿볼 수 있었다. 독스가 손댈 수 있는 곳은 판결이 내려지고 휘강이 소년원에 갔을 때의 생활 벌점과 상점 정도일 거라 예상됐다.

이휘강의 재판은 오전 중에 있었고 천지웅으로 살아가는 독스는 학교 수업에 매인 상황이었다. 와이어리스 이어폰으로 몰래 판결을 엿듣던 독스는 담임에게 들켜 책상 밑에 숨겨 둔 노트북을 빼앗기고 말았다.

어쨌든 확률적으로 녀석의 소년원행은 확실했다. 독스는 마법사에게 그리 말하고, 소년원을 나온 다음에 회유할 작정이었다. 하지만 AI는 납득할 수 없는 이색 판결을 내리고 이휘강을 덮었다. 독스가 강제 아웃되고 그 몇 분 사이에 누군가가 AI를 해킹할 수 있는 확률은 제로에 가깝다. 가장 합리적인 답은 AI가 3퍼센트의 확률을 따랐다는 결론뿐인데, 도대체 이휘강의 뭘 믿고 97퍼센트의 확률을 버렸단 말인가! 데이터베이스 판례와 법률에만 기초해 정확한 판단을 내린다는 AI가 무엇인가에 오염되어 있다고, 독스는 확신했다.

휘강은 알파고의 아들이라는 별명과 함께 15도서관에 배속되었다. AI는 마치 천지웅의 마음을 해킹한 듯 휘강을 그곳으로 보냈다. 휘강은 의도적으로 원래 등급보다 낮은 4등급을 받으려고 했다. 녀석은 분명히 6-A일지언정 프리패스가 가능한 특사고 학생증을 가지고 있었다. 그런데도 일부러 그 VIP 카드를 빼 들지 않았다. 그걸 보자 호기심이 발동했다. 뒷배를 믿고 저러나, 아니면 원래 돌아이 같은 놈인가. 집적거리며 발을 걸어 보고 싶었다. 가입 프로그램을 해킹해 녀석의 도서관 카드 사진을 이상하게 찍게 만들고 자료실까지 쫓아가 트집을 잡아 댔다. 사실 녀석의 등급을 올린 것도 독스였다.

관장이 녀석을 1등급으로 강등하자마자 곧바로 6등급으로 상향 조정하고 사람책 프로그램에도 신청했다. 이 정도 했으면 제 인생이 제멋대로 돌아가지 않는다는 걸 눈치채지 싶었다. 그럼에도 녀석은 이 모든 배후에 천지웅이 있다는 걸 모르는 눈치였다.

둔한 새끼! 바로 옆에 있구먼. 천지웅은 툴툴거렸다. 마법사는 독스가 CCTV로 휘강을 관찰하는 것을 지켜보다 말했다.

"별로 친하지도 않다면서 왜?"

"좀 궁금해서요. 희한한 놈 같기도 하고"

"너랑 비슷한 데가 있어 보이던데 친하게 지내 봐."

"눈곱만큼도 없어요, 그런 거."

"원래 극과 극은 끌리는 법이지."

"재미없어요, 꼰대 화법."

그는 독스일 때나 천지웅 자신일 때나 독설의 대가였다. 그러나 고해의 시간이었다.

"AI, 내가 뚫은 게 아니에요."

"그럼?"

"진짜 AI 판결이에요. 비슷한 판례는 97퍼센트 소년원 2개월 이었는데 3퍼센트를 쫓아간 거예요."

"너 말고 다른 사람이 있었던 건 아니고?"

"아니에요. AI가 다른 수를 끌어온 것 같아요. 읽을 수 없는 수십 수 앞의 상황 아니면 하부 법률보다 더 강력한 원칙이 있거나."

"그게 뭔데?"

"모르죠. 데이터베이스에 따라 확률적으로 판결을 내리지만 이 인공지능이 정말 생각이란 걸 한다면, 자기가 내린 판결이 부당하다는 걸 알 테고 아무리 많은 하부 법률이 반대라 하더라도 결국 대원칙을 쫓아가려고 하겠죠. 조금씩 방향을 선회하면서."

"그래서 그 대원칙에 따라 이휘강을 택했다······."

"웃긴 가설이지만 있다 해도 대원칙이 뭔지는 그 누구도 몰라요. 판결할 때만 접속되어 있는 상태인데 그렇다고 그 프로그램을 해킹할 수 있다는 의미는 아니에요."

"그래, 썩 좋은 수는 아닌 것 같다."

"해도 실패하겠죠. 근데 희한한 놈이에요, 이휘강. 저 녀석은 안 될 줄 알면서도 늘 뭔가를 하니까."

마법사는 독스가 건넸던 AI 재판 일지를 되새겼다. 서로가 서로에게 구멍이길 바랐다는 녀석의 진심이 냉담했던 독스마저 움직이고 있었다.

2

숨만 쉬고 살았는데 시간이 꾸역꾸역 밀려들었다. 하루에 평균 네다섯 시간씩 주 6일, 한 달이 될 무렵 봉사 시간은 100시간을 넘어섰다. 휘강은 묵언 수행을 하는 수도승처럼 묵묵히 도서관의 잡일을 해냈다.

그리고 문제적 금요일이 되었다. 교도소의 내부 사정으로 몇 주 중지되었던 금요일의 사람책이 재개된다는 소식 때문인지 도서관의 공기가 달라졌다. 말로만 듣던 오태중을 직접 본다는 두려움과 그를 교주처럼 받드는 추종자들을 직시해야 할 현실이 다가오고 있었다.

뿌리가 없는 소문의 이파리는 무성했다. 한 달에 두 번 교도소에서 특별 호송 차량이 도서관에 도착할 때면 기이한 풍경이 벌어진다고. 버스가 도착하기 몇 시간 전부터 도서관 입구에 진을 치고 대기하는 사람들로 장사진을 이루고 도서관 출입증이 있는 사람은 아예 도서관 계단에 앉아 그의 출현을 기다리기도 한다.

그는 스타였다. 살인자라는 놀라운 이력에도 불구하고 그가 한때, 아니 여전히 베스트셀러 작가라는 사실이 사람들을 매혹시켰다.

어둠을 빛으로 바꾸어 대중의 희망을 불러일으킨 21세기의 괴벨스. 그리고 선동에 응답하는 대중. 영락없이 돌고 도는 역사의 수레였으나 휩쓸린 당사자들은 그 궤적을 보지 못했다. 모든 것이 한 세기 전 광기를 떠올리게 했다. 대중은 한 달에 두 번이나 금요일을 빼먹는 도서관의 안일함을 비판했다. 그들은 당첨 확률이 절반으로 떨어지는 것에 분개했다. 그래서 도서관이 2주마다 진행하는 오태중의 금요일을 매주로 늘리기 위해 여론의 눈치를 보고 있다는 사실도 알게 되었다.

좁은 2차선 길로 오토바이 부대가 먼저 들어섰다. 오토바이를 탄 경찰들이 불법 정차한 차량과 차도까지 내려온 사람들을 정리했다. 잠시 뒤 호송 버스가 정문 앞에 도착했다. 자동문이 열리고 교도관이 먼저 내린 뒤 오태중이 뒤이어 계단을 내려왔다. 환호가 터져 나왔다.

남자는 보기 드문 미남이었다. 살집보다 뼈대가 더 강해 울타리 안에서 편히 늙기는 글렀다고, 곁에 선 누군가가 어설프게 관상을 읽으며 뱉은 말이었다.

그러나 사진을 찍으려는 사람, 사인을 받으려는 사람, 그 와중에 선물을 전달하려는 사람 들로 난리 통이었다. 사람들은 그 망할 히아신스 꽃가루를 뿌려 댔다. 이름을 부르며 눈물을 흘리질 않나, 자기 이름과 오태중의 이름 사이에 하트를 그려 넣은 종이를 흔들어 대지 않나. 부부젤라를 부는 듯한 사람들의 목소리 사이에 조그맣게 묻혀 있던 소리가 들려왔다. 울분과 고통에 찬 목소리가 환호성을 비집고 새어 나왔다.

"제발!"

휘강은 목소리의 주인공을 찾아 주위를 둘러보았다. 초췌한 중년 여인이 오태중을 향해 손을 뻗으며 나아가고 있었다.

"제발, 그만하면 됐잖아. 이제 내 딸 좀 돌려줘!"

그녀가 오태중을 붙잡으려 팔을 뻗고 다가서자 사람들이 가로막았다. 그들은 인간 바리케이드가 되어 오태중을 보호했다. 겹겹이 쌓인 인간 방벽을 뚫지 못한 여인의 팔이 허공을 긁었다. 사람들에 의해 밀려난 그녀는 땅바닥에 내동댕이쳐졌다. 그저 몇몇의 동정뿐, 누구도 그녀에게 손을 내밀지 않았다.

오태중이 대기실로 들어가고 주변 일대가 통제되자 군중은 아쉬움을 뒤로한 채 물러났다. 휘강은 그 모든 광경을 멀리서 지켜보다 씁쓸히 책 수레의 머리를 돌렸다. 엘리베이터에 오르자 생각의 파편 하나가 튀어 올랐다. 휴대폰으로 주식 시세만 내리 보고 있던 1사서에게 물었다.

"오태중은 살인죄로 복역 중인데 어떻게 사람책으로 나올 수 있었어요?"

"거래를 한 거지. 피해자들 시신 버린 곳을 알려 줄 테니 자기가 원하는 걸 들어 달라고. 저래 봬도 저 인간 책 다 베스트셀러야. 이거 봐라."

1사서는 책 수레에 담긴 책 몇 권을 턱 끝으로 가리켰다.

"『나와 살인, 그리고 히아신스』, 『나는 죽었다』, 『세 번째 살인 예감』, 제목 한번 기똥차게 뽑았다. 그러고 보면 제목이 제 인생인 거지."

1사서는 휴대폰을 접고 분통을 터뜨렸다.

"날 봐라. 내 월급봉투는 『유리알 유희』, 내가 담은 주식 달걀 바구니는 사마천의 『사기』, 동기들 승진 소식은 『누구를 위하여 종은 울리나』, 세상 참 더럽게도 불공평하잖아."

"그 사기가 그 사기는 아니잖아요."

휘강이 대답하자 1사서는 두 손가락으로 허공의 무언가를 자르며 말했다.

"응, 반 토막."

뜨악하게 바라보는 휘강의 눈빛에도 아랑곳없이 그는 오태중의 책 한 권을 꺼내 들며 말했다.

"이놈이 이렇게 성공 가도를 달리면 제2의 오태중이 되겠다는 미친놈이 생길까 봐 그게 제일 겁나."

흔드는 손에 감정이 실린 건 책 표지로 실린 오태중의 얼굴 때문인 듯했다. 사람을 죽이고도 기생오라비 같은 얼굴로 책을 팔아먹고 있는 엿 같은 상황에 대한 울화였다. 1사서는 내친 김에 『나와 살인, 그리고 히아신스』를 꺼내 그의 문장을 읽었다.

"사람을 죽인 밤에 시를 썼다. 내 안의 모든 감각이 살아난 그날 밤, 최고의 작품을 쓸 수 있었다. 이봐, 이러니 사람들이 환장하는 거지. 사람을 죽인 미친놈이 아니라 광기를 예술혼으로 승화한 예술가, 뭐 이런 멍멍 소리나 하고 있고. 이거 읽는 사람들 심리가 뭔 줄 알아? 소름 돋게도 사람 죽인 그 심리를 한번 들여다보고 싶다는 거야. 열심히 들여다봐서 뭘 좀 배우시게?"

"그냥 호기심이겠죠."

"좋게 포장해 주지 마, 이건 미친 거라고! 책이 한 번 나올 때마다 죽인 사람들 유기한 곳을 가르쳐 준다고 협상을 한 저 살인마나 열광하는 인간들이나!"

엘리베이터가 3층에 도달했다. 책 수레를 끌고 나오다가 문

　　　　　　　　월요일의 마법사와 금요일의 살인자

득 멈춰 섰다.

"근데 오태중 사람책 오래됐잖아요. 죽인 사람은 두 명이고
요. 더 죽였던 거예요?"

1사서는 심드렁한 표정으로 말했다. 휘강이 아닌 책 표지의
오태중을 보며 말하는 투였다.

"봤냐? 여기 네 쓰레기 읽지 않은 순수한 영혼도 있다."

"학교 도서관에는 오태중 책이 없어요."

"그래, 거긴 애들 정서상 없어야 하는 게 맞지. 근데 다른 공
립 도서관은 끝없이 예약자가 달리는 인기 책이라는 게 문제지.
죽인 건 두 명 맞아. 근데 그걸……. 에이 씨! 생각해 버렸네."

1사서는 고개를 절레절레 흔들며 한 마디를 보탰다.

"그리고 오늘 도서관 서버는 다운될 거고 우리는 야근 당첨
이고."

1사서의 예언은 곧 현실이 되었다. 오후 6시가 되자 교도소
특별 호송 차량과 앰뷸런스가 동시에 도서관을 나섰다. 호송
차량에는 오태중이, 앰뷸런스에는 그를 만난 열성팬이 실려 갔
다. 두 시간 동안 그의 이야기를 들으며 눈물과 웃음으로 열광
했던 팬은 마지막 인사를 나누며 손을 잡는 순간 그 자리에서
졸도했다고 한다. 포털 사이트에는 오태중과 스탕달 신드롬*이

---

* 예술 작품을 본 사람이 충격과 감동으로 인해 격렬하게 흥분하거나 어지러움 등
을 느끼는 증상이다. 『적과 흑』 등의 소설을 쓴 프랑스 작가 스탕달이 이탈리아 피
렌체의 산타크로체 성당에서 미술품을 감상하고 나오던 중 힘이 빠지며 탈진했던
것에서 유래했다.

연관 검색어로 올랐다.

오태중은 구급 대원이 올 때까지 교도관들과 함께 그녀를 간호하며 물을 건네기까지 했단다. 이 사건은 일파만파 퍼져 나가 큰 파급 효과를 가지고 왔다. 1사서의 우려대로 신청이 폭주한 도서관 서버가 다운되고 말았다. 덕분에 그들은 반납된 책을 일일이 수작업으로 처리해야 하는 잔업을 떠안게 되었다.

"내 이럴 줄 알았지. 저 살인마 새끼 저거 하필이면 금요일에 서버 다운시켜 야근을 시킨다고."

1사서의 불만에 2사서도 맞장구를 쳤다.

"어우, 아까 버스 올라타면서 사람들한테 손 흔드는데, 머리털 나고 처음으로 살의가 생기더라고요!"

"누구 하나 죽어야 정신 차리지. 죽어 봐야 저놈을 만나겠다고 신청하는 미친 인간들이 없어지겠지."

1사서의 말에 다른 사서들조차 고개를 주억거렸다. 그들은 왜 대출 프로그램과 도서관 홈페이지가 같은 서버인지 모르겠다는 말을 구시렁거렸다. 들어온 예약 도서들은 다음 사람에게 연락할 수 없어 결국 그대로 하루를 묵혀야 하는 상황이었다. 평소라면 서가에 꽂힐 틈도 없는 인기 도서들도 오랜만에 휴가를 얻어 서가에 머물게 되었다. 그 많은 책들 중에는 오태중의 소설과 자서전도 포함되어 있었다.

특사고에는 시답잖은 불문율이 있다. 6등급인 자신들은 시시껄렁한 5등급 연애소설이나 오태중의 쓰레기 소설은 들여다보지 않는다! 배운 놈은 배운 놈답게 아래 등급을 기웃거리지 않는다는 이들의 지적 허영심은 곧 자부심이었다.

물론 개중에는 몰래 읽는 놈도 더러 있었지만 휘강은 없어 못 읽는 축에 속했다. 실물을 영접한 힘인지 마음이 흔들렸다. 맹렬한 호기심이 같잖은 허영심을 이기는 것 또한 불문율. 그중 한 권을 꺼내 들었다.

"이거 다음 사람이 못 빌려 가면 오늘 제가 빌려 가도 돼요?"

"대출은 7등급부터다. 정 읽을 거면 여기서 읽든가."

어차피 도서관도 문을 닫을 시간이고 사서들도 적당히 일을 마무리하는 중이라 구석진 자리에 앉아 책을 펼쳤다.

『세 번째 살인 예감』은 아예 다음 살인을 예고하고 쓴 것이었고,『나는 죽었다』는 두 번째 살인을 소설화한 것이었다. 오태중 최초의 소설『나와 살인, 그리고 히아신스』의 띠지는 이랬다.

그는 두 여자를 운명적으로 만났고, 하나하나 최선을 다해 사랑했으며, 최선의 방법으로 이별했다.

이별의 최선이 살인인가. 이런 책이 세상에 나왔으니 피해자 가족이 피를 토하는 심정으로 그를 제지하는 게 이해가 가고도 남았다. 누군가의 고발이 없었다면 세상은 그의 소설이 실화에 기반한 것임을 알지 못했을 것이다. 장소와 시간은 모두 가짜로 만들면서 피해자의 실명을 그대로 쓴 대담함이 오태중의 꼬리가 밟히게 만들었다.

감옥에 갇힌 그의 죄과와 그 감옥에서 나올 수 있는 인기의 정체가 무엇인지 궁금했다. 그의 첫 문장을 따라나서자 어두운 동굴 같은 길이 펼쳐졌다. 오태중의 내면처럼 검고, 길고, 습한 문장을 따라가다 보니 어느새 그의 곁이었다.

사람을 홀리는 방면에서 오태중은 마법사였다. 살인마저 자기변명으로 그럴 듯하게 둔갑시키는 데 탁월한 재능이 있었다. 그는 살인 자체보다 피해자들에 대한 애정을 표현하는 데 훨씬 많은 분량을 할애하고 있었다. 그는 두 번의 살인을 공들여 정리하고 기록했다.

첫 번째 피해자는 고양이 동호회에서 만난 여자였고, 두 번째 피해자는 그의 작문 수업을 듣던 학생이었으며, 세 번째는 미수에 그쳐 알려지지 않은 인물이었다. 동호회의 그녀는 삼십 대 중반의 평범한 회사원이었고 그의 표현대로라면 줄에 묶지 않아도 곁에서 1미터를 벗어나지 않는 길들여진 성격이었다고 한다. 그녀는 책과 클래식을 좋아했지만 여행이나 운동 같은 동적인 삶은 멀리했다. 외동딸이었으며, 이혼 후 각각 가정을 꾸린 부모와는 떨어져 살고 왕래도 없는 편이었다. 오태중은 그녀를 길들였고 연결되어 있던 가는 끈들을 하나씩 끊어 내었다. 행방불명이 된 지 한 달이 넘었음에도 부모는 실종 신고조차 하지 않았다. 오태중의 첫 번째 살인은 이렇게도 완벽했다. 그가 피해자를 지운 것이 아니라 이미 지워진 피해자를 선택한 것으로.

반면에 두 번째 희생자는 모든 것이 첫 번째 희생자와 반대였다. 오태중은 다리가 많은 절지동물이라는 표현을 즐겨 썼다. 몸통에서 뻗어 나온 기관들의 생이 제각각이었다. 아르바이트를 하며 생활비를 충당했고, 돈이 좀 모였다 싶으면 외국으로 여행을 다녔다. 돈이 떨어질 때쯤 어디서든 일을 하고 다시 어딘가로 떠났다. 태국 싸구려 게스트하우스에서 요리를 배우고 요가를 배우러 발리로 떠났다가 스킨스쿠버를 하기 위해 제주도로 향했다. 호기심은 넘쳐 났으나 그 지속 기간이 짧고 깊지 않았다. 도깨비불처럼 사는 인생이라고 가족들조차 고개를 내저었다. 많은 남자를 만나 사랑하고 헤어짐을 반복하다가 인생의 마지막 남자를 만나게 되었다. 오태중은 그녀가 가장 동경했던 지점이었다. 글을 쓰는 유목민 같은 남자. 그녀는 글자를 알았을 뿐 제 안의 문장을 만들지 못했다. 작문 수업을 끝까지 들을 인내심이 부족했다. 그런 허기를 채워 주듯 사랑을 속삭이며 글을 가르쳐 주는 남자라니, 이보다 더 완벽한 인간은 없지 않은가. 그러나 오태중을 만남으로써 자신의 결핍이 그의 먹잇감이 되고 말았다.

그녀들은 나이, 취향, 외모, 모든 면에서 다른 세계에 속했다. 둘의 접점은 오태중이었고 그는 둘을 죽였다는 사실만을 인정했을 뿐 책 이외의 이야기에는 일체 입을 다물었다. 경찰보다 황색 언론이 밝혀낸 바가 더 많다고 알려진 사건이었다.

『나와 살인, 그리고 히아신스』는 그 첫 번째 살인 직후 쓰인 책이었다. 가장 많은 손때가 묻은 페이지는 살인의 클라이맥스였다.

1에서 9 중 지금 그녀의 행복은 어디쯤 있느냐고 물었다.

그건 의사들이 통증 정도를 확인할 때 묻는 말이잖아. 그러고 보면 사랑과 고통은 한 몸 같아.

그녀는 농담처럼 말했지만 대답이 완벽했기에 결심이 섰다.

사랑과 통증의 강도가 모두 9가 되는 완벽한 피날레로 가자.

때는 마당 백일홍이 만개한 8월. 더위의 절정이었고 한쪽에선 말라비틀어진 수국이 볼썽사납게 자리를 차지하고 있었다. 꽃인 듯 여름을 났으나 떨어질 때를 모르는 이파리의 속성을 가진 그녀에게 약속했다.

당신이 이 나무를 더 키워 주면 다음에는 그대의 몸이 쉴 수 있는 작은 의자를 만들겠노라고. 그리하여 그대의 아름다운 팔은……

그 행간에서 멈춰 있다. 촉 하나가 요란하게 움직였다. 파리지옥은 하나의 센서를 건드려도 닫히지 않는다. 그들에게도 체계가 있듯 휘강의 촉에도 센서의 체계라는 것이 존재했다. 의문을 안고 다음 문장으로 넘어갔다.

사랑과 통증이 모두 9일 순간, 그녀는 마지막에 겁을 집어먹고 말았다.

파리지옥의 알람이 요란하게 울리고 있었다. 여러 개의 센서를 동시에 건드렸을 때 발동하는 강력한 알람이 휘강의 무언가를 일깨우고 있었다.

오태중의 문장은 휘강의 두려움을 건드렸다. 온몸의 돌기가 곤두섰다. 그 뭔가가 신호를 보냈다. 책을 덮고 휴대폰을 꺼내 오태중 사건을 검색했다. 최신 사건순으로 뉴스가 딸려 올라왔다. 검색 범위를 좁혀 보았다.

오태중, 피해자, 유기 지점.

간간이 피해자의 일부를 발견했다는 기사만이 나올 뿐 구체적인 장소는 언급된 곳이 없었다. 6등급 가십 사이트로 옮겨 갔다. 그곳에는 검증되지 않은 이야기를 실제처럼, 혹은 그 이상으로 부풀려 올리는 사람들이 있다. 하지만 검색어에 딸려 올라온 글이 너무나 많아 일일이 읽을 수조차 없었다. 한 번 더 검색 범위를 좁혀 보았다.

오태중, 유기, 냉동고.

몇 번의 스크롤 끝에 외국 한인회 사이트에 올라온 글 하나를 클릭했다.

"경찰 내부 소식통에 따르면 첫 번째 여자의 일부가 발견된 곳은 그녀의 집 냉장고였으며 다른 부분은 발견되지 않았다."

시간이 흘러 두 번째로 발견된 곳은 오태중의 집 앞마당 백일홍 나무 아래였다. 오태중은 소설에 범행에 대한 기록뿐 아니라 유기 장소까지 숨겨 놓았던 것이다.

휘강은 책을 들고 달려 나갔다. 보안 검색대를 통과하려는 순간 모든 전등이 깜빡거리며 요란한 경보음이 울리기 시작했다. 자료실 문은 모두 자동 잠김으로 전환됐다. 손장갑의 먼지를 털며 1사서가 다가왔다.

"잘했다, 이휘강. 오랜만에 보안 해제하느라 겁나게 땀 흘려 보자."

"야! 그냥 들고 나가면 바로 자료실 셧다운 되는 거 까먹었어?"

뒤이어 2사서가 고래고래 소리쳤다.

"죄송합니다. 까먹었어요. 너무 급한 일이라."

"또 뭐가? 칼퇴근보다 더 급한 일이 뭔데?"

"오태중 소설이요. 아무래도 여기에 유기 장소가 기록되어 있는 거 같아요."

"어이, 고딩! 경찰이랑 프로파일러는 놀았냐. 소설에 있다는 소문이 나서 그거 해독한다고 그 책이 그렇게 인기인 거 몰랐어?"

"그럼 경찰도 이 책으로……."

"그래, 네가 찾고 싶겠지. 네가 뭔가 할 수 있다고 믿고 싶겠지. 근데 오태중 그놈이 왜 그런 소문을 흘린 줄 알아? 다 책 팔아먹으려고 수작질 부린 거고 사람들은 그 농간에 놀아난 거라고."

책이 더럽게 비싸야지. 2사서는 늘 하는 말을 구시렁구시렁 덧붙였다.

1사서가 보안 해제를 하는 사이 금세 비상등이 들어왔다. 죄송하다고 꾸벅 인사를 하고 서가로 돌아왔다. 다시 오태중의 책을 들었다. 『나와 살인, 그리고 히아신스』, 어찌나 인기가 많은지 같은 책이 다섯 권이나 놓여 있었다. 제일 먼저 들어온 1쇄는 이미 손때가 새카맣게 배어 있어 사서들의 말마따나 사람들이 얼마나 열렬히 유기 장소를 찾아 책을 읽었는지 짐작할 수 있었다. 잠시 생각에 잠겼다. 그러다 다음 책을 펼쳐 쇄를 확인했다. 우연히도 다섯 권 모두 각각 다른 쇄였다. 읽었던 책은 2쇄였다. 중쇄의 시기가 다르다면 혹시……. 다급하게 1쇄와 2쇄를 모두 펼쳤다. 그리고 백일홍을 표현했던 129페이지를 펼쳤다. 달랐다! 두 책의 편집이 달랐다.

1쇄에는 "그대의 아름다운 팔은 8월에 가장 붉게 빛나는 꽃

나무를 향해 뻗어 나갈 것이고"란 문장이 없었다. 백일홍 아래 묻힌 주검의 일부는 2쇄 발행 이후 찾아낸 것이었다. 휘강은 다시 보안 검색대 밖으로 뛰쳐나갔고 센서는 요란한 경고음을 울리며 도서관 전체를 봉쇄했다.

3

1사서, 2사서, 그리고 휘강이 관장실로 끌려왔다. 휘강의 실수로 도서관이 전체 잠금이 되어 이용객들이 오도 가도 못한 채 30분을 갇혀 있었다. 당연히 시말서감인데 휘강은 시말서를 쓸 수 없고 누군가는 이 사태의 책임을 져야 하니 만만한 1사서와 2사서가 끌려온 것이다. 퇴근했다가 다시 돌아온 관장은 머리 끝까지 열이 뻗쳐 있었다. 그는 세 사람을 번갈아 보며 말했다.

"그래서 그걸 찾았다고 또 뛰어나갔다가 도서관 전체 보안이 발동되게 했다고? 고작 그것 때문에?"

"죄송합니다, 관장님."

"3분 안에 두 번 경보 알람이 울리면 자료실이 아니라 도서관 전체가 들어오지도 나가지도 못한다는 걸 몰랐다고?"

"죄송합니다."

1사서가 연신 사죄를 하고 있었지만 정작 사고를 낸 당사자의 머릿속은 다른 곳을 헤매고 있었다. 처음은 실수였으나 두 번째는 실수가 아니다. 휘강이 노린 것은 시스템이 내려갔을 때 보안이 어디까지 작동되는지 알아보는 것이었다. 만에 하나 폐기고의 일이 발각되면 어디까지 움직일 수 있나 확인했다. 전체 보안이 발동되어 사서들이 자료실 안에 발이 묶인다면 복도와 나머지 서고들은 구멍이 될 듯했다.

"됐고, 그래서 요지가 뭡니까."

"휘강 학생의 말대로 오태중이 중쇄를 할 때마다 유기 장소를 기록한 새로운 편집본으로 출간한다고요. 쇄마다 추가된 문장이 있었어요. 또 검색해 보니 그 쇄가 발행된 시점마다 경찰은 새로운 증거를 찾았다고 발표했었어요."

"그게 사실이라고 칩시다. 그럼 지금 이 시점에선 경찰도 이 사실을 알고 있을 테고 대중에게 숨긴 건 그만한 이유가 있다는 건데 알리는 게 무슨 소용이 있겠어요."

"아니, 그래도 수사에 도움이 될지 안 될지는 직접……."

"1사서, 이게 대중에게 알려졌다고 쳐요. 저 인간은 피해자 시체로 장사하는 장사꾼이다, 책을 사지 말아야 한다, 대중이 정의롭게 마음을 바꿔 먹었다 쳐요. 그래서 오태중이 마음을 바꿔서 다음 중쇄를 하지 않겠다고 하면요. 사람책 안 하고 유기 장소 알려 주지 않겠다고 하면 우리 사람책도 닫아야 해요."

"관장님, 그건……."

"19도서관이 오태중한테 사람책 영입 제안했다는 거 압니까? 오태중은 우리에게 아쉬울 거 하나 없어요. 자기가 그리로 가겠다면 경찰도 그리로 보내 주겠죠. 그게 경찰과 오태중 간의 계약 조건이라면 우리가 밖에서 들쑤실 필요가 뭐가 있어요. 그렇다고 죽은 사람이 살아서 돌아옵니까. 생각 좀 하고 삽시다. 둘 다 시말서 올리세요!"

사서들을 따라 관장실 밖으로 나왔다. 휘강은 미안함에 고개를 들지 못했다.

"거봐, 저럴 줄 알았다니까. 생각은 지가 안 하면서 자리 보존할 생각만 하지. 뭐 나서서 일 만들면 네가 책임질 거냐 소리나 하고 있고."

"2사서! 듣는 사람도 많은데 말 가려 하지."

"열불 나서요! 1사서님은 짜증 나지도 않으세요? 얘 때문에 우리까지 이게 뭐예요!"

열이 오른 2사서가 아래층으로 내려가자 1사서는 정수기에서 물 한 잔을 빼서 들이켰다.

"도서관 자체가 정보 등급 요새잖아. 요즘은 금은방 터는 것보다 도서관 터는 게 더 낫다는 말도 있어. 그래서 도난에 민감한 거야."

"죄송합니다."

1사서는 휘강을 조용히 벽 쪽으로 데리고 갔다. 어려운 말인 듯 무겁게 입을 열었다.

"당분간 이 얘기는 우리끼리만 알고 있자. 내 말 무슨 뜻인지 알지?"

"경찰에 직접 알리면요."

"관장님 말이 영 틀린 말은 아니야. 오태중 자기 입으로 책에 유기 장소를 표현했다고 말했으니 경찰도 그걸 찾고 있을 거고, 따로 얘기가 없는 걸 보면 내부적으로 입단속 중이겠지. 그리고……."

1사서는 어깨를 늘어뜨린 채 말했다.

"2주에 한 번 보는 살인마보다 매일 보는 마누라가 더 무서워. 나 잘리면 오태중이 아니라 우리 마누라가 기름 치고 들들 볶아서 죽일 거야."

웃으라고 농담인 듯 던진 말인데 도저히 웃을 수가 없었다. 1사서는 휘강의 어깨를 두드린 뒤 자료실로 돌아갔다. 무기력과 타성에 젖은 사람들이 서로의 처지를 돌아보며 안도하고 있다. 피해자의 몸으로 제 책 장사를 하는 살인자와 타협할 수도 있다고, 그게 합리적인 상식이라고.

집으로 돌아와 친구들을 소집했다. 학원이며 PC방에서 돌아온 아이들을 한 화면에 모두 모으기까지 꽤 시간이 걸렸다. 휴대폰을 컴퓨터 모니터에 연결했다. 도겸과 주노와 탄 그리고 휘강의 분할 화면이 모니터 한가득 채워졌다. 네 사람은 휘강이 미리 보낸 오태중 소설책 각 쇄의 화면을 보고 있었다. 각 쇄마다 추가된 문장과 피해자가 실제 발견된 장소를 정리한 파일이 연동되었다. 그리고 마치 기다린 듯 경찰이 피해자의 일부를 찾은 시점이 중쇄 출간일로부터 하루에서 일주일 사이였다.

"우와, 대박!!!"

"자기 책에 유기 지점 넣어 놨다는 말이 사실이었네. 근데 그게 새로운 중쇄마다 추가됐다는 거잖아."

"그 지점을 경찰이 직접 공개하지는 않았으니까 사람들은 시체가 발견되고 나서야 거꾸로 그 문장을 찾으려고 했지."

"직전 쇄가 다 팔리기 전에는 중쇄를 하지 않으니까 빨리 팔리도록 수를 썼을 수도 있어. 어쩌면 경찰이 사재기를 했을 수도 있고, 피해자를 찾게 되면 노이즈 마케팅이 돼서 더 팔리는 순환 구조로. 악마들의 시장경제네."

주노의 말이 가장 예리했다. 중쇄에 얽힌 복잡 미묘한 역학 관계를 단숨에 이해한 촌철살인이었다.

"이휘강, 너 이거 어떻게 찾았냐?"

관장실에서 있었던 일을 먼저 말했다. 사서들 역시 휘강의 생각에 동의하지만 관장은 오태중을 이용할 목적으로 이 일을 세상에 떠벌리고 싶어 하지 않는다는 점도. 어쩌면 경찰과 오태중 사이 모종의 거래일 가능성이 높다는 말도 덧붙였다.

"이걸 보고도 입을 다물라고 했다고?"

주노는 경악을 금치 못했다. 아이들은 기생오라비 같은 살인마에게 놀아나는 출판사와 경찰에게 분노했다. 강주노를 제외한 나머지 아이들은 그 반반한 면상에 더 짜증이 났다.

그때 적막 속으로 한 남자가 들어왔다. 영상통화 화면의 중앙이 조금씩 어두워지더니 어둠은 다섯 번째 분할 영상이 되었다. 영상에 들어온 낯선 사람은 초대받지 않은 참가자였다. 휘강은 영상 없이 잡음이 끼어든 처음부터 이상한 낌새를 느끼고 있었다. 소란스럽던 목소리가 잦아드는 걸 보면 아이들 역시 그의 존재를 눈치챈 모양이다. 이윽고 검은 화면 앞으로 검은 후드 티셔츠를 뒤집어쓴 남자가 모습을 드러냈다. 어두운 조명 아래라 얼굴을 확인하기 힘들었다.

"뭐야, 누구야?"

"누가 초대했어?"

검은 후드는 말없이 대화창에 공유된 파일들을 하나씩 지웠다. 그의 손길이 닿는 곳마다 사진들이 사라졌다. 그는 휘강이 공유한 자료를 해킹하고 있었다.

"아, 이 새끼 뭐야? 뭔 짓을 하는 거야!"

휴대폰과 연결된 컴퓨터의 모든 파일이 지워졌다. 휴대폰과 외장 하드에 저장했던 백업 파일까지 날아갔다.

"이 녀석이 내 파일을 다 지우고 있어!"

"도겸이가 강제 아웃됐어."

그 말을 남기고 주노의 창이 강제 종료되었다. 검은 후드는 대화창에서 아이들을 하나씩 없애고 휘강만을 남겼다. 없앤 것과 남긴 것의 이유는 같았다.

"이휘강."

"누구냐."

그는 대답 대신 파일 하나를 보냈다. 윤동주의 「자화상」, 오태중이 제 살인을 은유적으로 표현했던 시였다. 사내는 변조된 목소리로 말했다.

"「자화상」이라는 시를 검색하면 두 개가 딸려 올라와. 윤동주의 「자화상」과 오태중의 「자화상」. 근데 검색 인기순으로 첫번째는 윤동주가 아닌 오태중이야. 그 아름다운 시가 살인자의 한마디에 변질된 거야."

"그래서 넌 뭐냐고."

"철없는 고딩들 때문에 바쁜 해커. 오태중 중쇄에 관해 더 이상 알려고 들지 마."

"넌 오태중 친구라도 되냐? 왜 오태중을 도와주지?"

"내가 그 열등감 덩어리 살인마를 도와준다라. 최근 들어 본 질문 중에 제일 어이없는 질문이네. 오태중 글은 쓰레기야. 아무리 발버둥 쳐도 제 안의 무언가를 글로 표현할 깜냥은 되지 않는. 그 따위 허섭스레기에 눈 버릴 바엔 잠이나 자라고, 철없는 고딩들. 내가 너와 네 친구들을 모를 거라고 생각하면 오산이다. 너희가 등교하며 버스 카드를 대는 시간도, 매점에서 몇 시에 뭘 사 먹었는지도 다 알 수 있어. 이휘강, 김도겸, 육탄, 강주노. 오태중 중쇄에 대해선 입을 닫아. 너희는 그냥 너희 세계에서 생각 없이, 편안하게, 시간만 죽이는 너희 삶을 살아."

열이 올랐다. 이 자식은 아무리 봐도 고딩인데 싸잡아 욕하면서 자기는 열외를 시키네. 재수 호박범벅떡 같은 새끼!

"그러는 너는 왜 이런 일을 벌이는데? 명령보다 설득을 하는 게 꼴통 고딩들에게 더 잘 먹힌다는 걸 모르시네."

"난 그저 니들이 설쳐서 노이즈 마케팅을 하지 않길 바랄 뿐이야. 중쇄의 비밀이 알려지면 오태중의 그 비싼 쓰레기가 얼마나 날개 돋친 듯 팔려 나갈지 생각해 보길 바란다."

"피해자의 가족들은? 장례식도 제대로 치르지 못하고 있다는 피해자의 가족들은 어쩌고! 잠깐만! 네가 우리 대화를 도청하고 자료를 해킹할 정도라면 오태중이 모든 걸 기록한 원본을 구할 수도 있을 거잖아."

"내 실력을 인정해 주는 건 고맙지만 그건 찾을 수 없어."

"왜?"

"오태중의 공범이 매번 중쇄에 새로 들어갈 부분만 퀵으로 발송하거든. 매번 다른 곳에서. 추적을 피하는 데 아날로그만 한 게 없지."

"공범이 있다고?"

"어쩌면 진범. 그러니까 자극하지 말라고, 숨어 있는 그 사람을. 정 시간이 남아돌면 사람책이나 읽든가."

빨대 꽂은 에너지 드링크를 마시던 검은 후드는 휘강을 바라보았다. 그리고 익숙한 문장을 뱉었다.

"날 찾고 싶으면 사람책 프로그램에 신청해. 말 좀 잘 듣자, 알파고 아드님."

밤새 열이 오른 사람처럼 끙끙 앓았다. 아이들에겐 아무 말 하지 않았지만 짚이는 데가 있었다. 아니, 그러라고 흘린 말 같았다. 학교가 끝나자마자 전속력으로 15도서관으로 달려갔다. 도서관 홈페이지를 담당하는 2사서가 이 일에 적임자였다. 벤티 사이즈의 시럽 세 번 넣은 달달한 아메리카노, 그게 2사서의 입을 열게 하는 열쇠였다. 2사서는 커피를 마시면서 넌지시 물었다.

"그래, 뭐가 알고 싶은데?"

"중학교 1학년에서 고등학교 3학년까지, 남자, 정보 등급이 7등급, 아니 최소 6이나 혹은 그 이상. 그런 사람 좀 찾아 주세요."

"6등급 이상이면 너희 특사고가 다 걸리잖아. 좀 확실한 건 없어?"

"좀 짜부라진 건포도처럼 생겼어요. 키는 저랑 비슷한데 안경 끼고 마르고. 아, 까칠하고."

"야! 그런 걸로 데이터를 어떻게 찾아."

속이 답답해졌다. 그 녀석은 휘강의 학교에, 전화번호에, 친구들에, 휴대폰 자료까지 뒤져 대는데 자신은 그 녀석의 털끝도 알아낼 수 없다는 사실에 자괴감이 들었다. 『멍청이들을 위한 경제학』을 건네주던 녀석의 건방진 표정이 잊히지 않았다.

"잠깐만요! 이 도서관에서 책을 제일 많이 빌린 사람이요. 그건 알 수 있죠?"

"남자로만?"

"일단 전체로요."

"음, 보자, 보자. 어, 여기 있네. 근데 가족회원이라 가족 카드로 연동돼서 한 사람이라 하기는 좀 그런데."

"그럼 도서관 출입 기록으로 해 주세요. 제일 오래 머물면서 가장 많은 책을 읽었을 사람이요."

"나이는?"

"좁힐 필요 없어요. 비교 불가인 사람이 있을 거예요."

2사서는 몇 번 자료를 훑더니 사람들을 추려 냈다. 클릭 몇 번으로 데이터를 정리하던 그녀는 대여 목록에서 어마어마한 숫자 하나를 찾아냈다.

"나 좀 봐 주세요가 한 명 있네. 어마어마한 독서광. 와— 이 사람 혼자 지금까지 2만 시간도 더 넘게 있었어."

"그게 누구예요?"

얼굴을 바싹 드밀고 물었다. 2사서는 먼 곳의 기억을 더듬으며 말을 이었다.

"아, 어떤 할아버지. 우리랑 같이 출근해서 같이 퇴근하는 할아버지셨어. 거의 걸어 다니는 인간 책이라고 불렀는데, 가만,

요즘은 안 보이시는 거 같은데 어디 편찮으신가."

"아뇨, 그런 나이 든 할아버지 말고 좀 어린 사람이요."

"보자, 보자! 그다음으로 많이 있었던 사람은……."

스크롤을 내리던 2사서의 손이 멈췄다.

"누구예요?"

"넌데."

"네?"

"너라고! 근데 내가 이 도서관 부임하기 10년 전부터 네가 여길 다녔다고? 코찔찔이 꼬맹이부터? 너 진짜 정체가 뭐냐?"

휘강은 할 말을 잃었다. 자신의 중력과 시간이 지구에 발 묶여 있는 동안 세상의 모든 물리법칙을 초월한 인간이 있다면 그 가능성은 단 하나, 검은 후드였다. 휘강이 추적할 것을 알고 일부러 홈페이지를 해킹해 정보를 바꿨을 것이란 추측이 가장 근접한 답이다. 지금도 녀석은 어디선가 휘강의 멍한 표정을 보며 웃고 있을지도 모른다. 멍청이로 사는 건 어떤 느낌이냐고.

④

7월 셋째 주 화요일이 되었다. 오후가 되자 도서관 로비는 다음 주 사람책 추첨을 위해 몰려든 사람들로 발 디딜 틈이 없었다. 휘강이 추첨에 제 발로 온 데는 검은 후드의 존재감이 한몫을 했다. 왠지 시나리오대로 곱게 걸어가 줘야 검은 후드가 존재를 드러낼 것 같았다. 휘강은 또다시 1차 추첨을 통과하고 2차 추첨까지 올랐다. 오늘 2차 추첨 진행자는 3자료실 3사서로 휘강과도 안면이 있는 사람이었다.

오후 4시가 되자 또다시 수레바퀴가 돌아갔다. 손에 들고 있는 번호는 제일 끝 번인 60. 어쩐지 검은 후드가 고르고 골라 쥐여 준 번호 같다. 방법은 모르겠지만 녀석은 확실히 이 추첨을 조작하고 있다. 3사서가 돌린 바퀴는 놀랍게도 휘강의 번호에 멈춰 섰다. 2층으로 올라간 휘강은 몰래 3사서의 얼굴을 훑어보았다. 혹시 이 사람이 검은 후드와 한패일까. 그런다고 돌림판으로 원하는 숫자를 정할 수는 없을 텐데.

도서관 첫날에 봤던 첫 번호의 징크스가 떠올랐다. 검은 후드가 저를 불운의 첫 타자로 세운 저의가 의심스럽다. 휘강이 돌린 바퀴는 42번에 멈춰 섰고 한 남자가 42번이 찍힌 태블릿을 번쩍 들어 올렸다. 그리고 또다시 쳇바퀴의 반복이다. 2층으로 올라선 남자는 힘차게 수레바퀴를 돌리고 누군가가 오르고 또다시 수레바퀴를 돌리고. 차곡차곡 번호가 채워지고 금요일의 당첨자가 마지막 토요일 수레를 돌리는 순간 휘강은 자신의 번호가 걸리리라 반쯤 확신하고 있었다. 하지만 수레는 60번이 아닌 42번에 멈춰 섰다. 뭔가 뒤통수를 맞은 기분이었다.

멈춰 선 수레바퀴를 다시 보았다. 42번, 월요일에 걸렸던 남자의 번호였다. 중복된 번호가 뽑혔을 경우 다시 뽑는다는 원칙이 있으니 재추첨을 할 것이다. 그때 앞줄에 선 갈색 원피스가 보였다. 금요일 추첨에 떨어졌음에도 그녀는 실낱같은 희망을 버리지 않은 듯했다. 금요일의 사람이 갑자기 올 수 없는 그 실낱같은 기적. 괜한 호기심에 그녀를 지켜보게 되었다. 42번이 다시 바퀴를 돌렸다. 한참을 돌던 수레가 40쯤에 걸릴 듯 넘어가 또다시 42에 멈춰 서자 모두 당황스러운 얼굴이 되었다.

머쓱해진 건 42번 역시 마찬가지였다. 이번에는 작정을 한 듯 온 힘을 다해 바퀴를 돌렸다. 나사가 빠질 듯 돌아가던 바퀴는 한동안 숫자판조차 보이지 않을 정도였다. 수십 번을 돌던 바퀴가 서서히 멈춰 서고 또다시 30번대에서 힘을 다한 순간 사람들은 긴장했다. 설마, 설마…… 설마!

42번이 연달아 세 번 나올 확률은 21만 6,000분의 1! 검은 후드가 제 능력을 드러내 보이는 농간이다. 진행자가 슬쩍 바퀴를 돌려 보았다. 나는 아무런 이상이 없다고 외치듯 바퀴는 다른 번호에 멈춰 섰다. 42번은 이번에는 손가락으로 바퀴를 살짝 잡아당겼다. 제발 내 번호는 걸리지 말고! 42번은 긴장한 표정으로 바퀴를 바라봤다. 바퀴는 천천히 힘을 줄여 조금의 떨림이나 반동도 없이 휘강의 60번에 안착했다. 사람들은 놀란 눈으로 첫 타자인 휘강을 돌아보며 웅성거렸다.

"60번! 60번 어디 계십니까?"

이 자식! 날 가지고 놀았네. 휘강은 이를 갈며 휴대폰을 들어 보였다. 도우미로 뽑혔던 사람은 뽑히지 않는다는 징크스를 제가 깨게 한 셈이었다. 그 순간 매섭게 돌아보는 갈색 원피스 여자와 눈이 마주쳤다. 그 눈에는 의혹과 질투, 세상의 모든 불신이 담겨 있었다. 그제야 그녀가 들고 있던 휴대폰의 1번이 보였다. 자신과 그녀의 번호가 한 끗 차이였음에 그 살벌함의 정체를 간파하게 되었다.

42번의 안도와 주위의 부러움을 받으며 2층으로 올라서니 이미 뽑힌 나머지 네 명이 휘강을 기다리고 있었다. 진행자는 월요일과 일요일을 제외한 다섯 사람책을 다시 한번 확인시켜 주고 시간과 세부 일정을 말해 주었다. 그때 누군가가 손을 들고 질문을 던졌다.

"당사자끼리 합의하면 요일 바꿀 수 있지 않나요?"

"네, 바꾸시게요?"

"저는 수요일 종교인인데 기독교라 스님 사람책은 좀……."

"바꿔 주실 분은요?"

남자는 휘강을 손가락으로 가리켰다. 만만하게 바꿔 줄 사람으로 제멋대로 휘강을 지목한 것이다.

"당사자끼리 합의하신 건가요?"

남자는 번호를 들고 곧장 휘강에게로 걸어왔다.

"부탁 좀 할게."

"아……."

"고마워. 다음에는 내가 바꿔 줄게."

나중에 갚을 테니 길에서 만 원만 빌려 달라는 사람과 뭐가 다른가 싶다. 화요일 정신과 의사였다면 주노나 탄을 생각해 바꾸는 게 더 쉬웠을 것이다. 그럼에도 자신의 토요일을 남자의 수요일과 바꿨다. 토요일은 검은 후드가 당첨시켜 준 사람책 같아 한 번쯤 어깃장을 놓고도 싶었다. 사람들이 돌아가고 3사서가 수레바퀴 뒷정리하는 걸 도왔다. 그는 혀를 끌끌 차며 휘강을 나무랐다.

"다음에 바꿔 준다는 건 뭔 개소리! 저 사람 기독교라는 것도 다 거짓말인데 넌 그걸 왜 바꿔 줘? 지난번에 웅산 스님 강연 듣고 개인 방송 올린다고 설쳐서 우리가 말리느라 얼마나 애먹었게. 그냥 이것저것 화제 되는 것들 쫓아다니면서 개인 방송이다 뭐다 카메라만 들이대는 사람이구먼."

"괜찮아요. 저도 처음인데요, 뭐."

"그래, 손해 보고 사는 인생, 마음이라도 편하든가. 근데 너 보면 6자료실 사서들이 왜 눈에 불을 켜고 끼고도는지 이유를 알 것도 같다."

"알파고의 아들이라고요."

"얼씨구?"

"농담인데요, 뭐. 저도 제 판결이 왜 그렇게 난 건지 모르겠어요."

3사서는 한숨을 쉬며 말했다.

"데이터는 과학이야, 사이언스! 우리 도서관이 이용객 수가 가장 많고 자원봉사자 신청을 제일 열심히 했으니까 그렇지. 그리고 널 소년원으로 보냈다고 생각해 봐. 거기 가서 또 애들 가르치고 있겠지. 안 그래? 그러니까 제일 감시하기 좋은 데 꽂아 놨구먼, 뭔 알파고 타령이야. 그리고 알파고 아들이면 좀 척 척 빠릿빠릿하든가. 물러 터져서 이상한 놈한테 빨대 꽂히면서 뭔 AI 자식이래."

칭찬인 듯 욕인 듯, 거름인 듯 오물인 듯한 말이다.

"수요일에 일찍 와서 일이나 도와."

"근데 사서님, 혹시 들을 때 친구 데리고 가도 돼요?"

"학교에서도 빨대 꽂힌 거야?"

"아니에요. 진짜 친구예요."

"머리 깎아 줄 친구 맞으면."

깎아 줄 머리가 바로 떠올랐다. 동자승이 되기엔 너무 커 버렸고 스님이 되기엔 덜 여문 열여덟, 2차 성징이 아랫도리가 아닌 머리로 와 버린 탄의 풍성한 머리. 그러고 보면 탄의 말대로 사발통문에 이름을 올린 녀석들이 하나같이 마음이 배고픈 문제아들이지 않나. 저는 그들에게 빨대 꽂힌 왕초 거지인 거고.

다음 날 도서관으로 출근한 휘강에게 긴급 호출이 떨어졌다. 무슨 이유에서인지 하룻밤 사이에 여러 권의 오태중 책이 훼손된 채 발견되었다. 1사서가 넘겨준 책 수레 안에는 '긴급 수술'이 필요한 응급책들이 빼곡하게 꽂혀 있었다. 표지가 뜯기고, 책장이 낱낱이 분리되고, 심지어 커피에 덴 아픈 책들이었다. 할 일은 이 환자 책들을 책 병원이라고 불리는 2층 사무실로 실어다 주고 되받아 오는 일인데 오늘은 운이 없게도 다섯 권이 영영 폐기고로 가야 할 운명이 되었다. 폐기고가 있는 지하 2층으로 향하는 버튼을 눌렀다. 엘리베이터가 도착해 책 수레를 끌고 내리고 나서야 뭔가가 잘못됐음을 알았다. 닫히는 문 위를 올려다보니 지하 3층 표시가 보였다. 젠장, 다시 올라가는 버튼을 누르고 엘리베이터를 기다렸다. 무심코 던진 시선에 무언가가 걸렸다. 평상시라면 깜깜했을 복도 끝에 불 하나가 들어와 있었다.

홀린 사람처럼 그곳으로 다가갔다. 지하 3층에는 의자나 책상 같은 잡동사니를 보관하는 기물고만 있는 줄 알았는데 자세히 보니 복도 끝에 아무런 표시가 없는 조그만 문 하나가 더 있었다. 천천히 다가가 주변을 살펴봤지만 디지털 카드 리더기와 문 이외에 그 방의 용도를 설명하는 표지판 하나 보이지 않았다. 경보 장치가 달린 디지털 카드 리더기와 문고리에 수북한 먼지, 두 가지가 불협화음이었다. 도서관에 이런 곳이 있었나. 조심스레 먼지를 털어 내 보니 벽 안에 또 다른 잠금 장치가 있는 듯 보였다. 손을 뻗어 고리를 잡는 순간 '댕一' 맑고 청아한 풍경 소리 같은 울림이 들렸다. 뒤돌아보니 엘리베이터가 도착해 있었다. 문이 열리자 빈 엘리베이터 안에 덩그러니 남겨진 에너지 드링크 하나가 보였다. 휘강을 지하 3층으로 보낸 게 자신이라는 걸 알려 주고 싶어 빨대를 꽂은 채로.

검은 후드의 메시지다. 나는 너를 올릴 수도 있고 내릴 수도 있다는 걸 보여 주는. 그러니까 왜 네 멋대로 요일을 바꾸냐고.

그때 복도 끝의 불들이 반짝였다. 불은 화살표처럼 문을 가리켰다. 그래서 시키는 대로 이걸 열라고? 버튼 하나 누르지 않았건만 엘리베이터는 그 자리에 멈춰 선 채 꼼짝하지 않았다. 마치 지금부터 네가 하는 일을 지켜보기라도 하겠다는 듯이. 녀석은 휘강을 실험실의 쥐처럼 시험해 보는 중이다.

붙잡았던 고리를 툭 놓아 버리고 계단으로 향했다. 가다가 할 말이 생각나 다시 엘리베이터 앞에 섰다. 휘강은 CCTV를 바라보며 오른손을 들어 머리 옆에 꽂았다가 왼 주먹에서 오른

엄지를 뽑았다. 수어에서 개로 시작하는 욕이다. 수어 교본을 아무리 뒤져도 나오지 않을, 그러니 똥줄이나 타 보라고.

기말고사 기간 동안 휘강은 도서관 붙박이가 되었다. 사서들의 묵인 아래 도서관에서 시험공부를 한 덕에 자원봉사 시간은 300시간을 넘어서게 되었고 등급 심사를 볼 수 있는 도서관 이용 시간이 충족되었다. 6자료실 사서들은 휘강의 등을 떠밀어 승급 시험을 치게 했다. 그들은 비밀 교습을 자처하며 족집게 문제를 가르쳐 주기도 했다. 이틀 만에 심사 결과를 받았을 때 15도서관 전체가 뒤집어졌다. 합격자 발표 화면에 집결한 사서들은 제 눈을 의심했다.

"사고 쳤을 때 붙인 A만 뗀 게 아니고 아예 등급을 올려 줬다고?"

"진짜 미쳤나 봐! 6-A면 6이 돼야지 7-A로 올리면 어떡해!"

"그렇지! 내 이럴 줄 알았다니까! 이휘강은 알파고의 핏줄이 맞다고!"

1사서의 호언장담에 사서들의 고개가 끄덕여졌다. 휘강은 멋쩍은 듯 물었다.

"저, 그럼 이제 진짜 7등급이에요?"

"올리긴 올렸는데 전자 팔찌 채운 합격이야. 봉사 시간 끝나야 7등급으로 조정되고 그때까지 대출은 금지!"

"대한민국에 7등급 고등학생이 처음은 아니다만 7-A는 네가 처음이다, 이휘강! 15도서관 1사서로서 네가 무척 자랑스럽다!"

"6등급 A나 7등급 A나 다를 게 없는데요."

휘강이 덤덤한 목소리로 말하자 1사서가 발끈하며 대답했다.

"다르지, 한참 다르지! 원래라면 자원봉사자는 등급 상향 대상자가 아니거든. 근데 넌 됐잖아."

"얘는 참 희한해요. 꿀 보직을 준 듯한데 힘든 일만 걸리고, 힘든 일만 하는 듯한데 등급이 상향되고."

2사서가 이상하다는 듯 고개를 가로저었다.

"원래 귀한 아들일수록 거칠게 키우는 법이야!"

"그런 의미에서 우리 막내 사서 오늘부터 제대로 일 시켜 볼까요?"

그런 순간이면 톰과 제리 같았던 1사서와 2사서의 손과 발이 척척 맞았다. 그리하여 비공식 막내 사서의 첫 소임을 수행하게 되었다. 이전 막내 사서가 허리 디스크 병가를 쓰게 된 원인으로 알려진 화요일의 소파 옮기기!

무게와 부피도 문제지만 모두가 꺼리는 관장실에 그 소파가 있다는 점이 더 큰 문제였다. 막내 사서가 돌아오지 않고 또 누군가 AI의 편애를 받는 이변이 없는 한, 매주 화요일마다 휘강에게 같은 일이 반복될 것이다. 관장실의 소파를 1층 사람책 자료실로 옮기는 일에 관장이 직접 휘강을 지목했으므로.

충전재를 가득 채운 패브릭 소파를 이리저리 끌고 사람책 자료실로 들어가자마자 진이 빠져 소파에 드러누워 버렸다. 그때 갑자기 자료실의 문이 열리고 화요일의 사람책인 정신과 전문의가 들어왔다. 약속된 시간보다 20분이나 먼저. 용수철처럼 튀어 오르고 싶었으나 충전재로 가득 찬 패브릭 소파는 꿀렁거리며 휘강을 놓아주지 않았다.

"아, 안녕하세요."

의사는 흰머리가 희끗희끗한 50대 중년 남자였다. 은색 안경 테가 차가운 인상을 주었으나 말없이 눈웃음으로 인사하는 표정에는 온화함이 흘렀다.

"쉬고 있어요."

쭈뼛거리며 소파를 바로잡는 사이 역시나 약속 시간보다 일찍 내담자가 방문했다. 가냘프고 생기 없는 얼굴의 여자였다. 화요일에는 사람책과 독자를 제외하고 그 어떤 사람도 자료실에 들어가지 않는 것이 원칙이다. 정신과 의사는 내담자의 이야기를 듣고 상담하지만 그 어떤 기록도 남기지 않음으로써 내담자의 비밀을 지켜 준다. 화요일의 책이 꾸준히 읽히는 것은 치유에 있었다. 제 마음병의 흔적을 책을 덮는 순간 지울 수 있음이 가장 큰 이유가 되었다.

휘강은 두 사람만을 남기고 6자료실로 돌아왔다. 날이 궂어 도서관을 찾는 사람이 줄어들었고 정리해야 할 책도 많지 않았기에 그저 무료하게 책을 보며 시간을 때우게 되었다. 간간이, 등급에 걸려 읽지 못했던 책을 빼서 몇 줄 읽어 보았다. 그러다 알 수 없는 기시감이 들었다. 이런 내용과 이런 문장을 어디선가 읽은 적이 있었는데……. 그 순간 종료 10분 전으로 맞춰 둔 진동 알람이 바지 뒷주머니에서 울렸고 1사서 역시 휘강을 손짓으로 불렀다.

"빨랑 내려가. 관장님 퇴근하시기 전에 원 상태로 복구!"

"아직 안 끝났을 거 같은데……."

"그거야 저네 사정이고, 관장실 칼같이 잠그고 가는데 무슨! 얼른 가!"

1사서는 힘을 쓰는 일에 늘 휘강을 보냈다. 저 나이 때는 뭘 해도 근육에 젖산이 쌓이지가 않아요, 쌓여도 금방 녹아, 그게 이유였다. 부리나케 엘리베이터로 향했다. 하지만 때마침 엘리베이터에는 수리 중 스티커가 붙어 있었다. 소파를 가지고 4층으로 올라가야 하는 마침 이때에.

생각하기 싫은 이유가 떠올랐지만 떨쳐 버리고 1층으로 향했다. 문이 안으로 열려 있었고 상담은 이미 종료된 듯 보였다. 열린 문에 노크를 하고 안으로 들어갔다.

"저, 소파 가지러 왔는데요."

상담의는 등을 돌린 채였다. 소파 옆 휴지통에는 눈물, 콧물을 닦은 것으로 보이는 휴지가 가득 채워져 있었고 패브릭 소파 한쪽 구석 역시 눈물로 젖어 있었다.

"가져가요."

그는 등을 돌린 채 책을 보고 있었다. 그의 흰머리 위로 LED 조명이 하얗게 부서져 내리고 있었다. 낑낑거리며 소파를 끌다가 또 한 번 기시감을 느꼈다. 등을 돌린 그의 뒷모습이 기억 속 창고 어딘가에 저장된 듯한 느낌이 들었다. 내가 저 사람을 어디서 봤을까. 머릿속 창고를 아무리 헤집어도 정신과 의사의 이름표는 보이지 않았다. 그러나 그는 분명 휘강의 머릿속 창고 어딘가에 존재한다. 높은 등급의 책처럼 이름표를 알 수 없는 어딘가에.

6

드디어 7월 넷째 주 수요일 아침이 밝았다. 보통 때 같으면 이제 겨우 한 주의 절반을 왔다는 사실에 별 감흥 없이 맞이했을 날이었지만 오늘은 달랐다. 수요일은 휘강에게만 주어진 특별한 하루였다.

방학이라 바로 도서관으로 출근했다. 일찍 가도 사서들 몰래 출결기에 바코드를 대지 않고 자료실 일을 도왔다. 휘강에게는 되도록 오래 도서관에 머물러야 할 두 가지 이유가 있었다. 검은 후드와 폐기고의 책. 둘의 공통점은 휘강만이 둘의 진짜 모습을 알고 있다는 것이다.

그리고 틈틈이 탄에게 문자를 넣었다.

-어디쯤 오고 있어?

같은 문자를 두 번 더 보내도 아무런 연락이 없었다. 개인사를 얘기할 자리라 주노와 도겸 몰래 탄만을 부른 것이었다.

손목시계가 3시 50분을 가리키고 있었다. 지금쯤이면 먼저 와서 스님에게 자초지종을 설명하고 허락을 받아야 입실이 가능함에도 녀석은 물미역처럼 질척대고 있다. 6자료실 일을 서둘러 마무리하고 계단으로 내려갔다. 탄은 계속해서 전화를 받지 않고 있다. 도서관 앞 큰길까지 나왔지만 탄의 모습은 보이지 않았다. 설마 또 산에 갔나. 요 며칠 부쩍 말이 없던데 마음이 심란해졌다.

고민 끝에 장문의 메시지를 보낸 뒤 사람책 자료실로 걸어갔다. 자료실 문을 열고 들어서자 열두 개의 눈이 휘강에게로 향했다. 웅산 스님과 수행 비서, 그리고 기록을 위한 3사서 외에 주노와 탄과 도겸까지 여섯 명이 사람책 독서를 위해 대기 중이었다. 배시시 웃으며 탄의 휴대폰을 흔드는 주노의 얼굴을 보고서야 탄이 전화를 받지 못한 이유를 알았다.

"으이그 일찍 오라니까!"

3사서가 휘강을 나무라며 빨리 앉으라고 손짓했다. 웅산 스님은 이미 도착해서 책상에 자리를 잡은 상태였고 어디서 구해 왔는지 커다란 거울과 미용실 의자까지 준비되어 있었다. 주노가 휴대폰을 들여다보며 휘강의 목소리를 흉내 내어 문자를 읽었다.

"탄아, 힘든 일 있으면 담아 두지 말고 말해. 산에 간 거면 내려와서 연락하고. 와! 이 새끼 나한테는 병이네 지랄지랄하면서 사람 차별하네."

"네가 왜 탄이 폰 들고 있는데?"

"게임했지. 얘는 쓸데없는 연락도 없고 절간이잖아."

주노와 휘강이 아웅다웅하는 사이 웅산 스님이 앞으로 나왔다. 탄은 주노와 도겸을 가리키는 동시에 제 등을 가리켰다. 이 녀석들이 제 등에 매달려서 어쩔 수 없었다고, 그런 얼치기 변명이 통할 성싶은지.

"다 모였으니 시작할까요?"

웅산 스님은 좌중을 돌아보며 온화한 미소를 지었다.

"우리말에 중이 제 머리 못 깎는다는 말이 있지요. 처음엔 나도 다른 스님들이랑 머리 밀어 주는 품앗이를 했는데 이제는 요령이 생겨 혼자서도 밀게 되더라고요. 그래서 남의 머리 깎아 주는 스님이란 게 진짜 머리를 깎아 준다가 아니고 그 사람의 문제를 같이 들여다봐 준다는 의미예요."

"와, 씨— 나 진짜 머리 미는 줄 알고 쫄았잖아."

도겸이 제 머리를 감싸 쥐며 말하자 웅산 스님이 빙그레 웃으면서 말을 이었다.

"이 거울은 자기가 자기 문제를 들여다보는 거울입니다. 자기 문제의 가장 좋은 정답은 거울 속 자신이 가지고 있다는 뜻이기도 하고. 여러분이 만들어 준 질문 세 개를 잘 받았는데요. 찬찬히 같이 보고 답을 찾아봅시다. 참, 늦게 온 학생도 지금 질문 하나 만들어서 제출하세요."

휘강은 어색하게 고개를 끄덕이며 자리를 잡았다.

"내가 요새 고등학생들을 잘 모르기도 하지만 이 질문 보면서 그런 생각이 들었어요. 이 학생과는 좀 통할 수도 있겠다. 출가하고 싶은 고등학생에게 선배로서 조언을 할 수 있겠죠. 나와서 거울 앞에 앉아 봐요."

도겸과 주노는 낄낄대며 탄을 돌아보았다. 탄은 육중한 몸을 일으켜 거울 앞으로 나갔다.

"21세기에 스님은 좀 희소성 있는 직업이지요. 경영학에서 말하는 블루오션이고요. 나도 질문자님 나이 때 출가를 했는데 요즘 돌이켜보면 좀 그래요. 사회물 좀 더 먹고 나올걸, 너무 일찍 나와 버렸다."

거울에 비친 탄의 얼굴이 차분하게 가라앉아 있었다.

"저는 제 안에 답이 없는 것 같아요."

"그렇다고 산에 있다는 보장도 없어요."

"다른 애들처럼 공부를 잘하는 것도, 좋은 대학 가는 것도, 돈을 많이 버는 것도 관심이 없어요. 그냥 너무 큰 꿈은 필요 없고 주어진 것만 잘 쓰고 가자예요. 근데 애들이 방글라데시 가래요. 거기 행복지수 1위라고."

"좋은 마음가짐이네요. 근데 방글라데시 문맹률은 71프로예요. 달리 말하면 행복지수 설문지에 응할 수 있는 사람이 29프로라는 소리죠. 좀 살 만한 사람들의 행복지수인 거겠죠. 이게 숫자의 한계예요. 나머지 사람들이 그만큼 행복한지는 알 수 없죠. 비교하지 않으니 행복하다 할 수도 있겠지만 마음의 값을 어떻게 숫자로 표현하겠어요. 어쨌든 정 원한다면 출가는 더 나이가 들어서도 가능합니다. 대한불교 조계종은 은퇴 출가 제도를 제외하고 예비승 나이를 쉰 살 이하로 해요. 그러니까 여러분이 아니고 여러분 아버지 정도도 가능하다 이거죠. 애들 다 키워 놓고 부인과 아이들 동의만 얻으면 호적상 독신이 돼서 들어오면 됩니다."

"저희 아버지가 올해 마흔아홉이신데요."

"아버지가 딱 되시네요. 그러니까 학생은 수능도 치고, 대학도 가고, 국방의 의무도 다하고, 저출산 사회에 보탬 되게 가족도 꾸려 보고, 나중에 미련이 남으면 그때 결정해도 늦지 않아요. 수행자의 삶이 꼭 한 모습이지는 않다, 답이 됐습니까?"

탄은 자리로 돌아와 고개를 숙이고 생각에 잠겼다. 주노는 이름을 부르지도 않았는데 스스로 그 거울 앞으로 나갔다. 거울 앞에 선 자신을 향해 오랫동안 생각했던 질문을 던졌다.

"사람을 못 알아보는 게 병인가요?"

"병원은 다녀왔을 테고, 거기선 뭐라고 그래요?"

"뭐, 뇌가 손상되거나 치매나 뇌출혈에 의해 발생할 수도 있는데 저는 그런 쪽은 아니래요. 다른 문제 없이 그냥 안면 인식 장애래요."

"사는 데 불편하죠?"

"많이 적응했어요."

"근데 바윗덩어리라고 생각하고 있네요. 그게 본인에게 주는 좋은 점은 뭐예요?"

"몰라요. 한 번도 이게 좋다고는 생각해 본 적이 없어요."

"인정하기 싫지만 좋은 점이 있을 겁니다. 사람 몰라보는 거 숨기지 말고 드러내고 다녀 보세요. 내가 안면 인식 장애가 있다, 그래서 사람 잘 몰라본다. 사회생활 하면 얼마나 큰 장점인데요. 보기 싫은 직장 상사 봐도 인사 안 해도 되고, 담배 피우는 어린애들 봐도 자연스럽게 지나칠 수 있고, 좋은 점도 있을 겁니다."

"그래도……."

"이미 그렇게 된 거 어쩌겠어요. 스스로 지옥을 만들어 살 이유가 없잖아요. 내가 나를 잘 데리고 살아갈 수밖에."

"하지만 저는 이 병을 고치고 싶어서요."

"신경이 많이 쓰여요?"

"네, 누가 이건 병이라고 해서요."

그 말에 스님의 수행 비서가 큭— 삐져나오는 웃음을 참는 모습이 역력했다. 웃은 건 그 사람인데 주노는 휘강을 노려보고 있었다.

"신경계 질환이고 병원에서 병명을 얻었으니 병인 거지 그걸 말해 준 사람의 잘못은 아니겠죠. 그러니까 증상의 괴로움이 문제가 아니라 다른 사람이 나를 병자 취급하는 게 싫다는 거네요. 싸움은 힘 약한 놈이 지지만 말싸움은 받아 주는 쪽이 져요. 누가 말싸움을 걸어도 나는 모르겠소 하고 안 받아 주면 싸움이 걸리지가 않으니 재미없죠. 새 한 마리가 날아와서 지지배배 우는데 그걸 어찌 일일이 다 해석하고 있어요. 그냥 새소리 좋네 하고 넘어가면 되는 거지요."

도겸은 '새소리'를 '개소리'로 알아듣고 멍멍거리며 환호했다. 주노가 거울 앞에 그대로 있음에도 도겸이 번쩍 손을 들어 올리며 해맑게 질문했다.

"스님! 스님은 돈 많이 버세요?"

"보기에 어떨 것 같습니까?"

"스님은 돈 들어갈 데도 없으신 데다 종교인은 세금 내지도 않고 신자들 돈도 다 현금이고, 엄청 부자실 텐데요."

"시주가 다 현금은 아니고요, 요새는 휴대폰 페이나 자동이체로도 받아요. 그리고 2018년부터 종교인도 세금을 내야 한다는 법이 시행되었어요. 천주교 신부님, 수녀님 들은 근로소득으로 내고 있었고요. 돈을 잘 버는지 안 버는지는 모르겠고 저는 하루에 천 원 한 장 쓸 일이 없는 건 맞습니다. 밥 먹는 거 도시락 싸 다니고 차는 얻어 타고 다니고 옷은 사시사철 입는 옷 입고. 그래서 사람에 따라, 인생 구간에 따라 돈이 그렇게 필수불가결의 요소는 아닐 수도 있지요. 김샜죠?"

"네, 근데 어쨌든 이렇게 유명하시니까 강연료, 인세 어마어

마하게 들어올 것 같은데 그건 나중에 어떻게 돼요?"

"나야 물려줄 아들이나 딸이나 부인이 없으니 사회에 환원하고 가면 그만이지요."

"저를 양아들로 받아들이시는 건 어때요?"

도겸의 멍청한 소리에도 스님은 미소를 지었다.

"모실 부모 많아 이쪽저쪽 봉양하면 본인 노후가 힘들 텐데."

"아, 그럼 됐고요."

도겸은 손사래를 치며 물러났다.

"부모님 밥도 좋은 성적이나 효도로 갚는다 생각하면 공짜 밥은 아니지요."

웅산 스님은 그 말을 끝으로 마지막 타자인 휘강의 얼굴을 빤히 바라봤다. 질문을 적어야 했던 종이는 여전히 백지였다.

"제일 마지막에 온 학생은 질문이 없습니까?"

"아직 생각 중입니다."

"뭔 생각을 그렇게 오래 합니까? 그냥 일주일 동안 내 마음에 제일 오래 머물렀던 생각 하나만 말해 봐요."

휘강이 망설이는 사이 거울 앞의 주노가 손을 들며 물었다.

"스님, 그럼 내가 하나 더 물어봐도 되나요?"

"네."

"내 얘기는 아니고 어떤 살인마가 있는데요. 아니 오태중이란 놈이 있는데 이 씹새가, 죄송합니다. 이 잡놈이 유명한 소설가이기도 하거든요. 근데 이 인간이, 아니 이 악마가 피해자들을 훼손해서 숨기는 바람에 아직도 시신을 다 찾지 못한 상황인데요. 이걸 자기 책 중쇄가 출간될 때마다 몰래 한 문장씩 끼워서 알려 주고 있는 상황이라면 이걸 도와주는 출판사나 눈감아 주는 경찰이나 그걸 알아내겠다고 책을 사 재끼는 사람들이나 다들 사탄, 아니 불교에서는 뭐라고 하지?"

"마귀!"

주노와 도겸은 서로를 칭찬하며 하이 파이브를 했다.

"네, 그 마귀나 같은 사람들이지 않나요?"

응산 스님은 빙그레 미소를 띨 뿐 대답이 없었다. 주노는 혼자 열을 올렸다.

"이 정도는 괜찮다, 괜찮다 하니까 다들 진짜 괜찮은 줄 알잖아요. 살인자에게 꽃을 보내고 러브레터를 보내고 책을 사 주는 데 죄책감이 없다니, 씨! 완전 돈 거잖아요."

"그래서 어떻게 했으면 마음이 편할 것 같아요?"

"일단 오태중부터 아작 내고, 그 출판사 탈탈 털어서 숨겨 놓은 원본 있는지 찾아내고, 눈감아 준 경찰 간부는 옷을 벗기고, 책을 사서 사탄을, 아니 마귀를 숭상한 인간들은 인간쓰레기 취급하는 거죠."

"대한민국은 자유민주주의 국가인데 그게 가능할까요? 살인은 대죄지만 살인자라도 자기 책 자기가 쓰겠다는 것도 자유고, 출판사가 어떤 책 출간하겠다는 것도 자기들 자유고, 책을 사서 읽겠다는 것도 본인들 자유잖아요."

"그럼 경찰은요?"

"묵인을 했는지 그게 수사의 연장선상이었는지는 아직 모르잖아요. 모르는데 일단 책임부터 지우고 볼까요?"

"스님은 그 살인자와 주변 사람들에게도 선을 베풀어야 한다고 생각하시는 것 같네요."

주노의 입에서 나온 '선'이라는 단어가 생소했다. 녀석에게 책을 권해서 괜히 이상한 물을 들였나 싶었다. 백지 같은 녀석이 도서관에 왔다가 철학자 커버를 잘못 뒤집어쓴 듯했다.

"내가 선을 베풀어 봤자 뭐해요. 이미 그 사람은 한 인간으로서 돌이킬 수 없는 죄를 저질렀고 서서히 그 죗값을 받고 있잖아요. 지금 자기 현생을 망쳐서 육신을 감옥에 가두었고 내생에도 육도 중에 지옥 아귀 축생으로 태어나겠죠. 죽을 때도 그냥 죽냐. 소위 말하는 끌려가는 걸 경험하게 될 겁니다. 명상 수행을 오래 하면 임종할 때 자신에게 다가올 죽음을 명료한 의식 속에 맞이한다고 해요. 하지만 대부분은 의식이 혼미해진 상태나 불안과 두려움으로 생을 마감하고 대죄를 지은 사람은 살아생전 스스로 만들어 놓은 검은 탁류가 잡아먹을 듯이 달려들어 휩쓸어 데리고 갈 겁니다."

"아 씨, 소름 돋아."

"웃자고 해 본 말입니다."

잠깐의 소란이 잦아들자 또다시 긴 침묵이 이어졌다. 스님은 여전히 휘강을 바라보고 있었다. 이렇게 웃고 떠드는 동안 네 질문이 준비되었느냐고. 스님의 시선을 따라 휘강에게로 시선이 모였다. 도겸이 옆구리를 찌르며 물었다.

"너 아직 준비 안 됐어?"

"어, 그게……."

제 얘기를 하는 것은 왠지 망설여졌다. 전형적인 특사고 집안인 친구들과 달리 휘강은 출신부터가 그들과 다르다. 어떤 의미에서는 검은 후드의 평가가 맞을지도 모른다고 생각했다. 자신이야말로 흙수저, 금수저 프레임에 갇혀 사는 멍청이. 아이들의 고민이 스스로를 향할 때 휘강의 고민은 밖으로만 향했다. 그것은 부당한 사회를 향한 울분이기도 했다.

"스님은 몇 등급이세요?"

뚱딴지같은 질문에 내용을 기록하던 사서의 손이 멈춰 섰다. 넌 무슨 헛소리를 하는 거냐. 홍보용 사진을 찍던 수행 비서가 벙 찐 사람들의 얼굴을 허락도 없이 찍어 댔다. 스님이 손으로 제지하자 그는 한발 물러나 딴청을 피웠다. 웅산 스님은 차분한 목소리로 대답했다.

"저도 모릅니다."

"등급이 없어요?"

도겸이 놀란 눈으로 물었다.

"있겠죠, 어딘가에. 근데 그 등급증을 받질 않았으니 얼마인지 모르고 속세와 떨어져 사니 저촉될 일도 없고, 자연스레 모르고 삽니다."

"저희 중에는 휘강이가 제일 높아요. 7-A 등급!"

"다시없을 A등급!"

도겸과 주노가 낄낄거리며 농담을 주고받았다.

"이 새끼만 등급 시험에 열심이에요. 알고 보면 제일 욕심 많은 새끼!"

"학생은 왜 승급 시험을 쳤어요?"

입을 다문 휘강은 한참 동안 대답을 망설였다. 아무도 그 침묵 안으로 들어오지 않았다.

월요일의 마법사와 금요일의 살인자

마음이 흔들려서요. 막상 그 세계로 올라가 보니까 더 가 보고 싶어서. 휘강은 떠오른 답을 입 밖으로 꺼낼 수 없었다.

어쩌면 그것이 휘강이 가진 문제일지도 모른다. 부당함에 저항하는 정의로움과 특권에 머물고 싶은 안일함이 늘 공존하며 매 순간마다 시험대에 오르는 것이. 스님은 휘강을 물끄러미 바라보았다. 어렵게 제 질문과 답을 찾았음에도 침묵하고 있음을 그만이 꿰뚫어보는 듯한 기분이었다.

4장

월요일의 마법사

1

목요일 사람책에 등록된 이의 이름은 최준성이었으나 정작 본
인은 최 씨나 최 씨 아저씨로 불리길 원했다. 사람들은 그의 차
림새와 땀내를 혐오했다. 작업복에서는 늘 장마철 덜 마른 옷
의 쉰내가 났고 덥수룩한 수염과 거친 피부는 고단한 삶을 가늠
케 했다. 사서들은 진흙이 말라붙은 그의 작업화를 보고 경악
을 금치 못했다. 도서관에 떨어진 흙덩어리를 보며 질색팔색하
던 사서들은 최 씨에게 전용 슬리퍼를 내밀었다. 덕분에 도서
관 입구에는 최 씨 전용 신발장이 마련되었다. 입구에 곱게 벗
어 둔 작업화가 보이면 그날이 목요일임을 알았다.

　최 씨를 찾는 사람은 대개 3, 40대 남자들이었다. 최 씨는 자
기 집을 지으려는 사람들이 찾는 토목건축의 대가로 통했다.
건축 업체를 통해 집을 지으면서 건축주는 어떤 점을 알아야 하
는지, 어떤 사기를 당하는지, 현장 소장을 어떻게 부릴 줄 알아
야 하는지 등 책 밖의 이야기를 들려주었다. 계산서에 들어가
있으나 존재하지 않는 방진막이 무엇인지, 내장재를 어떻게 빼

돌리는지, 파이프를 묻기 전에 왜 일일이 굵기를 확인해야 하는지 등등 돈이 새어 나가는 구멍을 알려 주는 일에 유능했다. 그는 그 세계의 '배운 사람'이요 '깬 사람'이었다.

그는 주로 일이 없는 장마철에 사람책으로 등록됐다. 사람책이 무급 자원봉사라는 걸 감안하면 일용직인 그의 행동은 일반인의 상식 밖이었다. 하루 벌어 하루 산다는 그가 일당을 받지 않고 제 하루를 내어 주는 것은 사람책 가운데 가장 인류애적 행동이었다.

최 씨는 문을 열고 들어온 휘강을 물끄러미 바라봤다. 두 사람 사이에 정적이 흘렀으나 그는 이내 사태를 파악한 듯 부리던 가방을 다시 챙겼다. 휘강은 선 채로 자초지종을 이야기했다.

"오기로 한 지원자가 갑자기 사정이 생겨서 못 온다고 연락이 왔어요."

최 씨는 일을 공친 사람처럼 바지를 툭툭 털면서 자리에서 일어섰다. 이런 일에 이골이 난 듯 태평한 얼굴이었다.

"근데 관장님이 나가지 말고 여기 계셔야 한답니다. 약속은 약속이라고."

"그 약속은 내가 어긴 게 아닌데."

"다른 사람들이 보면 사람책이 제멋대로 운영된다고 클레임 건다고."

최 씨는 말없이 자리에 앉았다. 휘강도 그의 앞에 앉았다.

"가 봐."

"저도 여기 있으랍니다."

최 씨는 입을 다물었다. 너 같은 풋내기와 말을 섞지 않겠다는 의미로 해석되었다. 이곳에 알음알음 찾아오는 남자들이 최씨의 입을 열기 위해 가방 한가득 술과 안주를 가져온다는 걸 알고 있었다. 기름진 정보에 대한 기름진 보답이었다. 그러자고 챙긴 것은 아니었으나 주섬주섬 챙겨 왔던 샌드위치와 두유를 종이가방에서 꺼냈다.

"배고플 것 같아서 챙겨 왔는데, 도서관에서 먹다가 들키면 혼나요."

그래서 먹으라는 거냐, 말라는 거냐. 휘강을 쳐다보는 최 씨의 눈빛이 그랬다. 그래 놓고 묵묵히 샌드위치를 받았다. 두 사람 사이에 또다시 정적이 오갔다.

힐끗 최 씨의 손을 바라보았다. 거친 말투, 영락없이 노동을 하는 사람의 행색이지만, 뭔가 마음을 잡아끄는 게 있었다. 마음속에 떠다니는 조그만 쪽배 하나뿐인데, 그 안이 모두 물음표로 가득 찼다. 관장에게 올릴 결재 서류에 본인 확인이 필요했다. 휘강은 최 씨의 동의를 얻어 휴대폰 녹음기를 켰다.

최 씨는 가방을 뒤지더니 아이스팩에 싼 막걸리와 마른안주를 꺼내 놓았다. 최 씨가 종이컵에 한가득 따른 막걸리를 내밀었으나, 휘강은 거절하고 두유를 마셨다. 최 씨는 술친구 없이 혼자 막걸리를 마시기 시작했다. 휘강은 그를 보았다. 최 씨는 시계를 보았다. 마치 무언가를 기다리는 사람 같았다.

"넌 나 같은 사람이랑 있는 게 안 불편하냐?"

"왜요?"

"막노동하는 사람인데."

"불편해요. 근데 아저씨가 낯설어서 불편한 거죠."

"맹랑하네."

"마법사나 살인자만큼은 아니지만 아저씨 프로그램도 인기 많아요."

"인기가 아니라 쓸모."

마침 비가 오고 있었고 날이 꿉꿉해져 있었다. 막걸리 한 잔이 거의 비워질 때쯤 그는 자기 이야기를 시작했다. 열다섯에 집을 나와 음식점 배달 일을 전전하다 공사판에서 일을 배우고 잔뼈가 굵어지고 십장이 되고 30년의 인생이 막걸리 몇 잔 속에 담겼다. 휘강은 그의 얘기를 들으며 고개를 주억거렸다. 그리고 그는 이따금씩 말을 하다가 길을 잃었다. 먼 곳을 헤매는 사람처럼 우뚝 멈춰 서 버렸다. 그때마다 휘강은 최 씨가 잃어버린 대목을 상기시켜야 했다.

"제주 출신 십장이랑 5년 일하고 그 아래서 사람들 꾸렸는데 요즘엔 사람 구하기가 하늘의 별따기다, 마땅한 사람이 없다, 그다음부터예요."

"마땅한 사람이 없지, 요즘엔."

"일할 사람이 넘쳐 난다면서 왜 마땅한 사람이 없어요."

"잘난 인간들이 많아서. 여긴 자기가 있을 곳이 아닌데, 한때 잘나가던 사람인데, 억울해서 그런 일이 눈에 들어오겠냐. 그래서 난 너처럼 똘똘한 놈은 안 골라."

"……."

"그런 사람은 너무 무겁지. 잘나가던 옛날의 그분도 있고, 못 나가는 지금의 이놈도 있고, 인건비가 두 배쯤 든다. 그래서 입 다물고 제 할 일 잘하는 사람 추려서 오래 데리고 일하는 게 서로 품도 안 팔고 좋은 일이야. 새벽 4시에 대림동 인력시장 가봐라. 한국 사람, 중국 사람, 태국 사람 서로 일거리 받으려고 박 터지지. 말 통하는 한국 사람이 더 받던 시절도 다 갔어."

그가 손에 들고 있던 휴대폰 알람이 울렸다. 최 씨는 구시렁거리며 알람을 껐다.

"제길, 오후로 눌러 놨나 보네."

오후 3시 반. 최 씨의 말대로라면 그 알람은 새벽에 울렸어야 했다. 최 씨는 속을 들여다본 듯 대답했다.

"인력시장이 새벽 4시에 문 여니까. 그 시간에 대림역에서 곁불이라도 쬐고 있어야 일을 잡지. 두 시간 동안 교회에서 나눠 주는 공짜 커피 마시면서 죽치고 있는 거야. 새벽 6시가 되면 인력시장이 문을 닫아. 그때까지 뽑히지 않으면 그날 하루는 공치는 거야. 다시 걸어서 쪽방으로 돌아가 추위든 더위든 견디며 내일 새벽 4시가 되길 기다려야 해. 바깥세상이 환할 때 우리는 없어."

마음이 먹먹해졌다. 최 씨는 눈을 감고 의자에 기댄 채였다.

"시간 되면 깨워라."

그는 그대로 잠이 들었고 약속된 시간이 되자 알람이 울렸다. 최 씨는 짐가방을 싸고 인사 없이 문고리를 잡았다. 문을 나서던 차에 갑자기 생각난 듯 입을 떼었다.

"집에 아픈 사람 있냐?"

"네?"

"그런 집 애들은 너처럼 빨리 크더라고."

그는 다시 작업화로 갈아 신고 도서관을 떠났다.

2

이틀 내리 날이 무더웠다. 덕분에 도서관을 찾는 발걸음도 줄고 열기만 가득 찬 하루가 되었다. 사람들이 뜸해진 토요일의 도서관에 때아닌 피아노 선율이 들어차기 시작했다. 방음벽을 뚫고 들려오는 먼 곳으로부터의 울림, 아름답지만 멀다. 동경하지만 가까이 갈 수 없다는 점에서 선율과 문장은 닮아 있다.

애초에 그곳의 방음벽은 피아노를 위한 것이 아니었다. 도서관에 어울리지 않는 밀실은 금요일의 살인자를 위해 설계된 것이다. 오태중이 사람책에 선정된 후 관장의 명령에 따라 다급하게 공사를 했으므로 살인자의 목소리가 새어 나가지 않게 할 목적이었다는 게 맞다. 그 바람에 동화 구연이었던 토요일의 책이 피아노 연주로 바뀌었고. 오태중의 나비효과였다.

토요일의 책은 글자나 말이 없다는 점에서 가장 인기 없는 책이기도 했다. 무명의 피아니스트에게는 늘 대기자가 없었다. 신청한 사람이 연락도 없이 나타나지 않으면 그는 홀로 두 시간 동안 피아노를 연주하다가 떠나곤 했다. 사람책 핑계로 무명 피아니스트 연습실을 대여해 주는 거라고, 관장은 장사꾼 같은 속내를 숨기지 않았다.

그리고 오늘도 별 이변 없이 피아노 연주에 등을 돌린 신청자가 잠수를 탔다. 그럼에도 사람책의 방에서는 피아노 연주가 들려왔다.

1사서는 2사서의 말을 시큰둥하게 듣고 대답했다.

"그래서 또 안 왔다고?"

"그게 연락도 안 되고, 지난번에 개인 방송 안 된다고 단단히 못을 박았더니 샜나 봐요."

"못 오면 못 온다 미리 연락을 하든가. 사람들이 책임감이라고는 똥파리 똥만큼도 없지. 대기자 중에 할 만한 사람은?"

"아시잖아요. 토요일은 인기 없는 거. 그러니까 가요라도 연주해 달라고 그렇게 부탁을 드렸는데."

신청곡을 연주해 주는 것도 아니요, 제 하고 싶은 곡만 주구장창 말 한마디 없이 연주하는 괴팍한 예술가의 연주를 그 누가 듣겠느냐, 2사서는 그 말이 하고 싶었을 게다.

"그럼 오늘은 관객 없이 하시는 걸로 해."

"그것도 아시잖아요. 관장님은 차라리 대관료를 받아라 노발대발."

"아, 또 햄, 아니 사무엘 김 관장님이 문제네. 이번이 몇 번째지?"

"세 번째요."

"관장님 아셔?"

"아직요. 알면 난리 쳤겠죠."

"꼬투리 잡으려고 안달이었는데 몸통을 잡으시겠네."

휘강은 도서관 카드를 만지작거리다 말을 꺼냈다.

"저, 그 시간이 원래 저였는데 안 바꾼 걸로 하면 제가 갈 수 있나요?"

"넌 지금 봉사 시간이잖아."

"아직 출근 카드 안 찍었어요. 제가 가 있으면 오늘 신청자가 있는 걸로 넘어갈 수 있잖아요."

"그렇긴 한데, 정말 괜찮겠어?"

"네, 근데 가서 책 좀 봐도 돼요?"

"무슨 책?"

"7등급 예약 도서요. 좀 전에 들어온 게 있던데 이제 연락이 갈 테니까 두 시간 동안은 제가 읽을 수 있잖아요."

"너 A 달고 있잖아, 자료실 밖으로 책을 어떻게 들고 나가."

2사서는 혼내듯 타박했지만 1사서는 휘강의 뜻을 눈치챘다.

"내 명의로 빌려줄 테니까 읽고 바로 가져와. 잽싸게 다녀와."

"감사합니다."

휘강은 꾸벅 인사를 한 뒤 1사서의 카드를 들고 예약 도서 서가로 뛰어갔다.

바람을 가르며 뛰어가는 휘강의 뒷모습을 보며 좌불안석이 된 건 2사서였다.

"어쩌려고 그걸 빌려주셨어요? 제본해 팔아 버리기라도 하면 뒷감당을 어쩌려고!"

"쟤는 남 등쳐 먹을 위인은 아냐."

"내 참, 얼마나 봤다고!"

"오래 본 친구라고 사기 안 치냐! 뭐, 가족은 사기 안 치고? 사람 오래 본다고 그 속을 알아?"

"그렇게 어설프게 흘리고 다니는 거 사기꾼들이 딱 좋아해요."

"2사서, 우리 아버지가 말이야, 고향에서 코딱지만 한 하청업체 사장이었거든. 주말에 집에 있으면 찾아오는 게 과일 사 들고 주스 사 들고 오는 직원이었어. 회사서는 입도 못 떼고 집까지 찾아와서 가불 좀 해 달라고, 그게 한 달치도 아니고 석 달치, 넉 달치면 주스 한 통 가지고 되겠어? 근데 재떨이 심부름 하면서 가만 보니 이게 엿장수 마음인 거지. 누구는 석 달치도 되고, 누구는 한 달치도 안 되고."

"아버지가 사서님 성격이랑 비슷하셨네요."

1사서가 눈을 치켜뜨자 2사서가 뜨끔해하며 말했다.

"주관이 뚜렷하시다고요, 계속하세요."

"어린 마음에도 이상했지. 왜 지난번에 빈손으로 온 아저씨는 되고 오늘 주스 사 들고 온 저 아저씨는 안 돼요? 아버지가 그러시데. 살다 보면 돈 안 떼먹을 사람은 아리송한데 돈 떼먹을 사람은 확실하게 보인다고. 보름에 온 최 군은 어머니가 편찮으셔서 병원비 당겨 가는 거고 오늘 온 김 군은 제가 사고 친 거를 자동차 깡으로도 못 막아서 저러는 거다. 노병의 지혜였던 거지."

"그래서 휘강 학생은 떼먹을 사람은 아니다?"

"나도 모르지. 요새 애들 속을 누가 알아."

"전 사서님 속을 모르겠어요."

1사서는 2사서의 말을 부인할 수 없었다. 자신 역시 휘강에게 대책 없이 책을 빌려준 마음을 설명할 수 없었다. 그저 사람을 믿게 만드는 저 아이의 천성 때문이려니 생각할 뿐.

문의 눈높이에 달린 유리창으로 굽은 등의 피아니스트가 보였다. 그는 음악에 취해 방으로 들어온 휘강의 존재를 눈치채지 못한 듯했다. 소리가 나지 않게 조심스레 문을 닫았다. 피아노와 피아니스트, 그리고 한 사람의 관객이 갖춰졌다. 휘강이 앉을 의자에는 연주할 곡의 리스트가 적힌 종이가 있었다.

피아니스트는 쇼팽의 피아노 협주곡 2번 2악장을 연주하고 있었다. 감미로운 곡이라 책을 읽기에 적합했다. 조용히 책장을 펼쳐 문장으로 눈을 돌렸다. 1사서가 아니었다면 절대로 읽어 볼 수 없었을 책, 정리하다 우연히 발견하지 않았다면 존재조차 몰랐을 한니발 출판사 『소녀의 교향곡』이란 책은 단 두 사람의 손을 무한·왕래 중이었다.

이영종과 김윤. 두 사람이 어떤 관계인지는 알 수 없으나 한 사람이 책을 빌리면 또 다른 사람은 그 책을 바로 예약해 버리고, 예약자에게 넘어간 순간 넘겨준 사람이 또 예약을 걸고 자동 반납기로 반납하는 수법으로 책을 독식하고 있었다.

오태중은 '한니발'이라는 출판사에서만 책을 출간하고 있었다. 한니발은 오태중의 책만을 출판하는 것은 아니었지만 오태중이 가장 대표적인 작가임에는 분명했다. 한니발이 오태중으로 돈을 번 독점 출판사와 다름없다는 세간의 평가는 과장되었지만 장르 소설이나 에세이만을 내던 출판사가 느닷없이 시집을 낸다는 것은 이상한 행보임에는 분명했다. 게다가 엽기적이고 잔혹한 취향을 가졌던 오태중과는 너무나 다른 시집이라니. 『소녀의 교향곡』은 출간과 동시에 절판된 책이다. 1쇄를 찍었지만 배포되자마자 거둬들여 일반인에게 공개된 적이 없다고 봐야 했다. 오류로 판매를 중지한다고 공고했을 뿐 절판의 진짜 이유는 아무도 알지 못한다. 그래서 전국 도서관 중에서 이 책을 소장한 곳은 15도서관뿐인 것이다.

　한니발 출판사는 여전히 많은 책을 왕성하게 출간하고 있었다. 사람들은 출판사의 도서목록에 관심조차 가지지 않았다. 하지만 그런 이유로 휘강의 눈에 『소녀의 교향곡』이 들어오게 되었다. 왜 너만 이토록 다를까. 왜 이 작가만 시집을 냈을까. 책날개를 펼쳐 『소녀의 교향곡』의 작가를 살폈다. 이니셜로만 알려진 작가 YK의 프로필은 이렇게 되어 있다.

　뉴질랜드 크라이스트처치에서 자란 이민 1.5세대.

　시를 읽고 그림을 그리는 것이 일상.

　아름다움을 추구하기보다 그 아름다움의 본질을 쪼개는 것을 추구한다.

　천천히 그의 시를 읽었다. 단정하는 것은 아니나 왠지 남자일 것이란 느낌이 들었다. 소녀와 아름다움을 한 선상에 놓고 바라보는 쪽은 남성적 시각처럼 느껴졌다.

　소녀는 어둠 속에 있을 때

　가장 밝게 빛이 났기에

　동굴 밖으로 나오면

　길잡이의 횃불을 짓이겨 꺼 버려야 한다.

　무지의 눈빛, 경외감,

　그 모든 것이 그들을 환하게 밝혔다.

　세상의 말은 고치를 뚫고 세상 밖을 꿈꾸게 한다.

　눈을 빼앗아도, 혀를 빼앗아도,

각인된 기억은 사라지지 않는다.

오염되지 않은 최상의 아름다움은

눈물도 환희도 기억하지 못하는 것,

그리하여 숨소리가 사라진다.

본디 나의 것이었으나 잘라 버린 손톱처럼

생명이 없는 듯 달려 있다가 결국 밀어내야 할 존재.

이상하게도 소름이 돋았다. 은유로 포장되어 있지만 어쩐지 살인의 미리보기 같다. 오태중의 소설이 에필로그라면 이 시는 살인 사건 전의 프롤로그처럼 제 살인의 이유를 덤덤히 기술한 문장이다. 게다가 작가의 말 대신 들어간 건 오태중의 추천사 였다.

> 농도를 더해 가며 완성된 그의 시들은 순수와 타락을 넘나들며, 넘치는 자 의식과 결핍의 이중성이 신의 자리에서 인간을 질투하는 여신 헤라를 연 상케 한다. _소설가 오태중

YK와 오태중이 모종의 관계에 있다고 여겨지는 대목이었다. 어쩌면 김윤이나 이영종이 YK 본인일지도. 만약 오태중의 살 인 사건이 끝난 게 아니라면…….

책 내용은 촬영이 금지되어 있지만 휴대폰을 꺼내 몇 장을 도 둑 촬영 했다. 그리고 깨달았다. 감미롭던 피아노 선율이 쇼스 타코비치의 왈츠로 바뀌어 있었다. 듣고 있으면 도저히 자리에 앉아 있을 수 없게 만드는 곡으로, 피아노가 휘강에게 말했다.

책을 덮고 왈츠를 춰. 생각이 분산돼 책에 집중할 수가 없었다. 행마다 움직이는 발이 나타나 그를 무대로 이끌었다. 다급하게 휴대폰 카메라로 책장을 찍었다. 찰칵찰칵— 셔터 소리가 났지만 피아니스트는 개의치 않고 연주를 계속했다. 어느 순간 연주가 끝났음을 깨달았다. 피아니스트는 조용히 휘강을 돌아보고 있었다.

"아, 죄송해요."

"오늘 책을 신청한 사람인가요?"

"그게, 사실 전 여기 자원봉사자고요. 신청하신 분이 오지 않아 제가 대신 왔어요. 방해했다면 죄송합니다."

"들어온 건 알고 있었어요. 중간에 피아노 소리가 달라졌거든. 누르는 공기가 무거워졌다고 해야 하나. 그쪽한테는 헛소리 같겠지만. 근데 무슨 책을 읽었어요? 아까 보니 정신없이 읽고 있던데."

"그냥 시집이에요."

슬쩍 시계를 올려다보았다. 책을 반납할 시간이 다가오고 있었다.

"학교 시험에 나오는 책인가요?"

"아뇨, 그냥 개인적으로 궁금한 책이라."

피아니스트는 다가와 휘강의 책을 유심히 들여다보았다.

"YK? 유명한 사람인가."

"유명한 작가는 아니에요."

피아니스트는 책을 받아 내용을 찬찬히 훑고 있었다. 그는 휘강에게 말을 걸고 싶은 눈치였다. 하지만 이 사람은 검은 후드가 휘강을 당첨시켰던 토요일의 사람책, 괜히 거리를 두게 된다.

"한니발 출판사 이름은 들어 봤는데 시집은 처음이네."

"오류 때문에 절판되고 도서관 중에 여기만 있어요. 계속 예약자가 있어서 저도 잠깐 짬을 내서 보게 됐고."

책을 보던 그는 뭔가에 충격을 받은 표정이었다. 금세 그 표정을 감췄지만 휘강은 미묘한 감정 변화를 읽었다.

"이거 학생 말고 다른 사람도 알아요?"

"아뇨, 사서들은 책에 치여서 이런 거 관심도 없어요."

"저기, 내가 이 책 좀 잠깐 봐도 될까요?"

"저도 사서님 카드로 빌려 온 거라."

슬쩍 손목시계를 보니 1사서와 약속했던 시간이 다 되어 가고 있었다.

"이제 가야 되는데."

"그래요. 뒷정리는 내가 할게요."

책을 돌려받은 뒤 꾸벅 인사를 하고 계단으로 뛰어 올라갔다. 6자료실 데스크에는 새로 온 6사서가 앉아 있었다.

"이거 예약한 사람 아직 안 왔죠?"

"무슨 책인데?"

"오늘 찾아갈 예약 도서요. 예약자가 김윤이란 사람인데 오면 꼭 저한테 말해 주세요."

"왜? 누구 아는 사람이야?"

"아뇨. 그냥 알아볼 게 있어서요."

"그럼 밀린 서가부터 정리하고 와. 계속 책이 밀리잖아."

이동 서가에는 자리를 비운 새 정리되지 않은 책들이 가득 쌓여 있었다. 다른 자원봉사자 녀석들은 어디로 샜는지 코빼기도 보이지 않았다. 가득 꽂힌 책들을 싣고 서가로 향하다 낯익은 실루엣에 발걸음이 뚝 멈춰졌다. 검은 후드였다. 무언가를 확인하듯 휴대폰을 보며 생각에 잠긴 얼굴이었다. 만능 커버 사건 이후 모습을 드러낸 건 오늘이 처음이다.

서고 하나를 사이에 두고 나란히 걸어가던 녀석은 휘강을 발견하고 갑자기 입구로 도망가기 시작했다. 휘강은 본능적으로 녀석을 뒤쫓았다. 자료실 밖으로 나온 뒤 위층 계단으로 도망가는 녀석의 뒷모습을 포착했다. 계단은 옥상으로만 이어져 있으니 독 안에 든 쥐다. 뒤쫓아 올라간 옥상문은 활짝 열려 있었다. 가끔씩 음료수를 마시러 오는 사람들에게 옥상 정원으로 열린 공간이었으나 그 어디에도 검은 후드의 모습은 보이지 않았다. 긴 의자 몇 개와 그늘막 정자를 제외하면 몸을 숨길 곳은 그 어디에도 없다. 그럼에도 녀석은 없었다. 사라질 수 있는 방법은 단 하나, 그 사실을 증명하듯 옥상 끝에 에너지 드링크가 올려져 있었다. 무언가에 홀린 듯 혼란스러웠다. 설마 설마 하면서도 건물 아래를 내려다보았다. 펄럭이는 오태중의 현수막 사이로 누군가가 휘강을 올려다보고 있었다. 검은 후드였다.

'넌 매번 한 걸음씩 느리구나.' 녀석은 어설픈 수어로 휘강을 도발하고 있었다. 손으로 숫자 열여덟을 보여 주고 유유히 눈앞에서 사라져 버렸다. 황당함에 실소가 터져 나왔다. 기를 쓰고 수어 공부를 했으니 봐 달라고 나타났나 싶기까지 했다.

6자료실로 돌아와 의자에 털썩 주저앉아 넋을 놓고 있는데 서류를 정리하던 6사서가 휘강의 몰골을 보며 의아해했다.

"한여름에 사우나 다녀온 사람처럼 웬 땀이냐."

"잠깐 옥상에 다녀오느라."

"참, 좀 전에 나간 사람 봤어?"

"누구요? 검은 후드 입은 애요?"

"아니, 키 큰 남자. 방금 그 책 찾아갔는데."

용수철처럼 의자에서 튀어 올랐다. 눈은 예약 도서를 꽂아 두는 서가로 향했지만 꽂혀 있던 자리는 비어 있었다. 달려 나가다가 제자리로 돌아와 다급하게 물었다.

"김윤 그 사람 어떻게 생겼어요?"

"그냥 평범하게……."

"무슨 옷을 입었는데요?"

"그냥 평범한 흰 셔츠에 바지였나."

6자료실 문밖으로 달려 나갔다. 복도를 오가는 수많은 사람들 모두가 낯설고 평범한 얼굴이었다. 3층 난간에 매달려 1층 로비를 내려다봤다. 막 로비의 문을 열고 나가는 흰 셔츠의 사내가 보였다. 계단으로 내달렸다. 젖 먹던 힘을 다해 뛰었다. 동작 감지 자동문이 열리고 한 사람이 들어오고 있었다. 내달렸다. 그 문 3미터 앞에 흰 셔츠의 남자가 걸어가고 있었다. 들어오는 사람의 어깨를 밀치며 달렸다. 그러나 눈앞에서 문이 닫혔다. 열림 버튼을 눌러도 문은 열리지 않았다. 위에 달린 센서에 뛰어올라도 문은 꿈쩍도 하지 않았다.

"젠장! 열리라고!"

문이 열리지 않기는 바깥도 마찬가지였다. 들어오려던 사람

월요일의 마법사와 금요일의 살인자

역시 닫힌 자동문 밖에서 당황하고 있었다. 머리 위 두 개의 센서 불이 동시에 깜박이고 있다는 건 오작동을 의미했다. 몇 분만에 다시 문이 열리고 밖으로 뛰어나갔지만 남자는 시야에서 사라져 버린 뒤였다. 눈앞에서 김윤을 놓쳐 버리자 절망감이 휘몰아쳤다.

몇 날 며칠을 곱씹어 생각해 보았다. 김윤과 이영종, 무한 반복해서 책을 예약해 빌려 간 두 사람은 누구일까. 한 사람은 40대의 남자, 또 한 사람은 70대의 할아버지, 둘 사이에 어떤 연결 고리가 있을까. 책은 또다시 이영종의 이름으로 예약되었고 기다림이 이어졌다.

분명한 것은 14일 안에 이영종이든 김윤이든 누군가는 다시 와야 한다는 것이다. 그날부터 6자료실 데스크에 앉아 붙박이처럼 붙어 문을 노려봤다. 이번에는 놓치지 않겠다고 굳은 다짐을 하며 신발 끈까지 단단히 묶어 둔 상태였다.

"어딜, 뭘 째려보고 있어?"

2사서가 휘강의 등을 툭 치며 말했다.

"아뇨, 그냥."

"요새 일 안 하고 데스크에만 주구장창 앉아 계시지? 반납 서가에 책 꽉 찼던데 내일 치우려고?"

"지금 갈게요. 참, 혹시라도『소녀의 교향곡』빌려 간 사람이 책 가지고 오면 꼭 저한테 말해 주세요."

"『소녀의 교향곡』? 그거 보상 처리됐는데."

"네?"

"빌려 가자마자 책 잃어버렸다고 연락 와서 그냥 보상금 받고 처리했어."

"어떻게요! 아니 언제요?"

"오늘 아침에. 그 사람 책 한 권 잃어버리고 수십만 원 깨진 거지. 하필이면 희귀본인 데다 요즘 책이 좀 비싸냐."

말을 듣자마자 힘이 빠졌다. 처음부터 예정된 수순이었으리란 의심은 점점 확신이 되어 갔다. 합리적으로 생각해 보면 오태중과 동년배인 김윤이 가장 공범에 가까워 보였다. 왜 한 사람의 책은 베스트셀러가 되고 또 한 사람의 책은 출간되자마자 절판되고 마지막 한 권까지 숨기느라 전전할까. 어쩌면 『소녀의 교향곡』이 세상에 나온 것은 누군가의 의도인 동시에 또 다른 누군가에게 치부이지 않을까.

3

옥탑방 온도계가 32도를 가리키고 있었다. 도겸과 주노와 육탄은 왜 굳이 이런 골방에서 회의를 하냐고 툴툴거렸지만 보안을 위한 최선이었다. 보드에 이름을 나열해 보았다.

　김윤, 이영종, 1사서, 2사서

"책의 존재를 알고 있는 사람은 1사서, 2사서, 그리고 김윤과 이영종이란 남자뿐이었어. 뒤늦게 안 6사서는 시간상 제외하고 내가 『소녀의 교향곡』을 빌린 걸 알고 있는 건 1사서와 2사서였고. 그런데 또 한 사람 피아니스트가 알게 되었지! 이제 무슨 뜻인지 감이 와?"

"뭔 감! 그냥 화상 통화로 하지, 사우나 통에 사람 불러다가 무슨 헛소리야."

"그래서 피아니스트가 그 김윤이란 거야, 뭐야?"

"그럴 수도 있고 아닐 수도 있고."

"뭔 소리?"

도겸이 고개를 갸우뚱거리자 주노가 자리를 털고 일어났다.

"아, 답답한 인간들! 잘 봐 봐! 갑자기 그 책이 보상 처리된 건 지금까지의 규칙이 깨졌기 때문이잖아."

"뭔 규칙?"

"다른 사람 손을 타서 자료실을 빠져나갔다가 돌아온 거! 사서 손을 탄다고 해도 사서가 그 책을 읽지는 않잖아. 근데 처음으로 강이가 그 책을 들고 자료실 밖으로 나갔다가 돌아왔거든. 이게 변수라는 거야."

"나갔다 온 걸 어떻게 알았는데?"

"그걸 안 사람이 1사서, 2사서, 그리고 피아니스트밖에 없었잖아. 그러니까 이 중에 김윤이나 이영종을 돕는 사람이 있다는 거야. 강이가 피아니스트에게 이야기를 하고 6자료실로 올라가기까지는 어림잡아 3분, 그리고 검은 후드가 나타났어. 마치 눈을 돌려 김윤이란 사람을 보호하려는 것처럼 휘강을 막아 버렸지. 검은 후드가 우리 대화창을 해킹하고 나타날 정도라면 휘강이 뛰어가는 순간에 자동문을 잠가 버리는 것도 가능했을 거라고. 근데 사서들은 휘강이 책을 빌려 가게 했지. 그럼 누가 남아."

"그래서 그 피아니스트란 남자랑 검은 후드, 김윤이 한통속이라는 거야?"

"합리적 의심이지."

"근데 뭐? 이 사람이 오태중은 아니잖아."

"공범이라면?"

"그럼 경찰에 알려야지."

"아니야. 마음에 걸리는 게 하나 있어."

휘강이 도겸의 말을 저지했다.

"또 뭐가?"

"설명할 수는 없는데 피아니스트가 놀라는 눈치였어. 그리고 확인했잖아. 다른 사람도 이걸 봤냐고. 이 도서관 사람책이 평범한 사람들이 아니란 생각이 들어. 게다가 그 사람 어디선가 본 적이 있는 것 같아."

"아저씨라며. 네가 그 아저씨를 어디서 봐."

"뭔가 익숙하다는 느낌이 들어."

"그래서 그 아저씨 뒷조사를 하자고?"

"아니, 그거 말고. 15도서관 말이야. 사람책이 제일 먼저 시작됐고 또 오태중이 이곳을 지목한 것도 그렇고 절판된 책이 있는 것도 그렇고, 좀 다른 이유가 있을 것 같아. 애초에 검은 후드는 나를 피아니스트와 만나게 하려고 했어. 사람책에 우리가 알지 못하는 비밀이 숨겨져 있다면……."

"그래서 뭘 어떻게 하자고?"

"우리도 해 보자고. 어쨌든 그 책을 보게 된 것도 오태중의 추천사 때문이었으니까. 결국 오태중을 만나 보면 알게 되겠지."

"만나서 김윤이나 이영종이란 사람 아냐고 물어봐? 검은 후드만 입는 조카도 있냐고?"

"뭐가 됐든 만나 보자고. 우리 넷이면 확률도 네 배가 되잖아. 넷이 계속 신청을 해서 오태중을 만나 보는 거야."

"만나서 뭘 어쩌자고."

대답 대신 피아니스트의 음악을 녹음했던 재생 파일을 열어 보았다. 의도하지 않았으나 피아니스트의 목소리가 녹음되어 있었다. 목소리를 반복해 듣다 보니 희미한 단서가 포착됐다. 그제야 이 파일을 들려줘야 할 적임자가 떠올랐다.

4

두 주 만에 돌아오는 오태중의 금요일은 더디, 또다시 비를 데리고 왔다. 가뜩이나 사람들로 북적이는 금요일에 비까지 내려 도서관 로비는 온통 진흙과 빗물 천지였다. 호송차가 도착하고 사람들이 소리 지르고, 반대 시위를 하는 사람들과 지지자들 사이에 한바탕 몸싸움이 벌어지고, 그사이에 오태중은 가까스로 도서관 안으로 들어왔다.

죄수복이 온통 젖은 채였으나 그마저도 극적으로 보였다. 죄수복을 살인의 훈장으로 여겼던 그는 교도소 측에서 사복을 허락했음에도 그 옷만을 고집했다.

금요일의 사람책 자료실에는 그 죄수복을 중심으로 많은 사람들이 들어찼다. 오태중 본인과 그를 호송하는 두 명의 교도관, 이야기를 듣는 신청자, 도서관 측 기록 사서, 문밖에는 무장 경찰관 두 명, 실상 네 사람이 그의 이야기를 듣는 셈이었다. 기록 사서는 순번대로 차출되는데 오늘은 6자료실 2사서였다. 그는 오태중의 기록 사서로 내려가는 일을 탐탁지 않게 여겼다.

"저런 미친놈 말 기록하려고 그 많은 사람들 시간과 에너지를 낭비하다니요. 그 뱀 같은 눈을 보는 게 얼마나 소름 끼치는데."

2사서는 몸서리를 치며 노트북을 챙겼다. 바꿀 수만 있다면 휘강 자신이 대신 하고 싶은 일이지만 일개 자원봉사자가 급이 다른 정규직 사서를 대신할 수는 없는 노릇이다.

"군소리 말고 다녀와. 괜히 찍히지 말고."

"그러게요. 제가 죽이고 싶을 만큼 마음에 들면 어째요."

1사서는 고개를 절레절레 내저었다.

아래층이 시끄러운 덕에 자료실은 사람이 줄어 조용했다. 부유하던 먼지마저 얌전히 가라앉은 듯 어느 때보다 한산하고 적막했다. 휘강은 책 정리를 마치고 의자에 앉아 창밖을 바라보고 있었다. 멍한 기운이 잠을 불렀다. 피곤함 때문인지 잠깐의 단잠이 꿈을 부르고 그 꿈속에서 문을 만났다. 하나의 문을 열자 다른 문이 동시에 열렸다. 다급한 발소리가 꿈속으로 뛰어들며 소리쳤다.

사서님! 2사서는 혼비백산한 얼굴로 뛰어와 의자에 고꾸라졌다. 1사서는 놀란 눈으로 2사서를 붙잡았다. 그녀의 손은 사시나무처럼 벌벌 떨리고 있었다. 호흡곤란을 호소하는 그녀의 손에 비닐 봉투 하나가 쥐어졌다. 봉투를 불던 그녀가 제 호흡을 찾자 1사서가 자초지종을 물었다.

"왜? 무슨 일이야?"

2사서는 눈물이 그렁그렁한 눈으로 1사서를 올려다보았다.

"죽었어요."

"또 죽은 쥐를 봤어?"

"아뇨! 사람이 죽었다고요!"

"어디서?"

"그 방에서."

"누가 죽었다고?"

"오태중……."

2사서는 얼굴이 하얗게 질린 채 말을 잇지 못했다. 휘강은 달려가 정수기 물을 받아 왔다. 2사서는 떨리는 손으로 종이컵을 받아 들었다.

"2사서, 어디 다친 데는? 다친 데 있어?"

2사서는 고개를 저었다. 창밖을 내다보니 도서관 앞은 경찰차와 앰뷸런스와 구경하는 사람들로 장사진이었다.

"야, 진짜 미친놈이네. 도서관에서 또 사람을 죽일 생각을 한 거야?"

2사서는 울먹이는 얼굴로 말했다.

"아니요. 오태중이 아니라 그 사람요. 오늘 신청한 그 사람이 오태중을 찔렀어요."

그 말을 듣자마자 밖으로 달려 나갔다. 1층 로비 왼쪽은 구경하는 사람들이 뒤엉켜 도떼기시장이나 다름없었다. 사람책 자료실로 달려갔다. 사서들이 임시방편으로 막아 놓은 출입문 차

단막이 있었고, 경찰들이 몰려드는 사람을 통제하고 있었다. 그제야 보였다. 피아노 옆에 흥건하게 고여 있는 피 웅덩이가. 핏자국의 주인이 걸어가며 흩뿌린 핏방울들이 붉은 히아신스 꽃잎처럼 떨어져 있었다.

소문은 날개를 단 듯 삽시간에 퍼져 나갔다. SNS와 뉴스에는 자극적인 이야기들이 넘쳐 났다. 오태중이 피습당했다는 소식에 그를 반대하던 여론마저 동정으로 돌아섰다. 뉴스를 끄고 자리에 앉았다. 도겸과 주노와 탄은 저희가 알아서 옥탑방을 찾아왔다. 창문과 문을 꼭꼭 걸어 잠그고 휘강을 다그쳤다.

"말해 봐. 도대체 어떻게 된 건데."

"너도 봤어?"

아이들은 휘강의 턱 앞으로 바짝 다가왔다. 휘강은 생각을 정리하고 한참 만에야 대답했다.

"……피해자의 아버지였대."

"거봐, 그럴 줄 알았어. 내 말이 맞잖아. 복수하러 온 거라니까. 그래서?"

"당첨된 사람한테 돈을 주고 입장권을 샀다나 봐."

"칼은 어떻게 반입한 건데? 들어가기 전에 신체검사 한다며."

"책."

"우와―"

모두의 예상을 뛰어넘는 극적인 흉기였다. 사인 받을 책에 몰래 칼을 숨겨 가지고 왔으며 그 책은 다름 아닌 자신의 딸을 죽인 이야기임에 아이들은 경악했다.

"근데 책 안에 어떻게?"

"하드커버 안에 숨겼었나 봐. 책을 손잡이 삼아서 그대로 찔렀는데 치명상은 아니고 배 쪽을 스쳤대."

하늘이 '도왔다'와 '돕지 않았다'로 옥신각신하는 아이들을 두고 옥상으로 나왔다. 한바탕 비가 몰아친 뒤 바람이 시원해져 있었다. 끊겼던 생각의 고리를 이었다.

생각해 보면 오늘 하루는 모든 것이 예상 밖이었다. 2사서가 했던 마지막 말에 담긴 이상한 의미와 제가 느꼈던 미묘한 불협화음이 가느다란 실마리를 던져 주고 있다. 2사서는 두려움 속에 이런 말을 남겼다.

"근데 이상했어요. 경찰들이 달려들어 그 남자를 바닥에 짓누르고 뭉개고 난리도 아니었는데, 오태중이 피해자 아버지를 힘겹게 보더라고요. 시간이 흐른 뒤 이 순간을 너무 자책하지 말라고, 사실을 알게 돼도 당신을 손가락질하는 사람은 없을 거라고. 이게 방금 칼 맞은 사람이 할 말이에요?"

그 순간 모두가 얼어붙었다. 그리고 머릿속에 떠오른 의문이 동일함을 알았다. 그 말이 진심일 단 하나의 경우의 수, 어쩌면 오태중은 진짜 살인자가 아닐 수도 있음이.

오태중 피습 사건이 있고 난 후 모든 사람책 프로그램은 중단되었다. 공지가 있기 전까지 무기한 연기라는 안내와 함께 기존 당첨자는 서비스 재개 시 우선권을 주겠다고 알렸다.

사람책 프로그램이 문을 닫자 15도서관은 과거의 따분하고 지루한 모습으로 되돌아갔다. 간혹 오태중의 팬들이 찾아와 그의 근황을 물었지만 도서관도 해 줄 수 있는 이야기가 많지 않았다. 그가 어느 병원에 있는지, 어떤 상태인지 모르기는 한가지였으나 그 어떤 질문에도 입을 닫아야 했다.

사건 현장이었던 사람책 자료실은 굳게 잠겼다. '출입 금지'란 안내문이 붙은 문은 괴괴하고 서늘한 인상을 풍겼다. 살인자와 그를 죽이려 했던 사람은 떠났으나, 그들이 뿌리고 간 살기가 남은 듯 사람들은 그 곁에서 주인 잃은 피 냄새를 맡았다.

이용객이 줄자 덩달아 휘강의 할 일도 줄었다. 사서들이 한눈을 팔 때면 지하 2층 죽은 책들의 방을 기웃거렸다. 폐기고는 늘 굳게 잠겨 있었으나 가짜 출입 카드를 만드는 것은 쉬웠다. 검은 후드가 선물한 만능 커버 역시 폐기책들을 안전하게 빼낼 열쇠가 되어 주었다. 무엇보다 욕심을 부리지 않는 게 제1 원칙이었다. 마구잡이로 빼내다 보면 사서들의 의심을 살 수 있으니 소각장으로 갈 책들 중 가장 상태가 나쁜 책들만 골랐다.

그리고 한 달 뒤 9월에 접어들자 소리 소문 없이 사람책 프로그램이 재개되었다. 실적을 원하는 관장의 성화와 이용자들의 청원에 재개되기는 했으나 정작 금요일의 오태중은 돌아오지 못했다. 들리는 소문에는 칼날이 비켜 생명에는 지장이 없는 상태고 본인은 돌아오고자 하는 의지가 강하나 주변의 만류가 있었다고 한다.

그리하여 제일 먼저 사람책으로 복귀한 것은 최 씨였다. 사서의 말에 따르면 대기자들이 연거푸 사람책 이용을 거절하는 바람에 참가자를 선정하는 데 애를 먹었단다. 하긴 누구라도 칼부림이 났던 현장에 들어가고 싶지 않을 테지. 또다시 목요일의 아저씨와 토요일의 피아니스트가 걱정되었다. 떨어질 인기라는 것이 없던 그들이 더 외로운 존재가 될까 봐.

목요일이 되었다. 마법사나 정신과 의사는 금세 희망자가 늘어났지만 술을 들고 찾아오던 목요일의 당첨자들은 나타나지 않았다. 휘강은 역할 대행으로 등이 떠밀려 또다시 사람책 자료실로 내려가야 했다.

최 씨는 휘강을 보자마자 가방에서 뭔가를 꺼냈다. 이번에도 아이스 팩으로 싼 막걸리와 오징어였다. 달라진 건 휘강이 올 걸 알고 미리 준비한 듯한 두유와 과자 봉지였다. 그는 잔에 술을 따르고 말없이 잔을 비웠다. 한 달 새 얼굴색이 조금 창백해지고 수척해진 듯 보였다.

"얼굴이 좀 야위셨네요."

"일거리가 없어 집에만 있어서 그런가. 이 방이라며, 칼부림 난 게?"

"네."

최 씨는 피아노 바로 건너편을 내다보았다. 거기가 피해자의 아버지가 오태중을 찌르기 전 앉았던 곳이고, 아저씨가 앉아 계신 곳이 오태중이 앉아 있던 자리예요. 해서는 안 될 말은 안으로 삼켰다. 앉은자리 바로 밑에 오태중의 피 웅덩이가 있었음을 알릴 필요는 없으니까.

"깨끗하게 잘 치웠나 보네."

최 씨는 주변 벽을 둘러보았다. 핏방울이 길게 흩뿌려진 벽은 닦아 낸 뒤 페인트를 덧칠했다. 최 씨의 눈은 이미 핏자국이 사라져 버린 하얀 벽을 훑고 있었다.

"오태중은 왜 피해자 아버지를 위로했을까요?"

"뭐?"

"아, 아니에요."

"죽지 않아 아쉬운 표정은 아니네."

"그냥 어떤 사연이 있는 게 아닐까 해서요."

최 씨는 휘강을 힐끗 돌아보았다. 너도 그 살인자를 추종하는 정신 나간 팬클럽인 거냐. 그는 눈빛으로 묻고 있었다. 휘강은 가방 속에 숨겨 뒀던 책 한 권을 꺼내 들었다.

"저, 잠깐 이거 읽어도 돼요?"

"뭐냐?"

"오태중 추천사를 받은 유일한 사람인데 다른 출판사에서 책을 냈더라고요."

최 씨는 어깨너머로 책을 들여다보며 말했다.

"또 시집을 냈다고…….."

휘강은 대꾸 없이 휴대폰을 꺼내 음악을 틀었다. 일전에 녹음해 둔 피아니스트의 연주곡이다. 잡음이 많아 녹음 상태는 별로지만 듣고 있으면 이상하게도 마음이 편안해졌다.

"음악 좋아하세요?"

"하루 벌어 하루 사는 사람이 음악은 무슨…….."

"누가 연주해 준 곡인데요, 심심할 때 들었는데 그냥 마음이 편안해져요. 이걸 연주한 사람 마음이 그대로 전해지는 것같이. 근데 아까 실수하셨어요."

"뭐?"

"시집이라고 얘기 안 했어요."

"표지가 시집 같으니까 그랬지."

"또 읽냐고 하셨잖아요."

"얘가 뭔 소리를."

"아저씨가 누군지 알아요. 우리 구면이잖아요."

"한 번 봤다고 네가 날 어찌 알아."

최 씨는 차갑게 휘강을 바라보며 말했다.

"이 곡 아시잖아요."

"사람 놀리는 것도 아니고……."

최 씨는 조금 당황한 얼굴이었다.

"제가 『소녀의 교향곡』을 빌린 걸 아는 사람은 사서와 피아니스트뿐이었어요. 그리고 어쩐 일인지 갑자기 검은 후드가 나타나 시선을 돌렸고 그 바람에 『소녀의 교향곡』을 뒤쫓아 가다가 막히고 말았고요. 검은 후드가 김윤이란 이용자와 한편인지는 확신이 없었어요. 근데 저한테는 녹음 파일이 있었죠. 그래서 이 세상에서 사람 목소리를 제일 잘 구별하는 사람에게 부탁했어요. 아저씨 목소리와 피아니스트의 목소리를 들려줬어요. 다르게 꾸몄지만 둘이 같은 사람이란 걸, 귀가 밝은 그 사람은 알았죠. 제 아버지예요. 말을 못 하는 대신 귀가 밝거든요."

말을 끝내고 그의 대답을 기다렸다. 여전히 모르쇠로 나오든 미친 사람 취급하든 그건 최 씨의 선택이었다.

"내가 토요일의 피아니스트와 같은 사람이다? 내가 무슨 수로?"

"오태중이랑 관련이 있겠죠. 그 살인마를 잡으려고, 아니면 공범을 도와주는 쪽이든가."

"네 말대로 내가 도와줄 가능성이 있다면 넌 무섭지 않니?"

"무섭겠죠. 아저씨를 만나 보지 않았다면."

"사람을 몇 번 만났다고 그 사람의 전부를 다 안다고 착각하지 마. 수십 년을 같이 산 가족조차 모르는 게 사람 속이야."

"아픈 사람 있는 집 애들이 빨리 큰다는 말은 위로가 되던데요."

"어른이 돌보지 못하고 마음에 그늘이 있는 아이들만 노리는 어른도 있어. 너는 늘 애써 밝은 면만 보려고 하는데 그건 결국 전체를 보지 못하는 것과 같아."

"저, 생각만큼 밝지 않아요. 노린다고 낡이지도 않고."

최 씨는 잠시 고개를 떨어뜨렸다. 다시 고개를 들었을 때 얼굴에 힘이 빠져 있었다.

"그래, 내가 낡인 것 같다. 어떤 지점인가 했더니 목소리였네, 힘 빠지게."

그는 더 이상 힘들여 자신의 정체를 부정하지 않았다.

"결국 그거잖아. 네가 그 책에 대해서 얘기한 사람을 차례차례 확인한 거. 내가 마지막이라 확신을 가지고 덤빈 거고. 근데 이 세상에 오태중 같은 인간이 하나일 거 같아?"

최 씨의 목소리에는 질책이 담겨 있었다.

"물론 나도 그 공범이 책을 출간했으리란 걸 전혀 알지 못했고 네 말대로 자기 책을 찾으러 이곳에 올 줄은 더더군다나 몰랐지. 오태중과의 관련성을 알았을 땐 이미 넌 달리고 있었어. 우리도 그 사람이 누구인지 몰랐기 때문에 그를 잡기보다 널 지키는 쪽을 선택한 거야. 그리고 아슬아슬하게 그 사람을 비켜 간 거지. 그날 도서관 문을 나서서 그자를 따라갔다면……."

사람 뜸한 하수구나 백일홍 나무 아래 어딘가에 있을 거다. 최 씨가 굳이 이야기하지 않은 이유를 알았다. 한심하게도 저 란 인간은 노린다면 낚을 수 있는 물고깃었다. 뒤늦은 깨달 음이 등골을 서늘하게 했다.

"원래 걔가 손이 빨라."

"걔요?"

"네 표현대로 검은 후드, 본인 표현대로라면 위도상 강북 위 로는 제일가는 해커. 나는 반대했지만 널 사람책에 넣자고 한 것도 걔야. 걔는 네가 날 알아볼 거라고 믿더라고. 지금 보니 사 람 보는 눈은 걔가 더 정확한 것도 같고. 지금 당장은 누군지 모 르는 편이 나아. 그래야 네 말대로 구멍이 될 테니까."

최 씨는 마지막 막걸리를 비우고 자리에서 일어났다. 그는 파리한 얼굴을 문지르며 챙겨 왔던 것들을 가방에 다시 집어넣 었다. 마디가 굵고 때가 낀 손가락이 눈에 들어왔다. 저 손으로 그 아름다운 곡을 연주했을까. 보고 들었어도 믿기지 않았다.

"둘 중에 누가 진짜예요?"

"그게 중요해?"

"두 사람은 그렇게나 다른데 어떻게……."

"뭐가 먼저였냐고 묻는 게 맞겠지. 높은 데서 낮은 데로 떨어 지기는 쉬워도 낮은 데서 높은 데로 올라가기는 어려우니까."

"그럼 얼굴은 어떻게 감쪽같이 바꾸는 거예요?"

최 씨는 턱 밑의 실리콘 끝을 살짝 잡아당기며 말했다.

"뭐, 보다시피."

"누구든 만들 수 있어요?"

"데이터가 있다면 누구든. 습관이나 행동, 얼굴도 베낄 수 있어. 물론 너처럼 꾸며 낸 목소리를 알아채는 사람도 있겠지만. 끝없이 오태중을 찾아올 그 사람을 찾기 위해 이 모습도 필요했던 건데 백 명을 속이고 너한테 걸린 거지. 걸리고 보니 왠지 너라는 게 이해되기도 하고."

"이제 어쩌실 거예요?"

"기다려야지. 그 사람이 나타날 때까지."

"혹시, 경찰이에요?"

"아니, 난 그 YK일지 김윤일지 모를 그 사람을 잡으려고 이러는 게 아니야. 난 오태중이 숨긴 다른 걸 찾으려고 하는 거야."

"다른 뭐요?"

"글쎄, 그걸 모르는 게 함정이야."

"근데요, 아저씨는 그 살인자가 두렵지 않아요? 만약 오태중과 YK가 아저씨 존재를 알아채면……."

최 씨는 휘강을 돌아보았다.

"아직 거기까지구나."

"네?"

최 씨는 문을 열다가 다시 닫고 휘강을 돌아보았다.

"오태중은 석 달 전에 교도소에서 죽었어."

순간 멍했다. 그리고 먼 곳의 천둥처럼 무언가가 몰아쳤다. 오태중이 석 달 전에 교도소에서 죽었다면 두 달 전 본 오태중은 진짜가 아니다. 데이터가 있다면 누구든 베낄 수 있다는 말은 최 씨와 피아니스트에게만 적용되는 게 아니다. 여섯 권의 사람책 모두에 적용될 수 있다. 결국 그는 만능 커버를 쓴 사람책 그 자체였다. 그는 마법사이고, 의사이고, 웅산이고, 살인자이며, 또한 피아니스트, 그리고 최 씨였다.

"내일모레는 쇼스타코비치의 왈츠 대신 쇼팽이다. 또 보자."

각오하고 시작한 일임에도 상상 밖의 세계는 휘강을 침몰시켰다. 겨우 감정을 추스르고 머릿속을 정렬했다. 어디부터 놓친 걸까. 사람책의 어디서부터가 거짓이었을까.

마구잡이로 생각했다. 그저 손이 가는 대로 사람책의 모든 기록을 샅샅이 조회했다. 언제 어떻게 시작됐으며 어떤 사람들이 신청하고 어떤 사람이 책으로 등록되었는지 마대 자루를 탈탈 털듯이 뒤졌다. 처음에는 작가와의 만남으로 기획되었던 프로그램이 다양한 분야의 전문가를 만나는 사람책 프로그램으로 바뀌고 신청자가 늘어났다. 그럼에도 사람책 프로그램은 이른바 책다운 책을 읽는다는 6등급 이상의 사람들만 신청하는 그들만의 리그였다.

하지만 오태중이 들어오며 사태가 바뀌었다. 불과 2주일 만에 도서관 서버를 다운시킬 만큼 커다란 관심이 집중되었다. 책에 관심이 없던 3, 4등급의 보통 사람들에게까지 문을 넓히자 더 많은 사람들이 사람책 프로그램에 신청하기 시작했다. 그와의 만남을 생중계했던 인기 유튜버의 동영상 조회 수가 수백만이 넘어가면서 사태는 걷잡을 수 없이 커졌다. 하지만 사서들은 사람책에 얽힌 비밀을 모르는 눈치였다. 은근슬쩍 물어

봤으나 오태중을 비롯한 사람책의 신상에 대해서도 뚜렷한 정보가 없기는 매한가지였다. 1사서는 대중성 때문에 오태중을 참가시킨 것과 몇몇 사람책 자체가 도서관의 옥에 티라고 주장했다.

"이봐, 다 책에 있는 얘기인데 굳이 저걸 저 사람 입으로 듣는다고 맛이 달라지냐고. 사람들은 그저 냉동 동태탕에 혹하는 거야. 진짜 살아 있는 생태탕을 맛본 적이 없거든. 유산계급이 아니라 글자만 겨우 떼고 사는데 높은 등급의 책을 어찌 읽겠어. 그냥 저 얼린 입에시 나오는 모든 이야기가 새로운 거지. 왜? 진짜 생태탕을 먹어 본 적이 없으니까! 얼린 동태가 그 맛이려니 생각하며 사는 거야."

2사서가 혀를 끌끌 차며 맞받아쳤다.

"또 시작이네, 생태 천국 동태 지옥! 아닌 말로 국산 생태 씨가 말라 홋카이도에서 붙잡은 걸 생태라고 먹는구먼. 일본에서 잡혀, 배 타고 부산항까지 와야 돼, 서울까지 또 트럭 타고 올라와. 이게 말만 생태지 급속 냉동한 동태보다 신선도가 나을 게 뭐예요. 어차피 책 한 줄도 읽지 못하는 사람들한테 자기 지식 좀 나눠 주는 게 뭐가 나빠요."

"내가 그게 나쁘대? 그걸 굳이 저 살인마의 입을 통해 들어야 하냐고. 얼마나 좋은 사람책이 많았는데, 그건 신청자가 없어서 팽팽 놀리다가 저 살인마가 나타나니까 와— 환장하고 뒤집어지니 천박한 거지."

"그거야 사람책 나름인 거죠. 눈앞에서 보는 개인 방송인데 얼마나 재미있어요."

"질이 다르다고, 질이! 자극적인 이야기에 영양가가 뭐가 있어. 최소한 이전 사람책들은 인문 교양서라도 되지."

"아, 진짜 1사서님이랑은 취향이 안 맞아요!"

"2사서, 취향이 안 맞으니까 세상이 굴러가는 거야. 인간이 그리 허술해? 같은 부대찌개 취향이라고 가치관이 다 맞아? 주문할 때만 좋고 숟가락 든 순간부터 또 갈라지고 쪼개지는 게 인간이야!"

"예, 예, 생태탕 많이 드십쇼."

"안 먹어, 수입! 그게 노가리를 죄다 잡아 씨를 말려서 그래요! 그래도 노가리는 살려 줬어야지!"

노가리는 만날 자기가 까고 있구먼. 2사서는 구시렁거리며 제자리로 돌아갔다.

⑤

약속했던 토요일이 되었다. 목요일의 최 씨는 작업화 대신 깔끔한 구두와 말쑥한 정장을 입고 나타났다. 그리고 아무 말 없이 피아노를 치기 시작했다. 쇼팽의 피아노곡은 마음을 졸일 때 적합한 곡이었다. 피아니스트는 휘강이 들어왔음에도 아는 체 않고 건반에서 손가락 하나, 눈길 한번 떼지 않았다. 냄비에 가득했던 인내심이 졸아들어 속이 타들어 간다 싶을 때 피아니스트의 손이 멈추었다.

"가까이 다가와서 들어. 바로 다음 곡으로 넘어갈 거니까."

그는 주머니에서 조그만 블루투스 스피커를 꺼내 음악을 재생했다. 휴대폰 속에 저장된 쇼팽의 피아노 협주곡 2번이 피아니스트를 대신했다.

"이제 아저씨를 뭐라고 불러야 해요?"

"그냥 편한 대로."

"여섯 명 중에 진짜는 누구예요?"

"글쎄, 누굴까……."

이 마법 같은 일을 가능하게 했으니 마법사겠죠. 속으로 되뇌었다. 여섯 명 중 하나쯤은 본모습으로 오는 날이 있을 거라고, 얼굴 위에 실리콘 가면을 쓰지 않은 날이 언제인지 묻고 싶지만.

"사람은 다 가면으로 살아. 어른은 그래. 집을 나서는 순간부터 제가 해야 할 역할 속에서 그 역을 하는 거야."

그래서 지금도 가면일까. 휘강은 궁금했다.

"그렇다고 그 여섯 명이 모두 아저씨 인생은 아니잖아요. 마술 쇼나, 건축 관련 일이나, 스님처럼 가발을 쓰거나 하다못해 피아노 치는 일까지, 어떻게 제각각인 인생을 진짜로 살아요?"

"인생은 생각보다 길어서 내 뜻대로 살지 못하는 날도 많거든. 환자를 상담하며 피아노를 치던 손이 공사판 철근을 들어 올릴 수도 있고, 머리 깎고 산에 들어갈 정도로 힘든 고행을 선택할 수도 있고. 그 순간들을 모두 한 사람이 겪어 낼 수도 있는 거야."

한 곡이 끝나자 그는 다른 곡을 재생했다. 휴대폰에 저장된 곡들은 모두 직접 연주한 듯한 녹음 파일이었다. 잡음이 많이 들어가 음질이 좋지 않았으나 연주곡은 매끄러웠다. 그가 만들어 내는 선율은 절제됐으나 긴장감이 없었다. 어쩌면 피아니스트는 그의 가장 밑바닥에 가까운 모습이지 않을까 싶었다.

"오태중은 진짜 살인자였나요?"

"글쎄, 적어도 자기 자신은 죽인 셈이지. 사람책에 참가하고 얼마 지나지 않았을 때라 언론에 알려지진 않았지만. 사실 경찰에 오태중 사건의 진범은 따로 있다는 투서가 있었고 당국도 계속 물증을 잡으려고 했지. 나도 그걸 의심했기에 수사에 협조하게 되었어. 오태중은 점점 좁혀 오는 수사망에 결국 자살을 선택했던 거야."

다른 사람의 죽음을 이용해 자기 생을 만끽하던 인간이 자살을 했다니, 살인의 이유만큼이나 자살의 이유가 납득이 되지 않았다.

"잘 모르겠어요. 자기만 알던 인간이 자살한 이유를요."

"속마음까지 알 수는 없지만 자신의 가장 소중한 것을 지키기 위해서가 아닐까."

"자기 목숨보다 더 소중한 게 있어요?"

"그 질문 좋네. 순수하고 이상적이고. 근데 어느 시점을 넘어서면 자기 목숨보다 더 소중한 게 생겨. 보통은 부모가 되고 알게 되는데 오태중은 누군가의 아버지가 되었어도 몰랐을 거야. 그렇게 자기애로 가득 찬 사람은 부모가 돼도 자식을 자기를 빛내 줄 트로피로밖에는 보지 않거든. 트로피가 안 되면 가차 없이 내치고. 오태중의 자기애는 최고의 글, 최고의 작가로 향했던 거지. 그 광기가 살인이 아닌 제 사회적 지위로 이어진 걸 테고. 경찰은 오태중의 공범이 있다고 확신하고 있었어. 책 내용 일부가 그의 행적과 맞지 않아. 어쩌면 그 동료가 사건의 진짜 배후이고 살인자였을 거고 오태중은 그의 이야기를 글로 실어 나른 메신저였을 거라고. 그 두 사람이야말로 도서관 밖의 사람책 프로그램인 셈이지."

이야기에 맹점이 있었다. 계속 이야기를 듣고 싶지만 먼저 짚고 가야 했다.

"근데 궁금한 게 있어요. 사체가 제대로 발견되지 않았고 피해자들을 죽인 진범이 따로 있다면 오태중은 왜 붙잡힌 거죠?"

마법사는 휘강에게서 시선을 거둬 벽을 바라봤다. 생각이 많은 얼굴이었다.

"내가 오태중을 고발했거든."

"네? 어떻게요?"

"오태중은 내 환자였어. 환자의 비밀 유지 서약을 내 스스로 깬 셈이지. 그런데 그가 붙잡히자마자 그 책들이 베스트셀러가 되더구나. 오태중은 의사의 직업윤리와 한 인간으로서 내 도덕성 사이의 괴리를 누구보다도 잘 알았어. 그가 진짜 살인자가 아니고 내가 오태중에게 이용당했다는 걸 안 건 고발한 다음이었어. 그런데 이 사실을 진범이 뒤늦게 알았다면? 오태중이 미디어 앞에 나타나 날조된 무용담을 늘어놓으면 가장 짜증 나는 사람이 누구겠어? 그 범죄를 저지른 당사자는 자긴데, 그 극의 감정을 문장으로 표현한 것도 자신인데 오태중이 제 영광을 모두 빼앗아 가 버렸다고 생각하면, 둘 사이의 비밀이었던 유기 장소를 장사꾼이 하나하나 들춰내고 있다면, 제 보물을 빼앗기고 있다는 생각이 들겠지. 불신과 질투가 생기고 관계가 틀어지고 지금까지 그의 작품이 가짜였다는 걸 알리겠다고 하자 오태중이 진범의 미완 원고를 몰래 출간해 버린 거지. 퇴고도 하지 않은 거칠고 허점투성이 시를 민낯처럼 까발린 거야. 봐라, 세상이 좋아하는 건 네 글이 아니다. 물을 먹였지. 우리가 쫓아 온 건 여기까지야."

"그래서 YK가 그 책을 거둬들인 거라면 말이 되네요."

"난 네가 YK의 책을 발견하기 전까지 그 공범도 작가라는 사실을 배제하고 있었어. 김윤과 YK는 동일인일 가능성이 커."

마법사는 가방에서 찢어진 책 한 권을 꺼냈다. 눈앞에서 놓쳤던 『소녀의 교향곡』이다.

"파본이야. 그 바람에 출판사가 시중에 풀지 않았던 유일한 1쇄."

천천히 책을 펼쳤다. YK가 써 내려간 걸러지지 않은 광기의 흔적을 좇았다.

"어떤 생각이 들어?"

"그때나 지금이나, 이 책은 피 냄새가 나요. 오태중이 따라 할 수도 없는 그런. 그래서 아저씨가 이 사람을 잡을 생각이에요?"

"그건 경찰이 할 일이지. 나는 오태중의 9등급을 쫓고 있어. 오태중은 자기가 나를 읽었다고 생각했지만 숨기고자 했던 그의 무의식을 읽은 건 나도 마찬가지였어. 오태중은 9등급에 과민 반응을 보였어. 15도서관 통틀어 9등급 인증을 받은 세 사람 중 오태중을 제외하고 나머지 두 사람의 정보는 알 수 없지만 그중 하나는 YK일 거라 추측해. 그게 오태중과 진범 간의 교집

합이었을 거야. 두 사람이 9등급 보존서고에 함께 들어갔던 출입 로그가 남았어. 그 보존서고에 뭔가가 있는 거야. 그들은 보존서고를 사유화했고 한 사람은 살인으로 한 사람은 소설로 자기 광기를 끌어올렸지. 그리고 더 이상 9등급 가입이 승인되지 않도록 시스템을 조작해 버렸어."

마법사는 살인자의 동료, 진짜 살인자를 기다리고 있는 것이다. 하지만 사람책 프로그램은 엄연히 추첨제다. 그것도 조작이 불가능한 아날로그식. 그 아날로그 방식에 함정이 있음을 확신했다.

"수레바퀴를 조작하는 거죠?"

도서관 곳곳에 숨어 있는 CCTV의 검은 구멍을 향해 눈을 돌렸다. 추첨일에 당첨된 사람과 그다음 주에 사람책을 만나러 오는 사람이 다를 수 없도록 지켜보는 눈이었다. 어쩌면 또 다른 살인을 막는 방패였을지도 모른다. 다만 다른 요일에 당첨된 사람과 바꿀 수 있는 '경우의 수'를 둠으로써 진범이 다가올 수 있는 문을 조금은 열어 둔 셈이다. 광적으로 사람책에 신청하고 요일을 바꾸기 위해 애쓰는 사람, 그 좁은 투망 안으로 진범이 뛰어들 것이다.

"사람들을 좁힐 수 있었어요?"

"있었지. 동시에 막아야 했고."

마법사는 태블릿에서 사진 몇 장을 불러와 보여 주었다. 사진 속 한 인물이 눈에 익었다. 처음 15도서관에 도착해서 봤던 36번이었다. 자기 번호 근처만 가면 갑자기 거센 바람이 일며 제 번호를 지나친 게 두 번째라던 극도의 피해 의식과 충동 장애를 보였던 사람, 이 사람을 막기 위해 안전장치가 필요했다라. 섬뜩함이 밀려든다.

"너도 본 적이 있을 거야."

"이 36번이 왜요?"

"본인 주장에 따르면 자기는 오태중의『세 번째 살인 예감』에 나올 뮤즈였대. 오태중이 잡히기 전까지 그와 만나고 있었고, 그를 제일 잘 아는 사람이고, 가족이나 다름없다고. 진범을 만나기도 전에 이런 광팬에게 정체를 들키면 안 되니까."

"세 번째 피해자였을 거라고요?"

"두 사람 사이의 일은 내 알 바 아니고 어쨌든 저 사람이 오태중을 만나는 걸 막아야 되는 거야. 금요일의 그를 만나면 누구보다 먼저 그 사람이 가짜라는 걸 눈치챌 테니까."

자기 번호만 비켜 간다는 그녀의 주장이 망상이 아니란 뜻이기도 했다.

"옛날 카지노에서 빅휠을 전기 자극으로 조정해서 숫자를 조작하던 수법이지. 뭐, 우리는 전기 자극뿐만 아니라 바람도 이용한다는 차이점이 있지만."

"그러다가 진범이 찾아오면요, 아저씨 지난번처럼 칼 맞으면요, 그때는 어쩌실 건데요."

"그 사람은 날 죽이러 오는 게 아니야. 맞는지 확인하러 오는 거야. 어쩌면 나머지 요일에 먼저 모습을 드러낼 가능성이 높지. 그러다가 오태중을 확인하게 되면 떠날 거고. 우리는 빨리 그 사람이 움직이게 만드는 수밖에 없어. 그래야 그 사람이 가진 9등급 열쇠를 얻을 수 있으니까."

"9등급…… 열쇠요?"

"둘이 감춘 지하 보존서고를 열 수 있는 진짜 열쇠야."

순간 검은 후드가 안내했던 지하 3층의 문과 고리가 떠올랐다. 마법사는 종이 하나를 내밀었다. 오태중의 6쇄본에 추가될 문장을 담은 것이었다.

"오태중이 죽고 한동안 중쇄본이 오지 않더니 며칠 전에 이게 날아왔다고 하더라고."

좌우가 서로를 맞잡은 그곳은 이 세상에서 가장 큰 벌집 속 일벌의 터전이다.

지금까지와는 다른 아리송한 문장이었다.

"『나와 살인, 그리고 히아신스』 6쇄본을 보내옴으로써 확실해졌어. YK조차 모르는 오태중의 조력자가 존재한다는 거. 네가 YK를 쫓아가던 시각에 직접 이걸 들고 출판사까지 찾아온 사람 얼굴이 CCTV에 찍혔거든."

"그게 누군데요?"

"네가 말했던 36번."

머리 위에서 세차게 에어컨 바람이 불기 시작했다. 익숙한 장면이다.

어때, 이제 좀 정신이 들어야 할 텐데. 바람이 그렇게 말하는 듯했다.

"소개해 줄 사람이 있어. 네가 검은 후드라고 부르던, 내 일을 도와주는 해커야."

마법사가 말을 마치자마자 기다렸다는 듯 문이 열리고 누군가 자료실 안으로 들어왔다. 익숙한 그 얼굴을 보자 얼얼한 기분이었다.

"둘은 같은 학교 친구니까 인사는 필요 없지?"

"같은 학교까지예요. 친구는 아니고."

검은 후드를 입은 천지웅의 말이었다.

6

그날 오후 옥탑방에 둥그렇게 모여 앉은 네 사람은 한가운데 놓인 태블릿을 계속 노려보았다. 그들은 휘강이 휘갈겨 놓은 '천지웅=해커=검은 후드' 공식을 눈이 아프도록 노려보고 있었다. 그리고 이야기가 도청이라도 되는 듯 말을 아꼈다. 도겸이 제일 먼저 제 태블릿에 펜으로 글자를 썼다.

-얘가 지 말로는 강북 위로 최고 해커라고?

휘강은 말없이 고개를 끄덕였다.

-이 새끼 강남은 빼고 강북이란다. 강남 애들한테 탈탈 털린 적 있나.

도겸이 낄낄대자 주노가 한심하다는 듯 글을 이어받았다.

-뉴욕도 서울 위도보다 높아. 이 새끼는 글로벌로 엿 먹인 거라고.

-짜증 나는 새끼네! 근데 왜 우리 학교에 있는 건데?

-미국 생활이 질렸대.

-와— 이 새끼 성적 조작 좀 할 줄 아나?

도겸은 태블릿을 더 끌어당겨 글을 쓰다가 울화통이 터지는

지 한 손으론 글을 쓰고 입으로 그 문장을 더 빨리 뱉었다.

-그래서 그 마법사, 아니 피아니스트, 그 건축 뭐, 아이 씨, 그
다중이 아저씨랑 얘는 도서관에서 뭘 하고 있는 건데?

-오태중이랑 YK가 숨긴 뭔가를 찾고 있대.

-그게 뭔데?

-몰라. 도서관 9등급 인증과 관련 있다는 것만 말해 줬어.

-이 새끼가 신뢰를 못 얻어서 그래. 뭔가 임팩트가 없잖아.
그런 게 있어야 자기들 패거리에 끼워 주고 그런 거지. 솔직히
이 사람들 하는 말도 좀 그런 게 그깟 도서관 9등급 인증에서
뭘 찾는 게 진짜 살인자를 찾는 것보다 더 중요하다는 것도 말
이 안 되잖아.

-듣고 보니 그러네. 혹시 오태중이 더 많은 살인을 저지른 증
거가 그 9등급 인증과 관련 있는 게 아닐까? 오태중이랑 YK가
숨길 게 그것밖에 더 있어?

-근데 열쇠가 필요하다며? 그 열쇠를 어디서 구해? 그리고
솔직히 우리가 뭐라고 이런 일에 나서? 살인 사건 진범이 따로
있다면 괜히 설치다가 눈에 띄는 건 위험하잖아.

"이휘강은 벌써 들켰어."

주노는 태블릿을 거부하고 제 목소리를 내었다.

"뭐?"

"『소녀의 교향곡』, 그게 이휘강 손에 들어갔다 나와서 사라
진 거잖아. 그러니까 YK는 이휘강을 알고 있다고. 그놈이 휘강
이를 그대로 둘까?"

주노의 말에 아이들 표정이 순식간에 굳어졌다.

"그럼 어떡해?"

"그 새끼보다 빨리 움직여야지. 9등급은 밀어 두고 6쇄본 힌트로 그 조각부터 찾아내자. 계속 이슈화되고 책이 팔리면 진범도 나머지를 숨기느라 바빠지겠지. 그놈 발등에 불을 붙이고 시간을 벌자고."

"그걸 왜 우리가 해?"

주노는 화가 난 듯 목소리를 높였다.

"이휘강은 휘말려 있잖아. 이게 터널이라면 이 새끼는 초저녁에 발을 들여놓은 거야. 15도서관에 온 것도 그렇고, 촉이 너무 좋은 건지 어떤 건지 다른 사람들은 못 찾던 『소녀의 교향곡』인가 뭔가까지 찾고 제가 원하든 원치 않든 이 일에 휘말려 들었다고. 그러니까 이 새끼를 빼내 줘야 할 거 아니야!"

주노가 울분을 터뜨리며 뱉은 말은 이상하게도 휘강에게 힘이 되었다. 탄은 태블릿에 휘갈긴 말들을 지우고 그 속에 6쇄본의 힌트를 써넣었다.

좌우가 서로를 맞잡은 그곳은 이 세상에서 가장 큰 벌집 속 일벌의 터전이다.

평소 말이 없던 탄이 먼저 말을 꺼냈다.

"벌집 속에 숨겨 둔 게 아닐까? 지난번 백일홍 나무도 그랬고 냉동고도 그랬으니까 벌집도 벌집이겠지."

"아무리 그래도 진짜 벌집은 아니겠지. 그렇다고 해도 그 많은 벌집을 무슨 수로 찾아."

아이들은 벌집과 좌우를 두고 설전을 벌였다. 답답한 마음에 창문을 열고 해가 지는 서쪽을 바라보았다. 오태중은 그렇게 호락호락한 인물이 아니다. 쇄를 쪼개 증거를 보낼 만큼 주도 면밀한 이가 액면가 그대로의 문장을 내놓았을 리 없다. 오만한 그가 세상에서 가장 크다고 칭할 수 있는 곳은 어디였을까. 9등급에 과민 반응을 보였다면 혹시……

태블릿을 열어 1도서관을 검색했다. 차례차례 2도서관, 3도서관, 그리고 15도서관까지 도서관의 외관을 로드뷰로 훑었다. 15도서관의 사진을 보던 아이들은 서로를 돌아보았다. 육각형의 독특한 외벽 구조물이 어떤 모습으로 표현될 수 있을지 그제야 알아챈 얼굴이었다. 가장 큰 빌집 속 일벌의 터전. 책을 자신을 돋보이게 하는 장신구쯤으로 여겼던 살인자라면 도서관이 유기 혹은 보물 창고로 가장 적합한 장소였다.

"와, 이거 진짜면 사이코패스야. 그러려고 일부러 15도서관을 지정한 거잖아."

"그런 말 안 해도 사이코패스인 줄 다 알아."

"알고 보면 이휘강 이 새끼가 진범의 세 번째 뮤즈라는……."

엉뚱한 소리를 내뱉는 도겸의 뒤통수를 주노가 휘갈겼다.

"맞아야 정신을 차리지."

"그게 아니면 AI는 왜 얘를 여기로 보내고, 얘 그물에는 왜 이상한 것들만 걸리고."

"휘강, 너 뭐 짚이는 거 없어?"

"나도 통 모르겠어."

"넌 진범이랑 뭔가 관계가 있는 거야. 얘 진짜 세 번째 피해자였을 수도……."

주노는 또다시 도겸의 뒤통수를 때리려다 납작하게 쓸어 대며 말했다.

"작작 좀 하고! 휘강아, 너희 도서관에 냉동고 어디어디 있는지 알지?"

"무슨 냉동고?"

"안 썩게 하려면 냉동고에 숨겼겠지. 또 어디 마당에 파묻었을라고."

과연 그랬을까. 그가 유기 장소로 도서관을 선택했다면 그 누구보다 의미심장한 곳에 두었을 텐데. 휘강은 살인자의 의도를 좇았다.

"꼭 냉동고가 필요한 건 아니야."

"무슨 소리야?"

"미라는 대부분 건조 상태야. 수분이 없고 미생물이 살 수 없는 환경이면 어디든 가능해. 급속도로 수분을 말려 버리면 미생물이 시신을 썩게 하지 못하니까 화학 처리만 잘하면 굳이 냉동고가 없어도 된다는 뜻이야."

"나 닭살 돋았어! 이 새끼는 이런 걸 어떻게 아는 거냐."

"도서관에서 봤다, 새끼야."

수분이 없고, 빛이 차단되고, 온도까지 관리되는 도서관 내부의 어떤 곳이라. 섬광처럼 한 곳이 스쳤다. 매일 스쳐 가는 그곳을 모를 수가 없었다.

마법사와 검은 후드에게 고문서 보존서고의 존재를 알렸다. 죽은 책들의 창고 옆에 따로 관리되는 보존서고에는 기증받은 오래된 고문서들을 보관한다. 그곳이 유기 장소로 적합하다는 휘강의 생각에 두 사람 모두 동의했다.

"근데 고문서 보존서고는 8등급이라 일반 사서들 출입 카드로는 어림도 없어. 관장 카드가 있어야 돼."

"저 관장 카드 비슷한 거 있어요."

"비슷하다니 무슨 소리야?"

"번호 보고 외웠다가 가짜로 만들었어요."

그 카드 덕분에 폐기방에 들어가 청구기호 라벨이 없는 책들을 빼돌릴 수 있었다. 책들은 야학연맹에 몰래 전달해 학습 교재가 되었다. 도서관의 그 누구도 폐기방의 어떤 책이 사라졌는지 알지 못했다. 마법사가 떠나자 천지웅은 조용히 휘강의 곁으로 다가와 말했다.

"그게 가끔씩 먹통이지 않았냐?"

"왜?"

"잘못된 로그인 시도가 쌓이면 자동으로 잠금 상태가 되거든. 가정집 도어락이랑 비슷한 시스템이야. 누적 횟수가 초과하면 관리자한테 보고되고."

"그럼 관장이 나를 알고 있었……."

"관장이 먼저 알았을까, 내가 먼저 알았을까?"

과연 누가 네 로그인 기록을 없애 주었을지 생각을 해 봐. 그러니까 이 몸이 하신 일이라고! 나머지 문장은 녀석의 입이 아닌 휘강의 머릿속에서 자동 재생되었다.

"뭘 원하는데?"

"그깟 구린 카드로 니들끼리 6쇄본 건조 미라를 찾기엔 버거울 텐데."

휘강은 놀란 표정을 숨기고 싶었으나 늦었음을 알았다. 오프라인 얘기까지 엿듣는 짜증 나는 해커 새끼! 천지웅은 카드를 달라는 투로 손을 내밀었다. 복제 카드를 받아 이리저리 돌려보던 지웅은 가소롭다는 듯 한마디를 뱉었다.

"사진 위치랑 홀로그램이 삼류네. 이걸론 폐기방은 문제없지만 8등급 보존서고에는 문제가 생겨. 거긴 중요한 문서가 많아서 로그인 기록이 중앙 서버로 동시에 올라가. 여기를 지워도 그 중앙 서버에는 오류로 올라갈 거야."

꼭 정공법으로 들어갈 필요가 있나. 머릿속에 쪽문 하나가 열렸다.

"폐기방에서 보존서고로 갈 수 있어."

"어떻게?"

"들어갔다가 봤는데 그 방이랑 보존서고 천장이 이어져 있어. 폐기방 천장으로 들어가면 8등급 보존서고로 갈 수 있다는 뜻이야."

"보안 코드 몇 개만 뚫으면 되는데 그 개고생을 왜 하냐. 쥐똥범벅에 먼지투성이에."

"그럼 어쩌자고."

"관장 말고 8등급 보존서고에 들어갈 수 있는 사람이 하나 더 있지.”

“누구?”

“주임 1사서.”

“그 사람 기록은 어떡하고?”

“내 알 바 아니고.”

“안 돼! 사서들은 건드리지 마!”

“어차피 누구 명의로든 카드는 도용해야 돼. 나중에 감사 나와서 꼼꼼히 찾아보지 않는 이상 그런 걸로는 안 걸려. 그리고 이휘강, 넌 말뚝 박은 시서 걱정하지 말고 네 걱정이나 하시지. 이따 9시에 봐.”

이용객들로 붐비던 자료실이 오후 6시를 기점으로 한산해지기 시작했다. 저녁을 먹고 몇 군데 서가 정리를 하고 나니 금세 검은 후드가 통보한 9시가 되었다. 슬쩍 1사서를 곁눈질로 보았다. 한참을 망설이다 데스크 근처 1사서에게 쭈뼛거리며 다가가자 그가 먼저 말을 건넸다.

“똥 마려운 강아지처럼 뱅뱅 돌지 말고 그냥 얘기해. 이번엔 또 뭐냐.”

“저, 오늘 할 일이 있어서 일찍 마칠까 하는데요.”

“왜? 이제 사람도 없는데 한 시간만 더 때우다가 가지.”

“아, 그게 학교 숙제를 할까 해서.”

어설픈 핑계를 대고 돌아서려는데 그가 휘강을 불러 세웠다.

“또 내 카드 빌려 달라, 이 말 하려던 거 아니냐?”

“아, 아니에요. 그런 거.”

　　　　월요일의 마법사와 금요일의 살인자

"가져가! 대신 퇴근 전까지 반납."

손에 막무가내로 쥐여 준 카드를 받아 들고 돌아서는 마음이 무거웠다. 1사서의 8등급 카드를 제일 신나게 카피해서 쓰는 게 천지웅이라는 사실을 말해 주지 못함에. 훔칠 거면 모태솔로 관장 걸 훔쳐야지 애 셋이나 있는 월급쟁이 카드를 훔치다니, 냉혈한 같은 놈!

지하 2층으로 내려가자 먼저 온 천지웅이 휘강을 기다리고 있었다. 역시나 동네북으로 쓸 1사서의 복제 카드를 들고 있었다. 휘강은 빌려 온 1사서의 진짜 카드를 내밀었다.

"이걸로 해. 나중에라도 걸리면 내가 훔쳐 썼다고 할 거야."

"자식, 보기보다 새가슴이네."

지웅은 1사서의 카드를 8등급 고문서 자료실 등록기에 갖다 댔다. 빨간 알람이 초록색으로 바뀌고 문이 덜컥— 열렸다. 고문서 자료실은 지하 창고에 들어온 것처럼 춥고 어두웠다. 지웅은 벽면의 조도계를 조작하여 밝기를 올렸다.

"근데 여기 너무 서늘하지 않냐?"

"일부러 그런 거야. 그냥 두면 삭아도 온습도만 맞으면 수백 년도 살아남는 게 책이니까."

유리벽 안에 보관 중인 고문서는 때때로 일반인에게 공개되기 때문에 방 전체가 관람 동선에 맞춰져 있었다. 멀게는 조선 초에서 가까이는 일제강점기에 이르기까지 다양한 문서들과 자료들이 혼재되어 있었다.

조그만 장신구와 그릇, 백자와 같은 고미술품도 보관 중이라 고문서 자료실이라기보다 박물관이라는 인상을 주었다. 하지만 그들이 찾고자 하는 6쇄의 추가 사체를 추정할 만한 그 어떤 것도 보이지 않았다.

"좌우가 서로를 맞잡은 게 뭘까?"

"왼쪽 오른쪽 눈알이 서로 몰려 있다, 뭐 그런 거."

제아무리 컴퓨터 천재라도 EQ는 젬병이구나. 그런 생각을 했어도 휘강 역시 오리무중이었다. 그리 크지 않은 자료실이라 휘강과 지웅은 금세 한 바퀴를 돌았다. 그럼에도 눈에 띄는 이상한 점을 찾을 수 없었다.

"여기 아닌 것 같은데."

"아니야, 여기 맞아."

그것은 글을 본 순간 찾아든 직감이었다. 오태중이든 YK든 15도서관은 남다른 존재감을 가지니 만약 무언가를 보관해야 한다면 고문서 보존서고 안이 최적의 장소일 것이다. 그의 집요함이 다른 대안을 용납하지 않으리라, 그런 확신이 들었다.

"도자기 안은 잘 안 보이는데 깨 볼까?"

"미친 소리 그만하고 생각 좀 해 봐. 너라면 그걸 어디에 숨겼을지."

"내가 그 사이코 새끼 속을 왜 생각해."

"그거 말고 좌우가 뭐가 있는지 생각해 보라고."

"몸이야 대칭이니 모두 좌우잖아. 좌뇌, 우뇌, 왼손, 오른손, 왼발, 오른발……."

심드렁하게 주위를 배회하던 지웅의 발길이 한 고문서 앞에서 뚝 멈췄다.

"이휘강, 너 한자 읽을 줄 알아?"

"조금."

"이건 뭐야?"

지웅이 가리킨 것은 한 장의 고문서를 판에 붙여 책받침대에 세워 둔 것이었다. 천천히 글자를 읽어 보았다.

"무슨 김씨 종가의 노비 매매 문서라는데, 아래 설명은 관에 신고해서 입안*을 받아 절차를 준수했다 어쨌다, 나중에 분쟁을 막기 위해 소유를 확실히 증명하려고 했다 어쨌다."

"그래서 누구를 샀다고?"

"노비 두 명, 여자."

"여자 둘?"

그 말을 뱉은 지웅은 유리벽에서 한발 물러섰다. 새파랗게 질린 얼굴이었다. 그의 눈길이 향한 노비 문서를 다시 내려다보았다.

"왜?"

"저거 말이야. 책 받침대…… 뭔지 모르겠어?"

휘강의 눈은 고문서를 받치고 있는 두 개의 받침대로 향했다. 한지로 꽁꽁 여민 벌어진 칼날 모양의 그것이 무엇을 뜻하는지 휘강은 상상하지 못했다. 자세히 보니 두 개의 받침이 살짝 다르다는 것밖에.

"받침대가 왜……."

"받침대 아냐. 사람 손이야!"

지웅은 겁에 질린 목소리였다. 받침대로 쓴 손등의 툭 불거

★ 立案, 조선 시대, 어떤 사실을 증명하기 위해 관청에서 발급한 문서.

진 뼈가 굴곡으로 드러나 있었다. 1센티 간격의 얇은 한지로 공들여 염을 한 손이었다. 두 개의 손은 서로를 맞잡듯 붙어 있었고 벌어진 엄지와 나머지 손가락 사이에 판을 댄 고문서가 펼쳐져 있었다. 익숙하게만 보였던 물건들이 조금씩 제 비밀을 드러냈다. 피해자의 머리카락으로 만든 갈색 모필과 투명한 손톱이 박힌 노리개를 발견하자 머리가 핑 돌았다. 지웅은 바닥에 주저앉았고 휘강은 휘청거렸다. 그 손 위로 흐린 조명이 산산이 부서져 내리고 있었다. 영상 10도와 낮은 조도, 최적의 습도까지 방의 모든 깃은 그 손을 위해 존재했다.

새벽 1시, 어둠이 깔린 도서관 주변에 경찰차 세 대와 긴급 출동한 과학수사대 승합차 두 대가 사이렌도 끈 채 대기 중이었다. 야간 당직을 서던 경비원은 도서관 문을 열어 주며 영문을 몰라 당황했다. 잠결에 호출당해 달려온 1사서가 후줄근한 티셔츠와 추리닝만을 입은 채 조사를 도왔다. 과학수사대는 자신들이 찾아가야 할 지점을 정확히 알고 지하 2층으로 내려가 고문서 보존서고의 문을 열었다. 휘강과 지웅은 CCTV 화면을 통해 그 모습을 지켜보고 있었다.

"신고 추적당하면 어떡해?"

"범인도 못 잡는데 공익 제보자 잡는 데 힘을 빼면 저들이 바보지. 해외 서버 타고 돌아다녀서 중국 서버 쫓아오는 데만 몇 달이야. 못 하는 게 아니라 안 해."

"아저씨는 뭐래?"

"기다리래. 당분간 언론에도 알리지 못할 테니까 지켜보재."

"나 아직도 다리가 후들거려. 어떻게 거기서 걸어 나왔는지 기억도 안 나."

휘강은 휴대폰을 켜 시간을 확인했다. 새벽 1시 7분, 집에는 독서실에서 공부하다 간다고 했으니 슬슬 일어나야 할 시간이었다.

"가야겠다."

"잠깐만."

"왜?"

사람을 불러 세워 놓고 지웅은 더 이상 말이 없었다.

"뭐, 불렀으면 말을 해."

"……너 여기서 게임하고 내일 아침에 갈래?"

"집에 뭐라고 하고."

"그냥, 친구 집에서 공부하다 간다면 되지. 뭐하면 나 바꿔 주고."

"언제는 아니라더니."

"뭐 한시적으로."

"웃기는 새끼네."

지웅은 대답이 없었다. 휘강은 지웅의 침대 끝에 털썩 주저 앉았다. 차라리 얼렁뚱땅 뭉개고 앉는 쪽이 나아 보였다. 이 새벽에 그 기억을 안고 혼자 집으로 돌아갈 엄두도 나지 않았다. 시선 끝이 지웅의 노트북 CCTV 화면에 가서 멈춰 섰다. 도서관 로비를 서성이고 있는 1사서가 보였다. 충격을 받은 듯한 그가 걱정되어 눈을 뗄 수가 없었다. 어둠이 익숙해지자 휘강은 그 속에 1사서만 있는 것이 아님을 알았다. 어둠 속에 숨어 있던 그림자는 잠시 뒤 계단 아래로 사라졌다. 휘강은 섬뜩함을 느꼈다. 그리고 그가 자신의 컬렉션이 망가진 걸 지켜보던 YK 임을 직감했다.

8

정기 휴관 뒤 화요일을 맞은 도서관은 이틀 전의 끔찍한 사건을 잊은 듯 놀랍도록 평온했다. 단 한 사람, 눈이 퀭하게 내려앉은 1사서만이 그날의 악몽을 이어 꾸는 듯한 얼굴이었다. 며칠 새 10년 마음고생을 한 얼굴이었으나 이유를 알면서도 알은체를 할 수가 없었다.

"피곤하시면 탕비실이라도 다녀오세요."

"아냐, 됐어."

황망히 넋을 놓고 있던 1사서는 그 말에 당황하여 폐기 책에 엉뚱한 도장을 찍어 댔다. 토막 시신 발견에, 폐기 책 사유서에, 경찰 조사까지 정신이 없는 게 당연했다.

"책이랑 카드 주세요. 제가 폐기고 다녀올 테니까 쉬시라고요."

"됐다니까!"

1사서는 책을 잡으며 단호한 얼굴로 대답했다.

"앞으로 어디 싸돌아다니지 말고 그냥 자료실에만 있어, 알았어?"

1사서는 다급하게 책을 챙겨 지하 2층으로 내려갔다. 그가 나간 문 사이로 뱀장어처럼 미끄러지듯 천지웅이 들어왔다.

"잠잠한 걸 보니 아직 소문이 안 퍼졌나 보네."

"불구경이라도 다니는 거야?"

"다른 층 사서들도 모르더라. 보기보다 저 사서 아저씨가 입이 무겁더라고. 근데 며칠 사이 확 늙으셨네?"

"놀리지 마. 보통 사람이면 혼이 나가는 게 당연한 거야."

"그 밤에 직접 본 우리만 할까. 저 사서야 정신적 스트레스라고 산재 처리라도 하겠지만 우리 트라우마는 누가 보상해 주냐고."

"밤새 피 튀기는 게임 한 사람이 할 소리는 아닐 텐데."

"머리가 복잡해서 그런 거야. 네 말대로 그 김윤인가 YK도 8등급 보존서고 일을 알았을 거니까."

"불안해진 범인이 유기 장소를 옮기면 어떡해?"

"그럴 리는 없어."

"왜?"

둘은 사람이 없는 구석으로 자리를 옮겼다. 지웅 역시 주위를 의식한 듯 목소리를 낮춰 이야기했다.

"자기가 생각하는 제일 완벽한 자리에 놔둔 거라 쉽게 포기를 못 할 거라고. 두 피해자 각각의 손에 노비 문서를 들려서 온갖 메타포를 갖다 붙인 정신병자잖아. 그 원고가 없었으면 보고도 찾지 못했을 장소란 말이야. 그러니까 중쇄를 보내오는 조력자를 잡아서 없애는 데 더 혈안이 될 거야."

휘강은 중쇄를 보내는 조력자는 따로 있지만 그걸로 사체를 발굴해 낸 게 지웅과 자신이라는 걸 알면 김윤이 어떻게 나올지 오금이 저렸다.

"참, 그 사람 또 왔던데?"

"누구?"

"그 중쇄 보낸 36번. 근데 경찰은 왜 안 잡는대?"

"잘못 건드리면 안 되니까 기다리나 보지."

1층 로비, 사람들 사이로 갈색 원피스를 입은 마르고 왜소한 체격의 여자가 보였다.

"오늘도 떨어뜨릴 거야? 좀 안됐는데 다른 요일이라도 붙여 주지 그래."

"붙으면 금요일에 걸린 사람 다리를 부러뜨려서라도 제가 갈 사람이야. 저 사람 인생에는 오태중밖에 없어."

지웅은 3자료실이 있는 2층으로 내려갔다. 36번의 번호는 오늘도 바람을 맞을 게 분명했다. 섣부른 동정심을 털어 버리고 제자리로 돌아왔다.

어차피 금요일의 사람책은 무기한 연기로 공고되었다. 이번 주 추첨을 하더라도 다음 주에 오태중의 상태를 봐서 열람을 할 수 있다고 알린 상태니 당첨되더라도 기약 없는 대기 1번인 셈이다. 시간은 사람들의 광기를 조금은 희석해 주었다. 그 피습 사건이 있고 나서 오히려 오태중의 인기가 예전만 못하다는 사실은 의외였다. 악의 농도를 선별해 추앙하는 심리라니. 그 대중 속에 또 다른 악이 있다는 건 상상만으로도 끔찍하건만.

서가를 돌아다니는데 문자 메시지가 도착했다. 모르는 번호였으나 마법사 아저씨로 짐작되었다.

-휘강, 혹시 독스 못 봤니?

-아까 2층으로 갔는데요.

-언제?

-한 20분 전에요.

-문제가 생긴 것 같은데 네가 찾아볼 수 있니?

-무슨 일이에요?

-나중에 얘기하고 일단 찾아 줘.

그 길로 지웅이 있는 3자료실로 향했다. 자료실 이곳저곳을 뒤졌지만 지웅은 보이지 않았다. 각 층의 남자 화장실과 자료실을 샅샅이 뒤졌다. 로비와 옥상 그 어디에도 지웅은 없었다. 휴대전화는 불통이고 지웅은 증발했다. 찜찜한 마음으로 로비로 돌아오는데 괴이할 정도로 밝은 표정의 36번을 만났다. 그녀는 행복이 박제된 듯한 표정으로 휘강을 스쳐 지나갔다. 저 여자가 저렇게 짧은 머리였던가. 불현듯 섬뜩한 의심이 피어올랐다. 다급하게 마법사에게 문자를 보냈다.

-사람책 추첨할 때 독스가 숨어 있는 곳이 어디예요?

-2층 자료실 유리벽 쪽.

고개를 들어 로비 위쪽 자료실 유리벽을 올려다보았다. 지웅이 그곳에서 여기를 내려다볼 수 있다면 이곳에서도 지웅을 볼수 있다는 뜻이다. 정신없이 내달렸다. 3자료실 문을 열고 유리벽 서고로 뛰어갔다. 그리고 그 벽을 샅샅이 뒤졌다. 하지만 어디에도 지웅은 보이지 않았다. 그저 띄엄띄엄 앉아 책을 읽고있거나 잠을 자고 있는 사람뿐.

발걸음이 멈춰졌다. 긴 머리를 늘어뜨린 채 잠을 자고 있는여자의 옷이 몹시 낯익었다. 천천히 다가가 커튼처럼 드리워진 머리칼을 걷어 올리는 순간, 공포가 엄습했다. 그 기괴한 머리칼 아래 의식을 잃은 지웅이 쓰러져 있었다.

15도서관으로 앰뷸런스가 달려왔다. 지웅이 이송 침대에 실려 앰뷸런스에 오르고 3자료실 담당 사서가 함께 갔다. 처음 녀석을 발견했을 때의 처참함과는 달리 녀석은 구급차가 도착할 무렵 깨어났다.

사람들이 없는 자료실 구석에서 평범한 남자로 변한 마법사를 만났다. 그 역시 지웅의 소식에 당황한 얼굴이었다.

"어떻게 알았니?"

"그냥 감이요. 지웅이를 찾으러 도서관 곳곳을 다 뒤졌는데 로비에서 36번을 만났거든요. 근데 표정이 말로 설명할 수 없을 만큼 기괴해서, 직감으로 이 사람이 뭔가를 얻었다는 생각이 스쳤어요."

"오늘 그 사람이 금요일에 당첨됐어. 독스가 있는 한 절대 일어날 수 없는 일인데 프로그램을 조종하던 노트북도 없어졌고."

"이거 경찰에 신고해서 무효로 만들면 안 돼요?"

"경찰 비밀 작전을 뭐라고 신고하게? 그동안 우리가 프로그램으로 추첨을 조작하고 있었는데 누군가 그걸 알고 테러를 가하고 자기 번호를 당첨되게 하고 노트북을 가져갔다고? 언론에 알려지면 더 큰 문제가 벌어질 텐데."

답답함이 밀려들었다. 이대로 있다간 36번은 금요일 사람책에 참여하게 될 것이고 오태중이 진짜가 아니라는 사실을 알게 될 것이다. 지웅의 노트북을 뒤져 마법사의 존재를 알아낼지도 모른다.

"막을 방법이 딱 하나 있어. 원본도 회수하고."

"어떻게요?"

"그 사람이 원하는 대로 오태중을 만나게 해 주는 거."

만약 지웅이 쓰고 있던 그 가발과 검은 머리칼 아래 짓눌린 참혹함을 보지 않았다면 휘강 역시 마법사의 의견에 동조했을 것이다. 죽음의 머리칼을 들어 올린 섬뜩한 느낌이 손가락으로 말려들었다. 광기로도 설명할 수 없는 의식의 바깥 테두리를 만진 것 같았다. 무색무취로 존재를 감춘 채 사람들 속에 숨어 있는 그들을 우리는 감히 짐작이나 할 수 있을까.

9

다음 날 휘강은 지웅이 퇴원했다는 소식에 집으로 찾아갔다. 녀석은 사고 당시를 기억하지 못했다. 그저 유리창을 통해 사람들을 보며 프로그램 안에 그 숫자들을 병렬시키고 있었는데 갑자기 의식이 없어졌다고 했다. 맞은 자리가 약간 부었지만 검사 결과 가벼운 뇌진탕이라 바로 퇴원한 모양이다. 그런 일을 겪고도 지웅은 놀라우리만큼 차분했다. 녀석은 평소와 다름없이 낡은 노트북 한 대를 들여다보고 있었다.

"노트북까지 잃어버려서 어떡하냐."

"괜찮아, 급한 대로 이거 쓰고 있으니까."

"경찰에 신고할 수도 없고 골치 아프네."

"오히려 잘된 거야."

"뭐가."

"아무래도 남의 아이디를 쓰는 것 같았거든. 그 사람 도서관 정보로 건질 게 없어서 휴대폰이나 컴퓨터에 어떻게 스파이웨어를 심나 생각하고 있었는데……."

지웅은 말을 잇지 못하고 몸을 숙이며 기침을 했다. 휘강은 지웅의 등을 두드렸다. 고개를 든 녀석의 얼굴이 발갛게 달아올라 있었다. 뭐가 그리 웃긴지 숨을 몰아쉬며 웃고 있었다.

"너 괜찮아?"

힘겹게 일어선 지웅이 손을 가로저었다.

"괜찮지 않아. 너무 웃겨서 그래. 고민하고 있는데 제 발로 스파이웨어를 들고 간 거지. 머리 한 방 얻어맞고 얻은 것치곤 대단하지 않냐."

그러면서도 눈빛은 가만두지 않겠다는 섬뜩함을 번뜩였다. 이럴 때 보면 무서운 놈이다. 36번과 비교했을 때 정상처럼 보일 뿐, 저 혼자만 뚝 떨어뜨려 놓고 보면 괴상한 녀석임에 틀림없다.

"그래서 그게 좋다는 뜻이야?"

"좋은 정도가 아니라 대박이지. 보기나 해."

녀석은 낡은 17인치 노트북의 프로그램 하나를 불러왔다. 프로그램은 연달아 새로운 창을 불러오며 스파이웨어처럼 이상한 프로그램들을 가동시켰다. 지웅은 그중 하나의 창에서 문자와 숫자 들의 조합을 확인한 뒤 곧바로 무언가를 검색하기 시작했다.

"이건 내 노트북 랜카드를 사용해서 추적하는 거야. 랜카드에는 고유 식별 번호가 있어. 네트워크에도 인식 번호라는 게 있기 때문에 이걸 사용하는 순간 열두 자리 고유 식별 번호도 뜨게 돼. 자, 어디쯤에 계신가."

지웅은 지도를 좁혀 가며 네트워크를 사용하는 주소를 확인했다.

"슬슬 얼굴을 보여 주셔야지."

지웅이 엔터 키를 치자 화면 한쪽에 영상 하나가 나타났다. 노트북 카메라에 비친 36번이었다. 스탠드 불빛에 절반쯤 드러난 광대뼈와 음영 진 눈두덩이 조금 섬뜩해 보였다.

"이렇게 생겼었나."

"이 사람 얼굴 기억 안 나?"

"몰랐어. 그냥 지나다니면서 내뿜는 그 어두침침한 분위기만 기억나지."

기억나지 않는 것이 다행이라고 속으로만 생각했다.

"근데 네 자료 막 뒤지고 그러면 어떡해?"

"해커들은 자기 컴퓨터에 자폭 장치를 심어 놓고 상대는 갈고리로 다 긁어서 부수어 버려. 저 사람 실력으로는 어드민으로는 접속 못 하고 그냥 게스트로 들어와서 인터넷이나 뒤지고 있을 거야. 자, 그럼 이제 내가 이분을 뒤져 드릴까나."

지웅은 순식간에 인터넷 접속 기록과 검색어를 긁어내었다. 화면은 자유자재로 확대되어 36번 뒤쪽 벽면을 훑고 주변 정보들을 수집하기 시작했다. 신원을 알려 주는 조그만 정보라도 있을 것 같으면 허블 망원경 수준으로 확대된 카메라가 깨진 화질을 복원해 정보를 꺼내 주었다. 하루 동안 접속한 사이트의 기록을 뒤져 개인 정보를 채집하고 인터넷상에 기록된 모든 데이터를 걸러 냈다. 지웅의 손과 눈은 믿을 수 없는 속도로 움직이며 무언가를 긁고 붙이고 자르며 하나의 완성된 유기체를 만들고 있었다. 30분이 되기도 전에 지웅은 서류 한 장을 빼곡히 채울 한 인간의 개인사를 훑어 냈다.

"이름 김부경, 나이 39세, 출생지 강원도 삼척, 고졸, 현재 동물병원 미용사로 근무 중, 가족 관계 미혼모였던 엄마가 집을 나가고 할머니, 할아버지, 두 사람 손에 양육, 이부 자매 있지만 왕래 없음, 현재 살고 있는 곳은 지상로17번길 30 원룸, 최근 교통 카드 승하차 기록 없음. 참, 이러니까 중쇄본을 보냈을 때 추적이 안 되지. 인터넷 주 쇼핑몰은 P와 I몰, 주 구입 품목은 생수, 쌀, 김치, 김, 참치, 뭐, 핵벙커 물품 수준이네. 최근 6개월 내 병원 기록 왼쪽 하단 충치 치료, 심각한 부정교합, 지난 6년간 경계성 인격 장애로 심리 상담을 병행하다 작년 여름부터 중단, 최근 10년간 외국 출입국 기록 전무, 범죄 기록 전무, 종교 없음, 재산세 납부 없음, 최근 가족 간의 돈거래나 대화 목록 없음, 친구 간의 대화 목록 없음, SNS 없음, 취미 활동 전무……."

지웅은 읽기를 중단하고 내 얼굴을 들여다보았다.

"무덤 속에 사는 사람 같다."

"이제 어쩔 거야?"

"생각 중."

"김부경이 가진 중쇄 원본은?"

"일단 컴퓨터나 휴대폰도 아니라면 집 어디에 뒀을 거 같은데."

"그럼 아저씨한테 넘겨."

"그냥 넘기면 열 받고 조금은 받아 내야지."

"야! 뭘 어쩌려고!"

지웅은 느닷없이 살기를 뿜으면서 키보드를 두드리기 시작했다.

-김부경 씨, 안녕하신가.

문장은 김부경이 보던 노트북 화면에도 동시에 나타났다. 여자의 눈이 충격을 받은 듯 커졌다. 조심스럽게 채팅창을 들여다보는 눈빛이 점점 분노와 광기로 뒤덮여 갔다.

-남의 물건 함부로 도둑질하면 안 된다고 배웠을 텐데.

김부경은 경계의 눈빛으로 키보드로 다가가 커서가 깜박이는 대화창에 글을 입력하기 시작했다.

-넌 뭐야.

-그 노트북 주인.

-용케 살았네.

-괴상한 당신 머리카락 덕분에.

-네가 추첨 조작한 거 다 알아.

-그랬지. 그렇다고 당신도 남의 머리를 후려갈길 권리는 없잖아.

-쥐새끼 같은 녀석이!

-사실 오태중의 부탁이었어. 하도 끈질기게 붙는 스토커가 있다고 그 사람만 떼 달라고 했거든.

-거짓말하지 마!

-이름은 김부경, 나이 39세, 이상한 팬레터를 보내고 자기가
오태중의 세 번째 연인이라는 말도 안 되는 망상을 해서 골치
아프다고.

-그 사람이 그랬을 리 없어!

-아무리 스토커라도 조잡한 포토샵으로 오태중과 커플 사진
을 만든 건 좀 안쓰럽잖아.

도발이었다. 상대의 약점을 공략하며 마음을 뒤흔들어 놓는
것은 지웅에게도 선을 넘는 일이었다. 바싹 마른 입술을 달싹
거리며 김부경이 혼잣말을 내뱉었다. 숨통을 제대로 끊어 놓았
야 했는데.

-사랑받고 싶으면 사랑받을 만한 가치가 있는 사람이 돼. 일
단 머리부터 감고 다니고.

-네까짓 게 감히!

-안쓰럽네. 조언도 기분 나쁜가.

-키보드나 끼고 사는 쥐새끼 주제에 뭘 안다고 나서지?

-오태중이 당신을 공항 약국의 후시딘쯤으로 생각했던 건
잘 알지. 사기는 사야 하는데 일반 약국의 두 배쯤 되는 돈으로
사야 하는 짜증 나는 존재. 하나 다행인 건 다들 떠나는 곳이라
지갑 속 만 원짜리 한 장쯤 그냥 써 버린대도 아깝지 않다는 거
지. 비행기가 이륙하나 감옥으로 들어가나 어쨌든 시간이 없으
니 짜증 나는 선택지 안에서 당신을 선택한 이유였을 거야.

-너 특사고지?

-큰 걸 알아내셨네.

-너 같은 쥐새끼도 아끼는 누군가가 있겠지. 그게 누구든 찾아내서 갈기갈기 찢어발겨 주마! 친구든, 가족이든. 네놈은 제일 마지막에.

-한 10년째 듣고 있는데 직접 찾아온 놈은 없더라고. 근데 달력이 온통 엑스 표시네. 살아온 날들을 그렇게 지워 대면 다가올 날들도 너를 경멸해.

김부경은 등 뒤의 달력을 돌아다보고서야 자신이 카메라로 관찰당하고 있다는 사실을 눈치챘다. 화면 속 그녀의 눈이 카메라 가까이 다가와 있었다. 이글거리는 증오의 눈빛이 정확히 두 사람에게로 향해 있었다. 김부경은 입을 벌려 알 수 없는 말 몇 마디를 내뱉고 거칠게 노트북을 닫았다. 그리고 화면은 암전이 되었다.

빈 화면을 바라보는 지웅의 귓속에 이명이 번졌다. 그녀의 마지막 문장이 속을 뒤집어 놓았던 걸까. 그 누군가로 제일 먼저 휘강을 떠올리다니, 인정하고 싶지 않던 속마음을 들켜 버린 기분이었다.

5장

위대한 유산

휘강은 학교에서도, 도서관에서도 틈만 나면 지웅을 노려보았다.

너 때문에 다 조졌어, 새끼야.

지웅은 그 눈빛을 일부러 피하고 있었다. 녀석이 대책도 없이 객기를 부리며 정체를 드러낸 것을 마법사에게 어떻게 말해야 할지 난감했다. 그 상태를 미루고 미루다 한 주가 지나 결국 오태중의 금요일이 되고 말았다. 지웅과 자신이 벌인 일 때문에 마법사가 위험해질지도 모른다는 생각이 들자 속이 바싹 타들어 갔다. 결국 지웅의 등을 밀어 함께 마법사 앞에 섰다. 이야기를 전해 들은 마법사는 덤덤히 말했다.

"오늘은 나만 들어갈 테니까 모두 빠져 있어."

지웅은 아무런 대답 없이 물러나 2층 3자료실의 유리벽 쪽으로 걸어갔다. 녀석은 김부경에게 머리를 얻어맞고 쓰러진 딱 그 자리에 앉아 손목시계를 들여다보았다.

"미쳤어? 왜 또 여기야?"

"한번 당했다고 쫄 수는 없지. 고딩은 못 먹어도 고야."

시계는 어느덧 오후 3시 50분을 가리키고 있었다. 얼마 뒤 자동문이 열리고 수많은 사람들의 환호 속에서 오태중이 등장했다. 오태중은 2층 유리벽 쪽에 앉은 휘강과 지웅을 올려다보며 고개를 절레절레 저었다. 그가 사람책 자료실로 들어가자 그 앞을 경찰관과 2사서가 막아섰다. 1분쯤 후 예의 그 갈색 원피스를 입고 산발을 한 김부경이 모습을 드러내었다. 2사서는 입실에 앞서 김부경의 온몸을 샅샅이 수색했다. 김부경의 낡은 가방에서 처참하게 망가진 노트북이 나왔다. 휘강은 힐끔 지웅을 바라보았지만 녀석은 표정 하나 변하지 않았다. 김부경이 가지고 온 소지품은 책을 포함해 일절 자료실 반입 금지 품목이었다. 꼼꼼한 몸수색이 끝나고 2사서가 들어가도 좋다는 사인을 보내자 김부경은 휙 뒤돌아 천지웅과 이휘강을 올려다보았다. 마치 거기서 보고 있는 걸 다 알고 있다는 듯, 그래서 네 노트북을 가지고 왔다고.

천지웅은 그에 화답하듯 종이가방 속에 넣어 왔던 김부경의 가발을 꺼내 흔들었다. 그럴까 봐 여기 당신 가발도 가지고 왔다고. 김부경이 자료실 안으로 사라지자 참았던 숨이 한꺼번에 터져 나왔다.

"아, 미친 새끼! 그건 왜 가지고 온 건데!"

"지가 내 노트북 가져가면서 대신 두고 간 거잖아. 물물교환이라도 할까 했는데 아주 고철을 만들어 가지고 오셨네. 괜찮아! 노트북이야 다시 새걸로 사면 되니까."

지웅은 낡은 노트북을 켰다. 태평하게 노트북만 들여다보고 있는 지웅을 보자 초조해졌다. 게다가 함께 입실해야 하는 두 명의 교도관과 2사서가 자료실에 들어가지 않고 있었다. 밀폐된 공간에 오태중 분장을 한 마법사 아저씨와 김부경 둘만이 있다는 건 최악의 상황이었다.

"그 여자가 무슨 짓을 할지도 모르는데. 저 사람들은 왜 안 들어가?"

"아저씨가 끝을 보기로 결심했나 보지. 그럼 우리도 들어가야지."

지웅이 프로그램을 활성화하자 네 개의 분할 화면이 동시에 켜졌다. 자료실을 보여 주는 CCTV 화면이었다. 하나가 김부경의 얼굴을 정면으로 보여 주고 있는 걸로 봐선 아저씨의 안경에 달린 카메라인 듯했다. 또 하나는 자료실 구석에서 전체를 조망하는 각도였고, 다른 하나는 시스템 에어컨 쪽에서 아래를 내려다보는 구도였다. 마지막 화면은 생뚱맞게도 3자료실 끄트머리에 앉아 있는 휘강과 지웅을 먼 각도에서 잡아 주는 카메라였다.

"이건 또 언제 설치했어?"

"아까. 아저씨는 몰라."

"다른 건 다 알겠는데 이 화면은 뭐야? 왜 우리를 잡고 있어?"

"저 사람도 공범이 없다고 장담할 수 없잖아. 또 갑자기 벽돌로 머리 깨려고 들면 당할 재간이 있냐. 미리미리 보험 들어야지."

네 개의 화면을 동시에 오가며 주위까지 살피는 녀석의 눈빛에 다시는 당하지 않겠다는 강단이 흘러넘쳤다. 지웅과 휘강은 이어폰을 한 쪽씩 나눠 꼈다. 그리고 소리를 올렸다.

김부경과 오태중 사이에는 커다란 선 하나가 그어져 있었다. 두 사람이 물리적 접촉을 할 수 없도록 그어진 선을 보며 여자는 맥없이 조소했다. 그리고 말했다.

"웃기네요, 이따위 얄팍한 속임수."

오태중은 말을 아꼈다. 그저 무심한 표정으로 김부경을 바라보았다.

"많이 변하셨어요. 예전이랑."

여자는 선 앞을 서성이며 오태중의 이곳저곳을 뚫어지게 관찰하고 있었다. 마치 목덜미에 이빨을 꽂아 놓을 자리를 찾는 살기등등한 하이에나처럼.

"뭐가 마음에 안 들었을까. 하라는 대로 때맞춰 중쇄본 발송하고 인터넷에 서평도 쓰고. 근데 왜 편지를 끊지? 왜 내 편지에 답장을 안 써 보내!"

지웅은 김부경의 방에 발신인의 이름 없이 상장처럼 붙어 있던 편지를 떠올렸다. 어쩌면 그게 오태중이 감옥 안에서 김부경에게 던져 주는 먹이였을지도 모른다.

"흥이 안 나잖아. 답장을 끊었는데 출판사에 추가본을 보낼 수가 있나."

유약해 보이는 외모와 달리 호락호락한 상대가 아니다. 그녀는 독백하듯 말했다.

"근데 내가 나를 모를까. 가진 것 없고, 변변찮고, 조금만 잘해 주면 생각 없이 하라는 대로 할 것 같은 쉬운 여자로 보였을 텐데, 그죠? 좀만 긁어 주고 비위 맞춰 줬으면 나도 그 장단 맞춰 줬을 텐데. 만날 똑같은 말만 쓰던 그 편지라도 계속 보내지 그랬어요?"

"……."

"나 마음 잘 바뀌는 건 알잖아요. 말 못 할 사정이 있을 수도 있겠다 싶어서 한 번만 용서하고 보낸 거예요. 그 사람이 뭐라든지 우리는 우리 식대로 하면 되니까."

여자는 또다시 집요한 눈빛으로 오태중을 훑었다.

"선생님, 지난번에 칼에 찔린 상처는 어때요? 좀 괜찮아요?"

오태중은 심드렁하게 고개를 끄덕였다. 여자는 천천히 웃으며 말을 이었다.

"그랬군요. 괜찮은 정도에서 끝났군요. 참, 물어보고 싶었는데 혈액형이 왜 O형이에요? 원래 B형인데."

그 말을 하며 오태중을 빤히 쳐다보는 여자의 얼굴이 기괴하게 일그러져 있었다. 오태중이 피습당한 뒤 입원한 병원을 찾아내어 병원 기록까지 확인해 봤을 리가. 아니, 이 추측은 김부경에게 해당되지 않는다. 마법사는 응급처치만을 받은 뒤 그 밤에 바로 다른 병원으로 옮겼는데 버스든 지하철이든 택시든 승하차 기록 하나 없는 여자가 어떻게 그 앰뷸런스를 쫓아가며 옮긴 병원까지 찾아갈 수 있었을까. 그게 아니라면 혈액형을 확인하는 확실한 방법은 피를 직접 뽑는 것인데…….

순간 마법사가 흘리고 갔던 피 웅덩이가 떠올랐다. 그날도 오태중을 보기 위해 왔을 테고 난리 통에 피를 훔쳤을 수도 있다. 사람이 다친 그 순간에도 오태중의 모든 흔적을 수집품처럼 모았을 집요함에 치가 떨렸다.

　마법사는 천천히 앞으로 다가갔다. 두 사람을 막고 있는 것은 한 줄의 선뿐, 김부경이 모든 것을 짐작하고 찾아온 이상 이제는 거짓말이 통하지 않을 것이다. 그 순간 마법사가 휴대폰을 들어 무언가를 확인했다. 카메라는 찰나의 휴대폰 화면을 잡아내지 못했다.

　"우리 거래를 하죠."

　"내가 가진 원본을 걸라고?"

　"그럼 당신이 원하는 걸 주고."

　"내가 원하는 걸 당신이 어떻게 알지?"

　"오태중이 묻힌 곳. 마지막 유품."

　그 말을 듣는 순간 여자의 얼굴이 순식간에 일그러졌다. 광기에 휩싸인 목소리가 터져 나왔다.

　"아니야! 니들이 빼돌렸잖아! 그 사람은 지금 어디 있어?"

　마법사가 무슨 생각으로 김부경을 자극하는지 이유를 알 수 없었다. 가슴께에 달린 카메라는 잡아먹을 듯 노려보는 김부경의 얼굴만을 잡고 있었다. 하지만 마법사는 휘강과 지웅이 자신을 지켜본다는 사실을 이미 알고 있다는 듯 휴대폰을 카메라 앞에 비춰 주었다.

　-집 수색 실패. 오태중 원본 추적 불가.

　마법사는 김부경이 집을 비운 사이 원본을 찾도록 사람을 보냈던 것이다. 만약 김부경이 입을 열지 않으면 오태중의 원본은 영원히 어둠 속에 묻히게 될 것이다. 마법사는 그 문자 메시지를 확인하고도 동요가 없었다.

"오태중은 감옥에서 자살했어요. 유품은 쓰다 만 원고와 팬레터들, 책 몇 권, 개인 물건 몇 개고, 뉴질랜드에 있는 가족이 인수를 거부해서 교도소장 권한으로 화장하고 처리했어요. 오태중은 오래전 내 환자였고 나로 인해 감옥에 가게 되었으니 그 죽음에도 내 책임이 있는 거지요. 그래서 유골은 내가 따로 거뒀습니다."

여자의 분노는 극에 달한 상태였다. 광기와 집착이 제 생을 갉아먹기보다 또 다른 원동력으로 살아갈 힘을 주는 쪽에 가까웠다.

"기한은 다음 주 금요일 이 시간까지입니다. 그때까지 오태중의 9등급 보존서고 열쇠와 당신이 보관하고 있는 원본을 가지고 와요. 아니면 영원히 오태중을 만날 수 없을 겁니다."

핏발이 선 채 마법사를 바라보는 김부경의 눈에는 증오가 담겨 있었다.

"내가 왜 당신 말대로 해야 하지?"

"오태중이 당신에게 남긴 유품이 있습니다. 그로써 당신도 편안해져야 할 테니까요."

"웃겨. 그 사람이 죽는다고 모든 게 끝이라고 생각해? 당신들은 너무 아마추어야. 그 책 원본으로 숨통을 조여야 그놈을 끄집어낼 수 있는데 이렇게 쉽게 가자고 하면 어떡해. 그리고 그 열쇠는 오태중이 아니라 그 사람이 가지고 있다고 했어."

"YK는 누굽니까?"

"나도 몰라. 워낙 숨는 재주가 좋다는 것밖에. 어쨌든 내가 다음 주까지 죽지 않고 살아 있어야 당신들이 못 찾은 원본을 가지고 올 수 있으니까. 그리고 6쇄 발표된 지가 언젠데 발굴 안 하시나."

김부경은 그 말을 남기고 자료실을 나갔다.

2

지웅과 헤어져 6자료실로 돌아왔다. 하지만 혼이 나가 버린 듯 도저히 일이 손에 잡히지 않았다. 그 사이로 1사서의 불벼락이 날아들었다. 불벼락은 2사서를 향했다.

"그래서 나가 있으란다고 나가 있었다고?"

"자기가 책임진다고 교도관도 다 나가 있으라는데 제가 뭐라고 해요."

"아니, 화요일 정신과 상담도 아니고 지난번에 칼까지 맞은 사람을 스토커랑 둘만 놔두면 어떡해."

"별일 없었어요. 그냥 두 사람 몇 마디 나누다가 10분도 안 돼 그 여자분이 나가셨다고요."

"그럼 2사서가 관장님한테 대신 뜯기든가. 아니 사서가 참관 일지를 안 쓰면 뭘 올려서 결재를 받을 건데? 관장님이 금요일 일지 꼼꼼하게 읽어 보는 거 알아, 몰라?"

"그냥 10분만 이야기를 나눈다고 나중에 들어오라고 해서 그런 줄 알았죠."

"원칙, 원칙! 사서가 원칙 없이 일하면 도서관 개판 되는 거 몰라?"

2사서는 1사서의 불호령에 꿀 먹은 벙어리처럼 입을 다물었다. 그때 자료실 문이 열리고 3사서가 뛰어 들어오며 소리쳤다.

"큰일 났어요!"

"또 뭐!"

"뉴스에 속보 떴어요. 빨리 보세요."

1사서가 컴퓨터 화면 앞으로 다가가자 휘강과 2사서도 달려갔다. 뉴스 화면으로 들어가기도 전에 무슨 일이 벌어졌는지 알 수 있었다. 3등급 포털 사이트 실시간 검색어 1위로 올라온 것이 '오태중 사망'이었다.

김부경이 소문을 퍼뜨렸을까. 하지만 그러기엔 시간이 너무 촉박하고 마지막 태도 역시 이 일과 연결되지 않는다.

수면의 아래를 생각했다. 어쩌면 그 YK란 남자는 오래전에 오태중의 죽음을 알고 있었을지도 모른다. 다만 그가 원했던 것은 김부경의 이름. 그 이름을 알게 된 이상 자기가 들고 있던 쓸모없는 패를 던져 버린 것일지도 모른다. 죽지 않고 살아 있어야 그 원본을 가지고 돌아오겠다는 그녀의 말은 허언이 아니었다. 그녀는 자신에게 다가올 앞날을 정확히 알고 있었다.

뉴스가 나가고 한 시간도 안 돼 후속 취재를 하려는 기자들이 도서관에 들이닥쳤다. 이미 교도소에 오태중의 몸이 없다는 건 자명한 사실이니 불과 한 시간 전까지 15도서관에서 사람책이 된 그 오태중의 정체라도 밝히겠다는 심산이었다. 뒤이어 몰려온 오태중의 팬클럽이 도서관 앞을 가로막고 진실을 밝힐 것을 요구하며 시위를 벌였다.

"가짜 오태중으로 쇼한 15도서관은 사죄하라!"

"오태중은 자살당했다!"

휘강이 봐도 그랬다. 살인마가 자살한다는 건 평범한 사람의 머리로 도무지 쫓아갈 수 없는 논리 절벽이었다. 혹시 그 죽음에 외부 요인이 있는 게 아닐까 괜한 의심이 들 만큼.

사서들은 자료실까지 밀고 들어오는 기자들을 쫓아내기 바빴다. 출입 카드가 없음에도 완력으로 밀고 들어오려는 그들과 몸으로 버티는 사서들 사이의 몸싸움이 각 층의 입구마다 벌어졌다. 그사이 몰래 책을 빼가려던 사람이 알람을 울림으로써 도서관은 그야말로 아비규환이 되었다.

결국 관장은 그날 하루만 도서관을 긴급 폐쇄하기로 결정하고 자료실의 모든 이용객과 기자들을 바깥으로 내보냈다. 버티고 밀치느라 힘을 다 쓴 1사서와 2사서가 털썩 의자에 주저앉았다. 휘강은 그들에게 자판기에서 뽑은 에너지 음료를 하나씩 내밀었다. 1사서는 엉망진창인 몰골로 말했다.

"휘강아, 커서 사서는 되지 마라……."

"사서는 개뿔, 이건 완전 도서관 사노비야."

"오늘은 그렇게 넘겼다 쳐도 내일부터는 더 많은 사람이 몰려올 텐데, 하— 갑갑하다."

"근데 1사서님! 오태중이 몇 달 전에 죽었다면 지금까지 오태중 역할을 한 사람은 누구래요?"

"나도 모르지. 어디서 연기자 하나 비슷하게 분장시켜서 데리고 왔겠지. 요새 돈으로 안 되는 게 어딨어. 다 경찰이랑 짜고 치는 고스톱인 거야."

"설마, 그 공범이 있다는 소문이 진짜일까요?"

"몰라. 내일까지 경찰이 입장 표명한다니까 뭐라고 후려치는지 들어 보자고."

"그럼 그때 칼 맞은 사람도 오태중이 아닌 거잖아요! 피해자 아빠가 생사람 찌른 거잖아요. 그래서 그 가짜 오태중이 시간이 흐른 뒤 그 순간을 너무 자책하지 말라는 그런 소리를 했던 거고요! 우와, 나 소름!"

경찰이 어떤 발표를 하든, 도서관이 어떤 일을 겪든 그 일은 나중의 일이다. 가장 큰 위험은 봉인 해제된 채 집으로 돌아간 김부경이다.

그리고 염려는 하루 만에 현실이 되었다. 김부경은 양쪽 모두를 도발하는 패를 택했다. 그녀는 한 언론 매체와 인터뷰를 하며 자신의 존재를 드러냈다. 얼굴은 모자이크 처리되었으나 뒷모습만으로도 그녀를 알아볼 수 있었다. YK가 김부경을 찾아내는 것은 시간문제다. 그럼에도 그녀를 TV 앞으로 이끈 것은 오태중이 자신을 선택했다는 뒤틀린 허영심, 처음 느꼈던 제 존재감일 터.

"오태중 선생님은 모든 것이 기록된 작품 원본을 나한테만 맡겼어요. 누구도 믿을 수 없다고 생각해서요. 그래서 쇄가 소진될 때마다 수정할 부분만을 출판사에 넘겼고, 그게 발표될 때마다 경찰은 추가 수습을 했던 거예요. 선생님이 죽고도 그 명성을 이용해 돈을 벌고 실적을 쌓으려고 출판사와 교도소와 도서관이 다 짜고 치는 고스톱이었다고요."

"그럼 6쇄에 추가된 문장의 비밀도 알고 계시나요?"

"은유잖아요. 가장 큰 벌집 속 일벌의 터전. 그게 어디겠어요?"

김부경은 손가락을 들어 멀리 보이는 15도서관을 가리켰다. 기자는 휴대폰에 미리 적어 둔 질문을 다급하게 확인하며 다시 질문을 던졌다.

"두 분은 실제로 어떤 관계셨습니까?"

기자가 녹음기를 바짝 들이대자 김부경은 허리를 꼿꼿하게 세우고, 오태중의 『세 번째 살인 예감』을 들어 올렸다. 심장 가까이 책을 들어 올리는 것은 극적인 연출이었다. 내 심장 대신 이 책이 태어났다고, 자신의 존재와 같은 무게감이라는.

"내가 이 소설 뮤즈였어요. 우리는 연인 사이였죠. 원래대로라면 『세 번째 살인 예감』의 실제 주인공이 됐을 사람이 나거든요."

카메라는 그녀의 어깨너머 기자의 얼굴에 초점이 맞춰져 있었다. 자신이 세 번째 피해자가 되었을 거라는 망상을 들은 기자의 얼굴에 감출 수 없는 혐오와 두려움이 얼비쳤다.

3

요란하게 울리는 전화기를 가방에 넣고 자전거에 올랐다. 점심쯤 인터뷰가 나갔으니 지금쯤 도서관은 아수라장이 되었을 것이다. 경찰이 추가 수습한 상황을 빨리 발표하지 않는다면 도서관은 시신을 찾겠다는 사냥꾼들로 넘쳐 날지 모른다. 도서관 입구와 주변에 경찰 버스와 수많은 경찰들이 보였다. 그들이 막아선 수십 명의 사람들이 피켓을 들고 진상 규명을 요구하는 시위를 벌이고 있었다. 휘강은 도서관 카드를 보여 준 뒤에야 삼엄한 경비를 뚫고 안으로 들어갈 수 있었다. 6자료실 안에는 사서를 제외한 그 어떤 이용자도 없었다. 사서들은 책상에 턱을 괸 채 컴퓨터를 들여다보고 있었다.

"괜찮으세요?"

"너도 뉴스에 나온 내 손가락 봤니? 생애 첫 TV 출연이 꼼지락거리는 손가락이라니. 얼굴 안 내보낸다면서 하단에 15도서관 1사서라는 자막을 왜 갖다 박냐."

1사서는 목에 핏대를 세우며 말했다.

"경찰은 누가 부른 거예요?"

"누구긴 누구야, 햄버거 러버 님이 장사 접을 수 없다고 불렀지. 갈수록 도서관 꼴이 말이 아니다."

"아니, 우리도 오태중이 죽고 경찰이 가짜를 보낸 건 몰랐잖아요. 진짜 그, 그 시체를 곁에 두고 생활한 우리 정신 상태는 어떻겠냐고요."

2사서가 억울하다는 듯 열을 올리자 1사서가 힘없이 답했다.

"그거야 우리 사정이고 시민들이 그걸 믿어 주나? 이것 좀 봐라. 오늘 하루 동안 게시판에 글이 수천 개가 올라왔는데 죄다 욕이야. 3등급에서 8등급까지 등급별로 골고루 욕을 달았어. 우리 도서관 홈피가 등급 화합의 장이야."

"그럼 앞으로 사람책은 어떻게 되는 거예요?"

"이 판국에 누가 사람책을 만나려고 하겠어. 잠정이고 나발이고 다 접는 거지 뭐. 내가 오늘 1도서관부터 19도서관까지 동기들한테 단톡방에서 얼마나 깨졌는데! 알았냐, 몰랐냐, 가담했냐, 네가 그러고도 사서냐."

"근데 1사서님, 경찰이 언제 그걸 수색해서 가져갔대요?"

"그거 뭐?"

2사서는 깍지 낀 두 손을 들어 올리며 속삭였다.

"이거요, 이거."

"왜 구경 못 해서 아쉬워?"

"미쳤어요? 아유, 소름 돋아! 이제 저, 지하 2층에 내려보내지 마세요. 근처도 안 갈 거예요."

"알았습니다, 유리 같으신 사서님! 몸 사리는 김에 부적 붙이고 굿도 하시고. 이휘강!"

1사서는 결재 서류 태블릿을 휘강에게 내밀었다.

"관장실 가서 이것 좀 결재해 달라고 말씀드릴래? 네트워크에 올렸는데 계속 대답이 없어서. 이 새가슴 사서 보냈다가 기절하실까 걱정된다."

휘강은 대꾸 없이 결재 태블릿을 받았다. 1사서는 영 못 미더운지 단단히 잡도리를 했다.

"오늘 안으로 꼭 받아야 하는 거라고 오실 때까지 기다려야 해!"

자료실에서 나오자 문 옆의 엘리베이터도 휘강을 내려 준 그대로 할 일 없이 멈춰 선 채였다. 4층 버튼을 누르고 지웅에게 문자를 보냈다.

-나, 관장실 가서 결재 하나만 받고 그리로 갈게.

-혹시 햄버거 없으면 서랍 좀 뒤져 봐. 뭔 정보라도 있을지 모르잖아.

-그러다가 들키면 어쩌려고.

-내가 CCTV 봐 줄게.

내키지 않았지만 지웅이 뒤를 봐 준다면 못할 일도 아니었다. 4층 관장실 문을 두드렸다. 아무런 대답이 없어 손잡이를 돌리니 잠겨 있었다. 구석에 있는 CCTV를 돌아보며 손가락으로 문을 가리켰다. 잠시 후 철컥 소리와 함께 문이 열렸다.

조심스레 안으로 들어가 주위를 둘러보았다. 평소엔 명색이 도서관 관장인데 책 한 권 두지 않아 이상하다고만 생각했는데 지금 보니 책상과 소파 하나를 제외하면 화분 하나, 그림 한 점 없어 삭막하기까지 한 곳이다. 마치 오래 머물고 싶지 않은 1인 병실을 떠올리게 하는 공간. 낯선 공간에 스며든 고양이처럼 조심스럽게 움직였다. 떨고 있는 자신도 놀라지 않게 살금살금 책상 위를 훑어보았다. 아무것도 쓰이지 않은 노트와 만년필 하나, 노트북과 마우스 하나, 휴지통과 각티슈 하나, 내선 전화와 메모지 하나, 모든 것에 짝이 있다. 하지만 무엇인가가 모자란다.

교무실에 불려 갔을 때 담임의 책상이 문득 떠올랐다. 볼품 없는 선인장과 가족사진, 아무렇게나 꽂혀 있는 파일들, 교과서, 후진 컴퓨터, 과자 부스러기가 낀 키보드, 굴러다니는 펜들과 떨어지고 붙고 정신없는 포스트잇들, 그 어떤 것에도 짝과 질서가 없었다. 대신 그의 삶엔 타인이 있었다. 함부로, 혹은 예의 없이 들이닥치는 학생들과 동료 선생들로 늘 뒤섞여 버리는 그의 책상에는 그가 속한 세상이 얼비쳤다.

하지만 관장에게는 타인의 흔적이 없다. 그의 공간 속으로 누군가 들어오는 걸 허락한 적 없는 것처럼. 짧은 기억 하나가 이 추측을 부정했다. 처음에 관장은 휘강에게 관장실 청소나 하며 지낼 것을 권했다. 본능적으로 그 곁을 거절했던 기억을 떠올리자 소름이 돋았다. 그리고 잠겨 있지 않은 서랍을 열었다. 아무것도 없는 첫 서랍을 열었다 닫고, 두 번째 서랍을 열고 닫고, 세 번째 서랍을 열었다. 마지막 서랍에는 낯익은 책 한 권이 들어 있었다.

『소녀의 교향곡』을 보자 잠시 생각 회로가 중지되었다. 1쇄를 다 거둬들이고 그나마 도서관에서 가지고 있던 책마저 잃어버렸는데 왜 관장이 이 책을 가지고 있나. 게다가 파본이 아니다. 표지에서 뜯겨 나간 테이프 자국을 발견했다. 윗면에는 선명하게 새겨진 '15도서관' 도장이 있었다.

15도서관에 있었던 『소녀의 교향곡』이라면 휘강의 손을 거쳐 김윤에게로 간 한 권뿐이다. 도서관을 빠져나갔던 키 큰 남자의 뒷모습과 관장을 동시에 떠올려 보았다. 진짜 원작자가 위험을 무릅쓰고 찾아올 확률과 다른 사람을 대신 보냈을 확률 중 어느 쪽이 더 높은지는 자명했다. 이는 곧 오태중이 수많은 도서관 가운데 15도서관을 자원했던 이유와 『소녀의 교향곡』이 15도서관에만 남아 있을 합리적 이유로 연결됐다.

마법사는 말했다. YK가 정말 분노했던 이유는 글을 쓰지 못해서가 아니라 오태중이 그 반반한 외모로 대중을 현혹하는 것에 있을지도 모른다고. 오태중은 YK의 가까이에서 자신을 드러내고 싶었을 것이다. 봐라, 사람들은 네가 아닌 나의 겉모습에 열광한다. 그들은 문장은커녕 글자 자체를 구별할 수도 없는 무지의 바닥이다. 휘강의 휴대폰에서 요란하게 진동이 울렸다. 진동을 확인할 틈도 없이 책을 넣고 서랍을 닫았다. 닫음과 동시에 관장이 들어왔다.

"뭐냐?"

관장은 날카로운 눈빛으로 휘강을 바라봤다.

"1사서님이 결재 서류 사인 꼭 받아 오라고 하셔서요."

아무렇지 않은 척 들고 있던 태블릿을 펼쳐 책상 위에 놓았다. 관장은 슬쩍 태블릿을 살펴본 뒤 자리에 앉았다.

"어떻게 들어왔어?"

"노크하고 문 열고요."

"문이 열려 있었다고?"

"네, 계신 줄 알고 들어왔는데 안 계셔서 기다리던 참이에요."

관장은 미심쩍은 시선을 거두지 못하며 태블릿에 사인했다.

"나가 봐."

꾸벅 인사를 하고 뒤돌아 나갔다. 휘강이 나가자 관장은 수화기를 들어 내선 번호를 눌렀다.

"관장인데 4층 복도 CCTV 복사본 보내 줘요."

같은 시각, 천지웅은 CCTV를 올려다보던 휘강의 모습을 화면에서 덜어 내고 노크를 하고 문을 여는 장면으로 이어 붙였다. 괜한 걱정이라 생각하면서도 자꾸만 보험을 들게 되었다. 김부경에게 머리를 맞은 후 최악의 경우를 생각하는 트라우마에 걸린 듯했다.

관장실을 나서던 휘강도 비슷한 생각을 했다. 뒤를 돌아보고 싶지만 돌아봐선 안 된다고. 이미 누른 엘리베이터 버튼을 다시 한번 누르고 싶었지만 그마저도 참았다. 그리고 생각했다. 모든 것에 짝이 있고 모든 것에 질서가 있는 저 방에서 유일하게 흐트러지고 짝이 없는 괴이한 존재. 그것은 관장 본인이지 않나.

4

시계는 밤 12시를 가리키고 있었다. 휘강과 지웅은 9시에 오겠다고 한 마법사를 기다렸다. 지웅의 집은 아파트 꼭대기 층이라 여름이 되면 모든 창문을 다 열어 놔도 찜통에 들어온 듯 더웠다. 밤이 깊어 갔지만 약속 시간을 훌쩍 넘기고도 마법사는 나타나지 않았다.

오태중, YK, 김윤 그리고 이영종

휘강은 자신이 쓴 이름들을 들여다보았다. 그들이 셋일 수도 넷일 수도 있을 가능성이 머릿속을 혼란스럽게 했다. 오태중이 하고많은 도서관 중에 굳이 15도서관을 찾아온 이유가 YK에게 자괴감을 주고 싶어서일 가능성, 관장이 금요일의 참관 사서 일지를 꼼꼼하게 읽어 보는 숨겨진 의미.

어쩌면 오태중이 도서관에 온 순간부터 관장은 일거수일투족을 관찰했을 것이다. 중간에 오태중이 달라졌다는 걸 누구보다 먼저 알아차렸을 것이고. 그럼에도 발설하지 않고 쇼를 지켜본 것은 역시 김부경의 존재를 확인하고 싶어서이지 않을까.

오태중과 관장은 둘 다 9등급 인증 카드를 가지고 있을 테고 둘 중 한 사람에게만 있다는 열쇠는 김부경의 말대로 관장이 가지고 있을 확률이 높다. 김부경이 존재를 드러내며 나온 이상 원본을 찾을 확률은 알 수 없다. 하지만 오태중과 관장이 9등급 인증을 막고 보존서고 출입을 통제한 것으로 보면 그 서고 안에 대단히 중요한 뭔가가 있음에 틀림이 없다. 보존서고에 물음표를 달던 휘강은 지웅을 돌아보며 말했다.

"넌 나를 왜 거기로 보냈냐?"

"어디?"

"지하 3층, 처음부터 알고 있었던 거야?"

"처음에는 9등급으로만 막혀 있어서 이상했던 거지. 게다가 로그인 시도가 알람이 되니 걸릴까 봐 함부로 건들지는 못하고."

"내가 잡히면 그건 네 알 바 아니고."

"빙고!"

"무서운 놈이네."

"네가 아날로그 인간이라 시킨 거야. 넌 내가 통 모를 세상에 살고 있잖아."

그게 D반의 앞문인지 휘강의 동네를 뜻하는지는 말하지 않았다. 처음부터 고등급이었을 지웅도 알지 못하는 세상이 있었을까.

"아저씨 연락해 볼까?"

휘강이 묻자 지웅이 고개를 저었다.

"올 거야. 그냥 게임이나 하고 기다려."

지웅은 또다시 게임 삼매경에 빠졌다. 휘강은 다른 이유로 초조했다.

"관장이 내가 알아본 걸 눈치챘을까?"

"의심은 해도 물증은 없을 거야. 그래도 도서관은 그 사람 손바닥이니까 조심해. 아무래도 그 안에 관장을 돕는 사람이 있는 것 같아."

"누구?"

"사서."

그 말은 휘강의 속을 산산조각 찢어 놓았다. 지웅은 말을 이었다.

"사서의 도움이 없었다면 『소녀의 교향곡』이 음지에서 그렇게 오래 있을 수도, 감쪽같이 사라질 수도 없었겠지. 그러니까 1사서든 2사서든 너무 믿지는 말라고. 왔어."

마법사는 약속 시간을 세 시간이나 훌쩍 넘겨 나타났다. 지웅은 영상통화 화면을 크게 확대해 마법사의 얼굴을 보여 주었다. 그는 급하게 온 듯 헝클어진 머리로 가쁜 숨을 몰아쉬고 있었다.

"미안하다, 늦어서."

"어떻게 됐어요?"

"지금 사진 전송할게."

마법사는 지웅에게 사진 몇 장을 전송했다. 지웅은 사진을 다운로드해서 크게 확대했다. 풋풋한 십대로 보이는 두 남자가 함께 서 있는 모습이었다. 단번에 키 큰 남자가 오태중임을 알아봤다. 작고 뚱뚱한 남자에게선 지금 관장의 모습이 보였다.

"이 둘이 그 둘이에요? 언제 사진인데요?"

"뉴질랜드 살 때 학교에서 찍은 사진. 둘은 같은 학교를 다녔어. 김윤은 어렸을 때 집에서만 불리던 한국 이름이야. 한국 기록에는 남지 않았지만 김윤은 그곳에서 살인 용의자로 법정에 섰어. 검찰은 끝내 혐의를 밝혀내지 못했고 김윤은 소소한 경범죄로 추방되다시피 떠나 한국으로 왔어. 김윤의 영어 이니셜이 YK이니『소녀의 교향곡』은 관장의 작품이 맞을 거야."

"그래서 15년 이전 기록이 나오질 않았던 거네. 근데 거기서 무슨 짓을 했기에 살인 용의자가 됐는데요?"

"그보다 이걸 먼저 보는 게 좋겠다."

마법사는 30여 년 전 뉴질랜드 뉴스에 나왔던 기사의 URL 링크를 보냈다. 링크를 클릭하는 순간 딸려 올라온 사진은 참혹한 화재 현장이었다. 영문 기사는 번역기를 통해 이렇게 번역되었다.

크라이스트처치 빌리 애비뉴에 살던 한국계 뉴질랜드인 세 가족이 갑작스러운 화재로 집 전체가 전소되는 비극을 겪었다. 다행히 2층에서 잠자고 있던 부부와 9살 아들은 구조되었으나 아래층에 있던 두 마리의 개는 숨진 채 발견되었다. 화재는 1층 부엌 오븐에서 발생한 것으로 추정되나 정확한 화재 원인은 소방당국의 감식이 끝난 뒤 발표될 예정이다.

사진은 기시감으로 다가왔다. 이 사진이 수십 년 뒤 어떤 사진으로 뒤바뀔지 알고 있는 예언자의 시선으로 변했다.

"이것만으로 알 수 없어서 한인회와 유학생 사이트를 뒤졌어. 오래된 일이지만 한국 교포들 사이에선 30년이 지나도 회자될 만큼 유명했나 보더라고. 그 옆집에 살았던 사람이 그 사건 게시글에 댓글을 달길, 개 두 마리는 발화 지점에서 먼 마당에서 발견되었고 발견 당시에도 이미 숯덩이였다. 누군가 의도적으로 개들을 태워 죽이고 방화로 덮으려고 했을 것이다. 또한 부부는 그 열기와 연기 속에서도 깊이 잠이 들어 깨지 않았고, 소방관들이 들어가 구조할 당시에도 의식을 차리지 못했다. 그들의 아홉 살 난 아들만이 마당에서 소방관들을 기다리고 있었다. 사람들은 그 단 하나의 가능성을 차마 입에 올리지 못했다. 조그만 한인 타운의 시선을 견디지 못한 그 가족은 북섬으로 이사를 갔고 한인 사회와 일체 교류를 하지 않고 지내는 걸로 알려졌다. 아들은 오랫동안 정신 상담을 받았으나 대학 재학 시절 살인 용의자로 재판을 받고 혼자 한국으로 돌아갔다. 부부의 근황은 알려지지 않았다. 이게 그 사람이 쓴 글의 전문이야."

휘강은 할 말을 잃고 멍한 상태였다. 머리가 돌아가지 않았다. 지난밤의 악몽이 깨어 있는 지금까지 이어지는 느낌이었다. 반면에 지웅은 덤덤히 읊조렸다.

"생각보다 오래된 인연이네."

"근데 생각보다 그 끝이 빨리 온 거지. 상담하면서 오태중이 누구보다 교묘한 심리 지배에 능하다는 걸 알고 놀란 적이 있었다. 비슷한 유년 시절을 보내며 김윤과 정서적 교감을 하면서 그의 살인 이야기를 이끌어 냈을 거야. 오태중은 김윤의 동의 없이 그의 이야기를 인터넷에 연재했다가 폭발적인 호응을 얻었어. 그 인기에 힘입어 소설을 냈고 나와 상담하면서 실화인 것을 밝혔지. 내가 오태중을 고발하게 만들어서 자기는 김윤에게 발뺌할 면죄부를 얻은 거야. 김윤은 오태중이 자기 이야기를 쓴 걸 알았을 때 어땠을까."

"죽이고 싶었겠죠. 자기 이야기를 팔아 치운 사기꾼이 유기 장소까지 팔아넘기고 있으니까."

"오히려 다른 면에서 놀랐을 거야. 살인을 했다고 잡혔지만 세상이 저렇게 쌍수를 들고 반겨 주는 게. 그게 더 분하고 짜증 났을 거야. 그럼 김윤은 제 진짜 이야기를 세상에 발표하고 싶겠지."

"진짜 원고?"

"글에 표현한 대로 자부심이 있는 놈이라면 제 살인에 대해 기술한 원고가 있을 거야. 데이터화된 파일일 수도 있고 종이일 수도 있고, 살인의 직접적인 증거지.『소녀의 교향곡』은 은유로 걸러진 시였고 있는 그대로의 일기나 나머지 유기 지점을 쓴 원고라면 김윤은 그걸 어디에 두겠니?"

휘강과 지웅은 서로를 바라보았다. 둘의 머릿속에 동시에 떠오른 단 하나의 장소를 알고 묻는 질문이었다.

"……9등급 보존서고."

"인증이 안 되면 들어갈 수 없는 보존서고가 적합하지. 거긴 일반 사서들도 출입이 엄격히 통제되는 곳인 데다 9등급 인증이 막힌 뒤로 아무도 들어갈 수 없는 곳이거든. 최초 인증 세 사람을 제외하고 다른 사람이 지난 10년간 그 보존서고에 들어가지 못했다는 건 그만큼 안전하다는 의미야."

"거기에 진짜 김윤의 글이 있을까요?"

"나머지 한 사람은 몰라도 9등급 카드를 가진 인물은 오태중과 김윤인 게 확실해. 김윤은 9등급 인증 카드를 가지고 있으니 언제든지 들어갈 수 있었겠지. 열쇠도 있었을 테고."

"근데 지웅이가 해킹으로 문을 연다고 해도 그다음 열쇠가 없으면 소용없잖아요."

"자물쇠야 잘라 버리면 그만이지만 문제는 해킹으로 문을 강제로 열려고 시도하는 순간 김윤, 아니 관장도 동시에 그 사실을 안다는 거야. 시간이 촉박해."

"이래저래 난감하네요."

"관장의 눈을 돌리는 방법은 여러 가지야. 죽은 오태중을 부활시키는 정도의 이슈를 만드는 거. 오태중의 사람책 프로그램을 다시 개설해 도서관 서버를 폭주시키거나 그 정도의 소동을 벌이면 사서들도 정신이 없고 관장도 붙잡아 둘 수 있지. 그때가 보안이 가장 취약한 시간이야."

"다른 방법도 있어요. 도난 알람이 한 번 울리면 그 자료실이 잠기거든요. 두 번이면 전체 잠금 모드로 들어가서 누구도 도서관 밖으로 나갈 수 없고 시스템도 먹통이 되고. 만약 관장이 자료실 같은 데 갇힌다면……."

말을 하고 보니 묘수였다. 시스템이 잠겨 버리면 김윤은 보존서고의 로그인 시도를 알 수 없게 된다. 해킹을 하든 뭘 하든 김윤의 눈 밖이다.

"일단 열쇠부터 알아보고 다시 연락하마."

마법사가 화면에서 사라지자 무언가를 골똘히 생각하던 지웅이 말했다.

"근데 말이 안 돼."

"뭐가?"

"김윤이 이곳에 낙하산으로 발령받은 게 딱 10년 전이었어. 그동안 나온 살인 회고록이 세 번째 책을 제외하면 두 권뿐이란 건 그 후론 살인을 저지르지 않았다는 뜻이기도 한데 그게 참는다고 조절되는 건 아니거든."

"그럼?"

"다치거나 다른 죄목으로 교도소에 들어갔다면 그럴 수도 있겠지. 아니면 나머지 살인은 출간되지 않았거나 9등급 보존서고에 있거나. 하지만 오태중도 그 서고에 들어갈 수 있잖아. 다른 책이 없었다는 건 어쨌든 김윤이 보존서고를 잠그고 살인을 멈췄다로 볼 수 있어. 그러니까 여기서 그에 필적할 더 큰 욕망이 채워졌다는 뜻인 거야. 근데 그게 뭔지 모르겠단 말이야. 살인자에게 한 생명을 죽이는 것 이상의 쾌감을 안겨 주는 게 뭘까. 그 안에서 뭘 죽이고 있었을까."

살인자의 심리에 대한 지웅의 분석은 등골이 오싹할 만큼 설득력이 있었다.

"독방에 갇히면 자해를 해서라도 자극을 찾는 게 사이코패스야. 10년 동안 그 자극을 뛰어넘을 무언가를 찾은 게 분명해. 죽이고 자르는 것보다 더 희열이 느껴지는 뭔가……."

"이럴 때 보면 소름 끼치는 새끼라니까. 너 안식년 끝나면 미국으로 돌아가는 거 맞지?"

"갔으면 싫냐?"

"그냥 묻는 거야."

"안 가. 가 봤자 나도 소모품이야. 감규민 같은 놈 갱생시키는 재미도 없고. 네가 사발통문에 날 불러 주면 재미있을 것 같았는데 너무 눈치가 밥통이라 계속 엿 먹인 거야. 다른 애들처럼 안 꺾이니까 좀 세게 밟아 줬던 거고."

아, 이런 사이코패스 같은 미친놈을 봤나. 휘강은 실눈을 뜨고 지웅을 바라봤다.

"네 머릿속 돌 굴러가는 소리 들린다. 내가 미친놈이면 같이 얘기하고 게임하는 넌 뭔데!"

"가끔 네가 무서워서."

"무섭냐? 불쌍하지는 않고?"

의외의 말에 말문이 막혔다.

"남보다 좋은 머리라는 것도, 그 머리로 앞서가는 것도 외로우면 부질없는 짓이야. 사람들은 다 땅에서 기고 있는데 나 혼자 우주선을 쏘아 올리고 화성에서 살면 뭐해. 너희들이 땅에 있으면 나도 땅에서 기는 거지."

뜬금없는 고백이었다. 냉혈한 같은 녀석이 제 상처를 꺼내 보인 순간, 아픈 애들만 골라낸다는 탄의 말이 지웅에게도 유효함을 알았다. 그리고 자신이 그런 지웅을 불렀음 역시.

6장

AI, 그리고 모든 인간의 대명제

1

일요일은 관장이 종교적인 이유로 도서관에 출근하지 않는다. 그러나 그가 어떤 종교와 종교관을 가지고 있는지 아무도 알지 못했다. 어쨌든 일요일은 유일하게 관장이 없는 날로 도서관에 외부인을 불러오기에 가장 적합했다.

남자는 50cc 오토바이를 타고 도서관 앞에 도착했다. 휘강은 사람들이 보이지 않는 외진 곳에 오토바이를 주차하게 하고 그를 지하 3층 9등급 보존서고로 안내했다. 지나가는 사람 누구도 그가 든 공구가방에 눈길을 주지 않았다. 휘강과 남자는 걸어가는 동안 서로를 모르는 척하며 한마디 말도 섞지 않았다. 엘리베이터에 오르며 지웅에게 문자를 보냈다.

-내려간다.

엘리베이터가 지하 3층에 내려서고 문이 열렸지만 CCTV는 눈앞의 두 사람을 기록하지 않았다. 녹화된 CCTV 영상이 재생되는 동안 먼저 와서 기다리던 마법사가 열쇠공을 맞았다. 마법사는 보존서고의 한쪽 벽을 눌러 그 안에 숨겨진 자물쇠를 사내에게 보여 주었다. 사내는 자물쇠를 이리저리 만지면서 놀라움을 금치 못했다.

"아니, 이게 왜!"

"아는 자물쇠입니까?"

"알기는 합니다만 이건 조선 백동 8단 자물쇠라 전문가가 아니면 손도 못 대는 물건인데요."

"조선 자물쇠요?"

"네, 겉으로는 이렇게 허술하게 생겼어도 내부 구조가 놀랄 만큼 정교하고 세밀해서 열쇠 구멍도 찾을 수 없는 자물쇠예요. 게다가 여덟 단계를 거쳐야 풀 수 있고요. 이건 열쇠가 있어도 못 풀어요."

"풀려면 어떻게 해야 하나요?"

"저 같은 현대식으로는 안 되죠. 뭐 무식하게 전기톱으로 절단 내면 열 수야 있겠지만 이 귀한 걸 어찌 그리 대하겠어요. 고미술품 취급하는 사람이 와도 열쇠 없이는 힘들 거예요."

휘강은 뒤에서 그들의 대화를 듣고 있다가 고개를 빼고 자물쇠를 들여다보았다. 백동 8단 전통 자물쇠라는 게 그렇게 대단한가, 호기심이 일었다. 자물쇠를 들여다보다 점점 두 사람 사이를 파고들어 앞으로 나갔다.

"이거 우리 집에 있던 건데요."

"뭐?"

"할아버지가 이런 골동품 수집하는 걸 좋아하셔서 집에 몇 개 있었어요."

"그럼 이거랑 똑같은 거 본 적 있어?"

"옛날이라 확실치는 않은데 비슷했던 거 같아요."

"혹시 여는 방법도 아니?"

대답 대신 백동 자물쇠를 손에 들었다. 먼저 자물쇠의 오른쪽에 튀어나와 있는 대갈못을 누르고 몸체를 밀었다. 그 상태로 회전판을 한 바퀴 돌리자 숨겨져 있던 열쇠 구멍이 모습을 드러냈다. 여기서 열쇠를 구멍에 꽂고 몇 번 돌리면 고삐가 열리는데 지금은 열쇠의 부재라는 막다른 골목 앞이다. 뒤에서 지켜보던 열쇠공은 놀란 눈으로 휘강을 바라보았다. 하지만 마법사는 심각한 얼굴이었다.

열쇠공을 보내고 마법사와 지웅과 휘강은 옥상에서 다시 만났다. 마법사는 진지한 목소리로 휘강에게 물었다.

"내가 9등급 인증을 받은 사람이 셋이었다고 했던 거 기억나니?"

"네."

"그게 누구라고 생각하냐?"

"둘은 오태중과 김윤이잖아요."

"나머지 한 사람은?"

"거기까진⋯⋯."

"『소녀의 교향곡』을 교대로 찾아가던 나머지 한 사람, 기억나니?"

"이영종이요?"

"그 사람이 누구였는지 아니?"

"아뇨. 그런 사람은⋯⋯."

"너희는 잘 몰라도 어른들 세대에선 유명했던 소설가야. 혹시 어렸을 때 부모님께 들어 본 적 없니?"

마법사는 무언가를 알고 묻고 있다. 예감이 그 가느다란 줄을 잡아챘다. 휘강은 다급하게 지웅에게 말했다.

"도서관에 출입 접속 기록이 가장 긴 사람 좀 찾아 줘."

"책을 많이 빌려 본 사람이 아니고?"

"아니야. 그냥 어떤 할아버지라고 했어. 지금 찾아낼 수 있지?"

"알았어."

지웅이 도서관 관리자 페이지를 뒤지는 동안 초조하게 기다렸다. 그때 마법사가 휘강의 어깨를 잡으며 말했다.

"이휘강, 네 인생을 통틀어 가장 오랫동안 만났던 사람책이 누구였어?"

"네?"

"네 사람책이 누구였냐고."

헷갈릴 이유가 없었다. 그 낯선 이름을 자신이 알고 있다면 답이 될 사람은 단 하나였다. 마법사는 지웅이 AI 판결을 뒤집은 게 아니라 AI 스스로가 자신의 판결을 예외적으로 내린 것이라고 말했다. AI가 오류에 가까운 판결이라는 걸 인식하면서 자신을 빼내려고 했던 진짜 이유, 휘강이 처음 보는 백동 8단 자물쇠를 자유자재로 풀 수 있는 가장 큰 이유는 휘강 자신이 9등급의 키였기 때문이다.

"저희 할아버지가……."

그 백동 자물쇠를 손에 쥘 날이 올 것을 알았기에 이 모든 포석을 깔았던 것인가. 그렇다면 AI의 수십 수 앞의 수가 치매의 뒤안길로 물러난 할아버지에게서 비롯된 것인가. 자신에게 단 하나의 사람책이었던 할아버지를 왜 알아보지 못했을까.

머릿속이 하얗게 표백된 채 집으로 내달렸다. 할아버지의 도서관 카드와 열쇠가 집 안 어딘가에 있을 것 같았다. 할아버지 방으로 썼던 작은 방의 모든 서랍을 뒤집어엎었다. 서랍 속에 아무렇게나 굴러다니고 있던 할아버지의 도서관 카드가 눈에 띄었다. 그러나 열쇠는 어디에도 보이지 않았다. 백동 자물쇠의 열쇠는 한 치의 오차도 없이 제작해야 하기 때문에 옛날 기술로 두 개의 열쇠를 만들기가 힘들지만 할아버지의 일기 속에는 분명 그 열쇠에 대한 언급이 있었다. 관장이 열쇠를 가지고 있다고 해도 할아버지 역시 복제품 열쇠를 준비해 뒀음이 분명하다. 오태중과 김윤이 할아버지가 9등급임에도 안심할 수 있었던 것은 그저 치매를 앓는 노인이라고 생각했기 때문이다. 하지만 할아버지는 오태중과 김윤을 꿰뚫어 보았다. 그들에게서 끝없이 피어오르는 광기와 살육의 냄새를 놓치지 않았을 것이다. 할아버지는 치매를 앓은 게 아니라 앓고 있는 연기를 했을 뿐이다.

엉망이 된 방을 차분히 둘러보았다. 요양원으로 가져갈 수는 없었을 테니 이 방을 떠나지 않은 것은 분명하다. 절대 잃어버릴 수 없고 다른 사람의 손을 타지 않는 곳. 휘강의 눈은 자연스레 수십 권에 달하는 할아버지의 일기장으로 향했다. 한 권, 한 권 다급하게 일기장을 살폈다. 제본이 된 부분과 양장 커버 안팎을 보며 혹시나 하는 기대에 다시 일기를 읽어 보기도 했다.

도서관에서 느꼈던 이상한 기시감이 다시 느껴졌다. 일기 속 할아버지의 문장들과 이야기들은 자신이 도서관에서 몰래 읽었던 인문 고전들의 변주였다. 어떤 것은 풀어 설명하고 감상을 보탠 해례본에 가까웠다. 낯선 책들을 보며 느꼈던 익숙함의 원천은 고등급의 지식을 접할 수 없을 어린 손자를 위해 일일이 풀어 쓴 일기에 있었다. 휘강의 눈은 1년 전 할아버지가 요양원으로 들어가기 전 마지막으로 썼던 일기에 멈춰 섰다.

인류의 지식은 모든 인류의 것이다. 그 어느 누구도 홀로 소유할 수 없고 가둘 수 없으며 값을 매길 수 없다. 생각을 댐 안에 가두면 장고 끝의 죽음뿐이다. 난생은 제 부리와 발톱으로 껍질을 깨지만 인간은 누군가 그 막을 찢어 주어야 하는 태생이니 우리가 서로의 허물을 벗겨 줘야 할 충분한 이유가 여기에 있다.

그러나 지금의 우리는 멍게가 아니냐. 정착하여 자신의 뇌를 먹이로 쓰며 생을 갉아먹는 그 멍게와 무엇이 다르냐.

뭔가를 호소하는 듯한 문장이었으나 온통 은유라 그 본뜻을 짐작하기 어려웠다. 답답한 마음으로 일기장을 덮으려는 순간 손가락 끝이 양장 커버의 튀어나온 요철에 닿았다. 자세히 살펴보니 하드커버의 뒷면에 다시 붙인 자국이 남아 있었다. 커버를 뜯고 책을 엮은 중심부에 손가락을 넣자 딱딱한 막대가 느껴졌다. 꺼내 보니 온전한 모양의 열쇠였다. 김윤이 그토록 숨기고자 했던 9등급 보존서고의 열쇠가 틀림없다. 휘강은 두 손

262 　　　　　　　　　　　　　　월요일의 마법사와 금요일의 살인자

으로 열쇠를 움켜쥐었다. 뒤늦은 깨달음이 묵직한 고통이 되어
가슴을 짓눌렀다.

2

열쇠를 찾고 난 후로 휘강은 단 한순간도 열쇠를 제 몸에서 떨
어뜨리지 않았다. 오태중과 관장이 감추려 했으나 할아버지와
AI는 세상에 알리고자 했던 그 무언가가 이 열쇠가 잠근 9등급
보존서고에 있다는 사실이 휘강을 두렵게 만들었다.

마법사는 무언가를 준비하고 있었다. 그의 신호가 있을 때까
지 그들은 몸을 낮추고 때를 기다리기로 했다. 마법사는 이영
종의 손자가 휘강이며 숨겨진 두 번째 열쇠가 있음을 관장이 알
게 될 것을 걱정했다. 무엇보다 휘강의 안전이 중요했다. 그래
서 주노와 도겸과 탄에게 휘강과 함께 도서관을 다녀 달라고 부
탁했다. 아이들은 흔쾌히 휘강을 밀착 감시했다. 표면적으로
자원봉사 보디가드이며, 속마음으로는 심심한데 얻어걸린 재
미있는 일임을 숨긴 채.

도서관의 바깥은 완연한 가을이었고 나날이 서늘함이 더해
졌다. 마법사가 얘기한 디데이는 언제 오는 것인지, 오기는 하
는 것인지 목에 걸고 다니는 열쇠의 무게가 하루하루 휘강을 짓
눌렀다.

친구들은 이제 백동 열쇠를 『반지의 제왕』의 절대반지라 부
르기 시작했다. 열쇠를 얻은 이후 휘강이 신경질적으로 변하고

짜증을 많이 부린다는 이유에서였다. 소식이 끊긴 마법사는 간 달프, 휘강은 프로도이고, 나머지 친구들은 서로가 샘이거나 골룸이라며 낄낄댔다. 그런 헛소리를 하면서도 마음은 늘 초긴장 상태로 언제 올지 모를 때를 기다렸다.

꼬박 보름을 경계 속에 보낸 어느 날, 오태중의 신간이 출간된다는 뉴스가 보도되었다. 뉴스를 본 사람들 모두 경악을 금치 못했다. 게다가 출간 기념회 장소가 15도서관으로 공지되어 있었다.

휘강은 다급하게 3자료실로 내려가 지웅을 찾았다.

"어떻게 된 건지 알아?"

"아니, 나도 방금 들었어."

"누가 한 건데?"

"몰라. 한니발 출판사에서 미출간 원고를 유고집으로 낸다는 것밖에."

"도서관이 난리 통이 될 텐데."

"난리가 대수냐. 그 책 내용이 문제인 거지."

그때 휘강의 휴대폰이 길게 진동했다. 1사서의 호출이었다.

"지금 어디야?"

"3자료실이요."

"지하 주차장으로 내려가 봐. 거기 출판사에서 책 싣고 와서 대기 중이라니까 그 책들 사람책 자료실로 옮기는 거 도와줘."

"네?"

"나도 몰라. 햄버거가 출판사 신간 발표회를 여기서 할 수 있도록 해 줬대."

"관장이요?"

"무슨 바람이 불었는지 오태중의 성지라고 말 같지도 않은 말을 씨부려 대면서. 암튼 빨리 내려가 봐."

엘리베이터를 타지 않고 전속력으로 계단으로 뛰었다. 오태중의 신간이 어떤 책인지 확인하는 게 먼저였다. 주차장에는 커다란 승합차에서 책 상자를 꺼내는 출판사 직원들이 있었다. 돌발 사태를 막기 위해 승합차 주변에는 사설 경호원이 대기 중이었다. 열 개의 책 상자가 수레에 실린 채 엘리베이터에 올랐다. 한 상자에 어림잡아 서른 권이면 300여 권으로 추정되는 엄청난 분량이었다.

엘리베이터가 1층에 도착하고 문이 열린 순간 귀가 터질 듯한 함성이 들려왔다. 입구에서부터 대기 중인 경찰들과 들어오려는 사람들로 로비는 또다시 아수라장이 되어 있었다. 휘강과 출판사 직원들은 사설 경호원의 보호를 받으며 곧장 사람책 자료실로 향했다. 자료실 안에는 기자 간담회를 위한 자리들이 마련되어 있었고 현수막까지 걸려 있었다.

오태중의 마지막 유고집, 『소녀의 교향곡』 재발표

휘강은 눈을 의심했다. 저 책은 오태중이 아닌 김윤의 것이다. 자신의 책을 제 이름이 아닌 오태중의 이름으로 발표하는 걸 관장이 허락했을 리가. 어리둥절한 휘강의 어깨를 누군가가 세게 움켜쥐었다. 돌아보니 선글라스를 낀 사설 경호원 중 한 사람이었다. 그는 고개를 돌리며 나직하게 말했다.

"정신 차려, 이휘강. 이제 시작이니까."

직감적으로 마법사임을 알아차렸다. 출판사 직원들은 박스

테이프를 뜯어 탁자 위에 보기 좋게 책들을 진열했다. 오태중의 얼굴이 표지가 된 『소녀의 교향곡』은 낯선 작품이 되어 있었다. 그리고 벌컥 문이 열렸다. 시종일관 차갑기만 하던 남자의 얼굴에 세상을 태워 버릴 듯한 분노가 어른거리고 있었다. 성큼성큼 다가온 남자는 책 한 권을 집어 들었다. 그리고 죽어서도 제 글을 훔쳐 간 오태중의 얼굴을 증오심 가득한 눈빛으로 바라보았다.

"이거 누가 허락했어요?"

함께 책 정리를 도와주던 3시서가 밀했다.

"관장님이 서류 내려보내 주신 대로 진행했는데요."

그는 눈을 감았다가 다시 뜨며 말했다.

"이 책 여기서 단 한 권도 빠져나가면 안 됩니다."

"현장에서 구입도 가능하다고 하라셔서……."

"내가 안 된다잖아!"

김윤의 고함에 주위 모든 사람의 시선이 그에게로 향했다.

"이 책을 누가 마음대로 출간한다고 했지?"

"그야 오태중 유가족이 동의해서 다른 이름으로 출간했던 원고를 다시 출간하는 거라고."

"그 책 다시 상자 속에 집어넣어요. 내가 다 삽니다."

사람들은 어리둥절한 표정으로 서로를 바라보았다. 이 남자가 제정신인가. 선글라스 남자는 시계를 들여다보았다. 휘강은 그 의미를 알아차렸다. 시스템이 멈추고 김윤이 9등급 보존서고의 디지털 인증이 진행됨을 눈치채지 못할 절호의 기회가 곧 다가온다.

그때 영화의 한 장면처럼 천천히 문이 열렸다. 그 문으로 사람들이 들이닥치고 그 앞에 안경을 끼고 모자로 얼굴을 가린 주노와 도겸과 탄이 서 있었다. 선봉에 선 주노가 외쳤다.

"오태중 친필 사인본이다!"

그 말은 사람들의 이성을 마비시켰다. 책으로 돌진하는 사람들과 뒤늦게 그들을 제지하며 뒤섞인 경찰들로 자료실 안은 순식간에 아수라장이 되었다. 도서관 직원들과 관장이 책을 지키기 위해 사투를 벌이는 동안 휘강은 자료실을 빠져나왔다. 빠르게 지하 3층 보존서고로 향했다. 뛰어 내려가는 계단 옆으로 선글라스를 벗어 던진 마법사가 붙었다.

"미리 말해 주면 어디가 덧나요?"

"말해 줬으면 이렇게 실감이 났겠냐? 강주노 발연기만큼이나 어설펐겠지."

목에 걸어 두었던 열쇠를 꺼내 들었다. 마법사는 대기 중인 지웅에게 전화를 걸었다.

"지금이다!"

그의 말과 동시에 갑자기 도서관의 도난 알람이 울렸다. 시계를 보면서 기다렸다. 사서들이 시스템을 복구하기 전 3분, 또한 번 알람이 울리자 이번에는 도서관 전체가 잠금 모드가 되어, 안에 들어와 있는 그 누구도 밖으로 나갈 수 없게 되었다.

보존서고의 문으로 다가갔다. 그리고 백동 8단 자물쇠의 대갈못을 눌렀다. 그다음부터는 몸이 기억하는 길이었다. 열쇠구멍이 온전히 모습을 드러내자 할아버지의 열쇠로 잠금쇠를 돌렸다. 몸체를 밀어 고삐를 풀자 자물쇠는 휘강의 손에 작은 새처럼 안겼다. 심호흡을 하고 천천히 문을 밀었다. 하지만 문은 꿈쩍도 하지 않았다. 마법사는 대기 중인 지웅을 전화로 불렀다.

"왜 안 열려?"

"도서관 시스템 전체가 내려가서 앞 단계도 비상 모드로 들어갔어요. 풀려면 시간 걸려요."

"얼마나."

"한 3분."

"더 빨리는 안 돼?"

"관장이 가진 9등급 카드면 바로 가능하죠."

"이제 와서 그걸 어디서……."

"저, 있어요, 그 카드."

마법사는 놀란 표정이었지만, 스피커폰에서는 지웅의 웃음소리가 새어 나왔다.

"또 가짜 카드 만들었냐?"

"아니, 우리 할아버지 카드야. 네가 언제 머리 깨질지 모르니까 늘 보험을 들어 놔야 한다며."

휘강은 뒷주머니에서 '이채신'이라고 적힌 카드를 꺼냈다. 혹시나 하는 마음에 챙긴 카드였다. 망설임 없이 보안기에 카드를 댔다. 문은 아무 저항도 없이 열렸다. 뒤늦게 달려온 주노와 도겸과 탄이 마침 그 광경을 보고 벌어진 입을 다물지 못하고 있었다.

휘강은 용기를 내어 한 발을 내딛었다. 서고의 전원 스위치를 올리자 오래된 등에 불이 들어오듯 깜빡거리며 불이 켜졌다. 열 평 남짓한 보존서고는 중앙의 높다란 종이탑을 빼고 텅 비어 있었다. 3단 유리로 된 유리관 안에 사람 키 높이의 종이만 가득 쌓여 있었다. 그 탑 바로 앞 알림판에는 '소설가 이영종의 초고, 문장과 얼'이라는 글자가 새겨져 있었다.

빛바랜 원고지에 빨간 교정부호로 수정한 이영종의 초고였다. 아이들은 어딘가 김이 새는 표정이었다. 그들이 힘들게 열고 들어온 9등급 보존서고가 그저 종이를 보관한 곳이었음에 허탈해했다.

"뭐야, 아무도 없네."

"시체라도 가득 있을 줄 알았냐?"

"온갖 개고생을 했는데 그래도 이런 낡은 원고지는 너무하지!"

도겸의 말에 주노와 탄도 동의하듯 풀이 죽은 얼굴이었다.

"근데 오태중이랑 김윤은 왜 이 원고를 숨기려고 했을까?"

"묵혔다가 돈이 되면 팔려고 했겠지."

"망했어, 젠장!"

도겸은 욕지거리를 뱉고 벽에 가 기대앉았다. 하지만 주노는 무언가에 홀린 듯 원고지 앞으로 다가갔다.

"야, 야! 육탄, 네가 이리 와서 이 글 좀 읽어 봐."

"네가 읽어."

"네가 읽어 봐. 난 필기체 못 알아봐."

"알아보는 게 뭐냐."

둘은 옥신각신 다투다 결국 탄이 글을 읽기 시작했다.

"……그들은 길을 잘못 찾아든 듯 방황했다. 몇몇은 욕지거

리를 하며 이런 낡은 원고지를 찾으려고……. 이거 방금 우리
가 한 말 아냐?"

"아니, 그거 말고 다음 거 읽어 봐."

주노는 탄을 재촉했다. 탄은 휘갈겨 쓴 다음 문장을 읽었다.

"아이들은 허탈해하며 그 자리에 주저앉거나 욕지거리를 뱉
었다!"

바닥에 퍼져 있던 도겸이 용수철을 단 듯 튀어 올랐다.

"뭐야! 그거 지금 나 말하는 거야?"

"입 다물어 봐! 계속 읽어!"

"그들은 거대한 원고 무덤의 이면을 눈치채지 못했다. 한 꺼
풀만 벗겨 내면 존재하는 거대한 진실을."

"와 씨— 노스트라다무스야?"

"너희 할아버지, 우리가 여기 올 걸 알고 미리 썼다는 거잖
아."

아이들은 이 종이탑이 단순한 원고 모음집이 아님을 알고 흥
분했다. 휘강은 한눈에 할아버지의 필체를 알아보았다. 다음
문장은 휘강 자신에게 남긴 글이었다.

나는 네가 갈 수 있는 곳 모든 길에 불을 밝혀 둘 것이다. 세대
와 세대가 끊길지라도 이를 가능하게 하는 것이 기록이다. 기
록은 인간의 삶과 죽음이 만든 얼의 총체다. 설령 네가 디디는
발이 잘못된 길로 향할지라도 그 어두운 길을 따라 불을 밝히
는 것도 앞서 광명을 누린 이의 의무이다.

9등급의 실체를 맞닥뜨린 순간 깨달음이 왔다. 누구보다 가까이 그 사람책을 두고도 몰랐던 제 아둔함을 알았다. 마치 제 곁에 두고 찾아다닌 파랑새처럼.

아이들은 종이탑 전체를 열었다. 맨 위쪽 칸에는 두꺼운 책 한 권이 있었고, 두 번째 유리관에는 이영종의 친필 원고, 마지막 칸에는 김윤의 글이 있었다. 주노는 맨 위쪽 칸의 문을 열어 고이 모셔진 책을 꺼냈다. 「AI 재판 정책 보고서」라고 쓰인 책이었다. 아이들이 머리를 맞대고 읽기 시작했다. 마침내 그들은 6등급의 힘을 발휘하기 시작했다.

"뭔 시행 전 정책 보고서 어쩌고라는데."

"뭔 판결이 잘못됐다는 거네."

어리둥절한 그들과 달리 마법사는 한 발짝 물러선 채 착잡한 표정이었다.

도겸이 마법사를 돌아보며 물었다.

"뭐예요? 이게 무슨 소리예요?"

"10년 전 인공지능 판결에 대한 보고서야. 9등급 보존서고에 숨어 있어야 하는 엄청난 비밀 그 자체이기도 하고. 그리고 그 원본이 숨겨진 국회도서관 위치를 알려 주는 지도이고."

"네? 휘강이 받은 AI 재판이요?"

도겸은 똥 씹은 표정이 되었다. 그딴 종이 쪼가리 얻자고 이 고생을 하며 범법자가 될 위험을 무릅썼나. 온 얼굴이 그 말을 하고 있었다.

"장난치는 것도 아니고, 재판 보고서? 그것도 10년 전, 이런 씨—"

"AI 재판을 도입하기 전에 모의로 실제 사건들을 적용해 본 거야. 사람의 판결과 컴퓨터의 판결이 얼마나 다른지, 얼마나 공정한지 확인해 본 거지. 법리적으로만 해석한 셈이야."

"근데 그게 왜요? 뭐라고 여기다 꽁꽁 숨겨 놨냐고요, 고생한 사람 김빠지게."

"그 첫 장이 판례가 없던 정보 통제와 등급화 판결 보고서야. AI는……."

"AI는 뭐라고 했는데요?"

마법사는 천천히 판결문을 읽었다.

"AI가 말하길, 인간의 오랜 말과 유산을 바탕으로 인류 공동의 문명 결과물로 형성된 문자를 이용해 개인의 자유로운 생각을 표현할 수 있다. 이에 그 어떤 개인이나 단체, 국가도 타인의 권리를 침해하지 않는 한 그 내용과 그것을 사용하는 이들을 통제하고 등급화할 수 없다. 이게 AI의 비공식 첫 판결이었구나."

마법사는 떨리는 목소리로 휘강에게 말했다.

"그래서 너를 여기로 보낸 거였어. AI는 자신이 지켜야 할 대원칙을 따른 거야."

"그게 뭔데요?"

"……어떤 상황에서도 인간의 육체와 정신을 보호한다."

"AI가요?"

"그래, AI가 지켜야 할 대명제에 따르면 하부 법률이 정보 통제와 등급화를 정당화하고 있다고 해도 AI의 입장에서는 인간의 정신을 해치는 행위였던 거야. 정보로 소통하고 생각하는 인간에겐 소중한 도구 이상이었으니까. 그 원칙을 토대로 첫 번째 판결을 만들었어. 이 당시 판결에 참여했던 수십 명의 판사들 결정도 모두 일치했고. 당시 정보 통제와 등급화를 찬성했던 쪽은 이걸 숨기고자 AI 판결을 소년재판에만 한정 지었고 9등급이 된 오태중과 김윤은 이 사실을 알게 됐겠지."

"그럼……."

"오태중과 김윤 같은 부류는 가장 강력한 무기를 독식하고 싶은 거지. 가장 좋은 방법은 밤이 길어져서 사람들의 눈이 어두워지는 거니까."

주노가 격앙된 목소리로 물었다.

"근데 잘못됐다는 걸 알면서도 시행했다고요?"

"뭔가를 가진 사람들이 그랬을 테고, 두 사람도 그들 중 한 사람이었겠지. 그러니까 소년재판에 누군가 정보 통제와 등급화가 부당하다고 올리면 AI는 법률적으로 그 사람의 말이 옳다고 인정한다는 뜻이야. 그게 이휘강이 최초로 해낸 일이야."

"와, 그럼 휘강이가 받은 판결은 얘가 한 일이 정당하다는 뜻이잖아. 이게 세상에 공개되면 뒤집어진다는 소리고."

"그래서 AI가 휘강에게 도서관 자원봉사 명령을 내린 거겠지. 휘강이 이 판결을 찾아낼 그 작은 한 수에 배팅해서."

휘강은 마법사가 말했던, AI가 잘못된 흐름에 휩쓸렸던 인간에게 되돌려 주고자 했던 가치를 되새겨 보았다. 인간조차 잊고 있었던 대명제, 인간의 존엄성은 가장 작은 목소리의 인간과 가장 높은 인간의 그것이 동등함에 있다, 그 놀랍고도 낯선 진리를.

7장

지키려는 자와 내어 주는 자

1

마법사는 메고 있던 가방을 열어 또 다른 가방을 꺼냈다. 가방을 꺼내 또 다른 가방을 꺼내고, 또 꺼내고, 러시아의 마트료시카처럼 똑같은 가방 네 개가 만들어졌다. 그리고 가방 하나씩을 아이들 앞에 던졌다.

"지금부터 우리가 할 일은 이 원고를 나눠서 밖으로 들고 가는 거야."

"이 많은 걸 다요?"

"이영종 작가 원고는 일단 여기에 둘 거야. 가지고 나가야 할 건 김윤 원고와 AI 판결문이야."

"그러다가 잡히면요? 김윤도 김윤이지만 경찰한테 잡혀서 이거 빼돌린 거 들키면 감옥 가는 거 아니에요?"

"여기서 일어난 모든 책임은 내가 질 거야. 너희는 그냥 시키는 대로 했다고 해."

그리고 마법사의 휴대폰에서 진동이 울렸다. 뒤를 봐주던 지웅의 전화였다.

"누가 자료실 1차 잠금을 해제했어요. 그 바람에 관장이 책을 챙겨서 관장실로 간 것까진 확인했는데 너무 아수라장이라 카메라에서 놓쳤어요. 거기도 언제 알람이 울릴지 몰라요. 눈치 채기 전에 얼른 나와요."

"알았다, 지금 나가마."

마법사는 「AI 재판 정책 보고서」를 챙겨 넣고 아이들이 원고를 담는 것을 확인한 뒤 휘강을 불러 세웠다.

"애들이 나가면 여길 꼭 잠가야 돼. 김윤이 눈치챌 수 없게 자물쇠로 다시 채워야 한다!"

"어디로 가시게요?"

"원본 빼돌리기 전에 찾으러 가야지."

마법사는 서둘러 보존서고를 빠져나갔다. 아이들은 네 묶음으로 나눈 김윤의 원고를 배낭에 나눠 짊어졌다.

그 순간 갑자기 요란한 경보가 울리기 시작했다. 보존서고의 보안이 정상 작동된 것이다. 점점이 들어와 있던 등이 꺼지고 비상등이 켜진 순간 휘강은 9등급 보존서고가 열린 것을 김윤도 알게 되었음을 직감했다. 친구들부터 먼저 내보냈다. 아이들은 다급하게 계단으로 뛰어 올라갔다. 다시 문을 닫고 백동 자물쇠를 채웠다. 하지만 조급한 마음 탓인지 쉽사리 자물쇠가 채워지지 않았다. 익숙한 길이라 생각했는데 초조한 마음이 손을 더디게 만들었다. 엘리베이터가 멈춰 서는 소리조차 들을 수 없을 만큼 심장이 뛰고 있었다.

그럼에도 느꼈다. 피아니스트가 말했던 다른 사람의 존재로 무거워진 공기의 무게감이 얼마나 다른지. 본능적으로 자신의 뒤에 누군가가 와 있음을 알아차렸다. 마지막 대갈못을 제자리로 돌리고 천천히 뒤를 돌아보았다.

김윤이자 관장이며 진짜 살인자인 그가 눈앞에 있었다. 김윤은 휘강의 손에 들린 열쇠의 의미를 대번에 알아차렸다. 그리고 열쇠의 주인을 닮았는지 확인하듯 휘강의 얼굴을 유심히 살폈다. 직감이 확신이 된 순간 김윤의 얼굴에서 핏기가 사라졌다. 설마 했던 의심을 사실로 확인한 열패감이다. 그는 분노에 가득 찬 눈빛으로 휘강을 들여다보며 말했다.

"너였구나. 그 사람이 숨긴 열쇠가."

그의 목소리는 차갑기 그지없었다. 왜 하필 너 같은 놈에게 들켰을까. 그런 혐오감을 숨길 생각조차 없어 보였다.

"내내 궁금했는데 알 것 같아. 왜 하필 그 시집이 네 눈에 띈 건지."

"들키라고 놔둔 거 아닌가. 당신 책이 이렇게 읽히고 있다고 누가 알아봐 주길 바랐다고 생각했는데."

"알아볼지도 모른다고 생각했지. 네가 아니라 그 영감이."

그것이 김윤이 무리를 해서 책을 보상 처리하며 빼돌린 이유였다. 그는 이영종이란 이름의 카드를 만들어 두 사람 이름으로 책을 빌렸고, 할아버지가 그 사실을 알게끔 했을 것이다. 자신의 책을 봐 달라는 구차한 호소였다. 그는 『소녀의 교향곡』의 예약률을 100퍼센트로 올리며 의도적으로 책의 등급을 올렸다. 출간 당시 4등급이었던 책이 7등급으로 올라간 데는 작가로서의 갈망이 숨어 있었다. 그런 제 작품을 이영종이 아닌 다른 누군가가 손을 댔다는 분노와 그게 가까스로 특사고에 입학한 휘강이라는 사실에 모멸감이 증폭했을 것이다.

"고작 6등급 얼치기 손때를 타다니! 너란 놈은 9등급이었대도 용납되지 않을 수치심이야!"

"사이코패스는 수치심을 못 느낀다고 하던데."

그의 뒤틀린 모든 문장에 대꾸를 해 주고 싶었다. 김윤은 멈춰 선 자리에서 말했다.

"내가 그 영감을 간과했어. 순순히 제 미완성 원고를 넘겨줄 때 그 속내를 눈치챘어야 했는데! 그렇게 하면 내 원고를 어기다 가져다 놓을 거라는 걸 다 계산하고 있었던 거야! 치매로 요양원에 들어가 이빨 빠진 호랑이로 늙어 죽을 줄 알았더니 새끼 호랑이까지 키우고."

김윤의 손에는 어느새 날카로운 잭나이프가 들려 있었다. 그는 냉혹한 살인자. 배낭 속에 들어 있는 원고는 그의 전리품이며 피해자를 찾을 수 있는 마지막 단서이므로 휘강을 순순히 놓아줄 리 없다. 아무리 도서관 안이라 할지라도 누군가를 베는 일을 망설이지 않을 것이다. 휘강의 심장은 미친 듯이 뛰고 있었다.

"열쇠랑 가방 이리 던져."

"당신 원고들은 떠났어."

"아직 전체 잠금이라 걔들도 이 도서관에서 한 발짝도 나갈 수 없는 거 알 텐데. 그 가방 다시 집어넣어! 그러면 네 친구들은 보내 주지."

순식간에 두려움이 배가되었다. 김윤은 휘강을 벽으로 밀어붙이고 칼날을 돌렸다. 칼이 휘강의 목에 닿는 그 순간 살인자의 눈동자가 보였다. 검은 탁류가 휘몰아치는 그 눈에 휘강이 붙잡을 수 있는 인간의 온기는 느껴지지 않았다.

순간, 다가오는 그림자가 보였다. 그와 동시에 김윤 역시 휘강의 눈부처에 비친 그 그림자를 읽었으나 때를 놓친 뒤였다. 바람을 베는 소리와 함께 사방으로 핏방울이 흩뿌려졌다. 중심을 잃고 휘청이는 것은 김윤이었다. 뒤를 돌아본 김윤은 피가 묻은 칼을 들고 있는 김부경을 보았다. 김부경은 온몸이 피투성이인 채로 그를 노려보고 있었다. 머릿속에 떠오른 단어는 지옥에서 살아 돌아온 주검이었다.

김윤은 휘강을 방패 삼아 김부경과 거리를 벌렸다. 그는 피가 흐르는 상처를 보며 성가신 투로 말했다.

"남의 손에 맡기면 이래서 싫다니까. 근데 당신은 그래서 튼 거야. 이러나저러나 늘 시체 같잖아."

"닥쳐! 이 사기꾼아!"

"누가 누굴 모욕하는지 모르겠네. 오태중 걔야말로 내가 해 준 이야기를 그대로 베껴 써낸 사기꾼이야. 그런 놈한테 속은 주제에."

"그렇게 부러웠냐? 저는 털끝도 못 쫓아갈 찌질이면서."

조도가 낮은 탓인지 모든 것이 제 색을 잃고 있었다. 김윤의 흰자위에 푸른빛이 흘러넘치고 있었다.

"네 인터뷰에 달린 사람들 댓글 한 개라도 읽어 봐. 그 사람들이 널 얼마나 불쌍하게 보는지 말이야. 망상과 착각에 사로잡힌 스토커를 교활한 오태중이 받아 준 이유가 뭔지, 얼마나 많은 사람들이 공감 버튼을 눌렀는지."

"닥쳐!"

"넌 오태중이 중쇄본을 넘기려고 이용해 먹은 유기견에 지나지 않아!"

"죽여 버릴 거야!"

악을 쓰는 김부경과 달리 벌어진 상처를 찢어진 셔츠로 동여매는 김윤은 여유로웠다. 흥분한 김부경을 말로 제압하며 다음 단계로 넘어가려는 수였다.

"사람 죽이는 거 처음엔 어려워. 한 수를 가르쳐 주면 당신은 죽고 없을 텐데 어쩌지."

"네놈이 자수해서 그 사람을 끝장내 주겠다고 했지? 네가 죽게 만든 거야."

"그놈의 이름값. 그게 늘 그 새끼 약점이라니까."

김윤 또한 그랬다. 김부경을 눈앞에서 보면서도 허점을 간과하고 있다.

그녀는 튕겨져 나온 총알이었다. 망자를 놓치고 갈 곳을 잃어버린 모든 이의 사신. 김부경은 유리벽 속에 숨은 지웅을 찾아내고 몰래 작동되던 카메라까지 알아냈던 예리한 여자다. 김윤은 그녀의 진짜 정체를 알지 못한다. 김부경이 사람을 죽여 본 적이 없다고 장담하는 그의 말을 반박하고 싶을 만큼. 휘강은 김부경이 칼을 든 오른손을 올리며 왼손을 뒤로 가져가는 것을 보았다. 그리고 떠올렸다. 지웅의 상처는 왼쪽 뒷머리였다!

김윤은 칼을 들고 가까이 다가서면서도 김부경의 왼손을 보지 못했다. 김윤이 먼저 그녀에게 다가갔다. 김부경의 왼손이 가스총을 들어 김윤의 눈앞에 분사하기 직전, 휘강은 재빨리 몸을 웅크렸다. 김윤은 가스총의 사거리 안에 들어가 정통으로 최루가스를 들이마셨다. 김윤은 눈을 가리며 벽 쪽으로 휘청거렸고 그사이 김부경이 달려들어 김윤의 칼을 빼앗아 휘둘렀다. 김부경은 오직 김윤만을 노렸다. 휘강은 본능적으로 도망쳐야 한다는 생각밖에 들지 않았다. 눈 코 입을 막았지만 견딜 수 없을 정도의 고통이 모든 기관을 마비시켰다. 벽을 더듬어 미친 듯이 계단으로 올라갔다. 꺾어진 계단을 반쯤 올라왔을 무렵 누군가의 긴 비명 소리가 귓전을 때렸다.

2

단춧구멍만큼 좁은 시야가 짙은 안개 속인 듯 흐렸다. 휘강은 계단을 기듯 올라갔다. 어디선가 울린 경보는 아직도 꺼지지 않은 상태였다. 겨우 실눈을 뜬 채 미친 듯이 사람들 속으로 파고들었다. 그곳은 밖으로 나가기 위해 문을 부수려는 일반 이용자와 그를 만류하는 사서들과의 대립으로 아수라장 그 자체였다. 휘강은 뭉쳐 있는 두려운 실루엣을 향해 소리쳤다.

"강주노! 김도겸! 육탄!"

목이 터져라 친구들의 이름을 불렀다. 손에 잡힌 사람들의 얼굴이 모두 뿌옇게 흐려 보였다. 그제야 주노가 얘기했던 눈 코 입이 뭉개진 얼굴의 공포감이 어떤 것인지 느껴졌다. 휘젓는 손에 잡힌 게 김부경이나 김윤일 수도 있었다. 누군가 거칠게 그를 돌려세웠다.

"이휘강!"

"이 새끼 얼굴이 왜 이래!"

더듬거리는 손에 주노의 반듯한 얼굴이 잡혔다. 그 얼굴 건너 탄의 낮은 목소리가 들려오자 절로 눈물이 새어 나왔다.

"다친 사람 없지?"

"우리 걱정 말고 화장실 가서 얼굴부터 닦아."

"여기는 안 돼! 올라가! 어서!"

"어딜 올라가?"

"어차피 여기론 못 나가. 옥상으로 가!"

"왜, 뭐?"

"쫓아온다고! 빨리!"

아이들을 위층 계단으로 밀어 넣었다. 언제 올라올지 모르는 그 누군가에 대한 공포가 이성을 집어삼키고 있었다. 아이들은 옥상에 도착하자마자 잡동사니들을 끌어모아 문을 막았다. 그리고 그 앞을 막아서며 주저앉았다. 휘강은 주노가 내민 생수로 얼굴과 손을 씻고 나자 조금씩 눈을 뜰 수 있었다. 얼굴은 퉁퉁 부었고 눈 코 입에서 눈물인지 콧물인지 모를 물이 줄줄 흐르고 있었다. 주노가 떨고 있는 그의 어깨를 붙잡으며 물었다.

"무슨 일이 있었는데?"

"김윤이, 나타났어."

목이 불에 덴 것처럼 타올라 말을 하는 것조차 힘들었다.

"내 목에 칼을 대고, 가방을 내놓으라고……. 근데 김부경이 김윤에게 가스총을 쏘고, 칼로……."

"죽였다고?"

"몰라. 그냥 도망쳐 올라왔어."

도겸이 제 머리를 쥐어뜯으며 소리쳤다.

"아 씨, 완전 사이코패스 둘이랑 도서관에 갇힌 거잖아."

"밑에 있는 사람들은 어쩌지?"

"그 사람들이 문제야? 우리만 죽이려고 달려들걸."

"근데 천지웅은?"

휘강은 주위를 두리번거리며 물었다. 아이들은 그제야 천지웅만 보이지 않는다는 사실을 알았다.

"지웅이 마지막으로 본 게 언제야?"

"우리가 사람책 자료실 가서 깽판 치기 직전에. 2층 자료실에 컴퓨터 켜고 앉아 있는 거 봤지."

"전화해 봐."

주노가 지웅에게 전화를 걸었지만 답이 없었다. 탄은 물끄러미 도서관 아래를 내려다보며 중얼거렸다.

"전화 안 해도 될 거 같다. 저기 사람들이 문 열고 나왔어."

"뭐? 어디?"

도겸은 옥상 난간에 매달려, 밖으로 뛰쳐나오는 사람들 무리를 보며 울상을 지었다.

"아 씨, 그러니까 1층에 그대로 있었으면 그냥 나왔을 거잖아. 여기서 칼빵 맞으면 어떡해."

"1층에 있었으면 거기서 맞았을걸. 도난 방지 알람이면 김윤이 아닌 다음에야 지웅인데 이건 화재 알람이잖아. 천지웅 이 녀석 어디 안전한 곳에 숨어 있나 보다."

주노는 대수롭잖게 말했지만 지웅은 한참 후에야 그 순간을 고백했다. 그 말을 할 때 지웅은 가끔 말을 잇지 못했다. 지웅은 바로 눈앞의 일인 듯 두려움 속에서 그 순간을 회고했다.

"김부경이 피투성이로 1층 로비에 나타난 걸 보고 지하 3층으로 쫓아갔어. 두 사람이 싸우는 광경을 보고 곧바로 지하 2층으로 올라왔는데 누가 뒤를 쫓아왔어. 가까스로 폐기방 천장에 숨어들었는데 문이 열리고 그 사람이 들어온 거야. 바로 눈앞에 죽은 쥐가 있는데도 꼼짝을 할 수가 없었어. 그 사람이 바로 내 밑으로 걸어와 멈췄거든. 그러다가 사라졌어. 근데도 나살수가 없었어. 숨어서 나를 기다리고 있을 것 같아서."

결국 도서관 전체 잠금을 푼 것은 지웅이 아닌 지하 3층에서 살아남은 김윤이었다. 그 시각 휘강과 아이들은 지웅이 잠금을 풀었다고 착각하고 있었다.

그리고 또 한 번 요란한 알람이 울렸다. 책이 도난 방지기를 통과했을 때 울리는 익숙한 알람이다. 휘강은 소름이 돋았다. 그리고 예상대로 또다시 2차 알람이 울리며 도서관의 모든 문이 잠겼다. 전모를 아는 누군가가 일부러 문을 잠갔음을 뜻했다. 자신과 친구들이 1층으로 빠져나가지 못했으며 여전히 도서관 안에 갇혀 있다는 걸 확인한 그 누군가가.

도서관 위로 잔뜩 찌푸린 하늘이 내려앉아 있었다. 뇌우가 몰려들어 금방이라도 빗방울을 떨어뜨릴 듯 주위가 어두워지고 있었다.

그때였다. 옥상 문고리가 덜컥덜컥 소리를 내며 움직이고 있었다. 아이들은 겁을 먹고 물러섰다. 너나 할 것 없이 주변의 잡동사니들을 더 끌어모아 문 앞에 쌓기 시작했다. 휘강은 주머니 속에서 휴대폰 진동이 계속 울리고 있다는 사실조차 느끼지 못할 만큼 온 정신이 문에 쏠려 있었다.

"야, 누구 전화 온 거 아냐?"

그 와중에 도겸이 진동음을 알아차리고 물었다. 휘강은 마법사의 번호임을 확인하고 다급하게 전화를 받았다.

휘강은 현재 사정을 전하고 이내 전화를 끊었다. 대화를 엿들은 아이들이 인상을 쓰며 물었다.

"어디래?"

"국회도서관. 그 원본 찾았대."

"그럼 우리는?"

"경찰에 신고했으니 곧 올 거래."

"그게 씨발 무슨 소리야? 사이코패스 두 명인데 특공대를 보내라고 했어야지."

"옥상에 탈출구가 있어."

휘강은 한쪽 구석에 있는 에어컨 실외기로 뛰어갔다. 실외기를 치우자 사람 하나가 들어갈 수 있는 구멍이 드러났다. 얼마 전 옥상에서 검은 후드를 놓쳤던 이유였다. 지웅은 얼마 전 옥상 실종 사건의 비밀을 알려 주었다. 휘강이 아이들을 탈출시킬 때 썼던 그 방법 그대로 마법사가 탈출구를 만들어 뒀던 것이다. 아래를 내려다보았다. 한쪽 벽을 가득 채우고 펄럭이는 파란색 히아신스의 오태중이 비상 탈출구를 가려 주고 있었다.

천으로 된 비상 탈출구는 한 사람이 겨우 통과할 정도의 폭이라 몸이 끼인 채 내려가며 속도를 줄여 주는 방식이다. 부서질 듯한 옥상 문을 몸으로 막고 있는 탄을 돌아보았다. 저 문 뒤에 누가 있든 마지막 아이가 달려가 비상 탈출구를 탄다는 보장은 없다. 사람이 내려가고 있음에도 그 탈출구를 뜯어내 버릴 가능성도 배제할 수 없다. 그리고 가장 큰 두려움이 찾아들었다.

"이휘강!"

김윤의 목소리였다.

"친구 하나가 모자랄 텐데, 얘는 그냥 두고 가게?"

아이들 모두가 경악을 금치 못했다. 김윤이 지웅을 볼모로 잡았음이 분명했다. 휘강은 겁먹은 친구들을 돌아보았다.

"얘는 이제 필요 없나 보지?"

휘강은 김윤이 도발하고 있다는 걸 느꼈다. 대응하지 않아야 한다. 저 수작에 말려드는 순간 아이들은 패닉에 빠질 것이다. 주위를 둘러보았다. 4층 건물, 그 건물의 옥상에서 탈출에 익숙지 않은 아이들과 자신이 모두 내려가는 데 최소 5분, 문고리가 망가진 걸로 봐선 힘으로 밀어붙이는 걸 그때까지 견딜 수는 없다. 마지막까지 누군가 문을 지키고 있어야 한다. 모두를 선택하거나 하나를 버리거나. 휘강은 마음을 굳혔다. 그리고 도겸과 주노와 탄을 불러 세웠다.

"저 문을 열어 줘도 우리가 다 산다는 보장은 없어. 그러니까 최대의 피해를 막자."

"그게 무슨 소리야? 있으려면 다 같이 있어야지."

휘강은 도겸이 던져 버린 가방을 주워 들었다.

"안 돼, 이 원고를 저놈 손에 넘겨선 안 돼. 우리가 가지고 있는 증거는 이 자필 원고밖에 없어. 다 모아서 한 사람만 가."

"우리는 넷이잖아. 우리 넷이서 저놈 하나 이기지 못한다는 거야?"

휘강은 발끈하고 나서는 주노의 어깨를 잡으며 말했다.

"지웅이를 담보로 덤빌 수는 없어."

"경찰이 올 때까지 버티면 돼!"

"저놈도 그걸 모르지 않아."

겁을 먹은 도겸이 아이들을 설득하기 시작했다.

"그래 강이 말대로 하나라도 내려가자. 내가 제일 가벼우니까 나부터! 아니 아무나."

"그럼 제일 마지막까지 문을 막고 있는 게 덩치 큰 탄이어야 한다는 소리야?"

주노가 소리치자 혼자 문을 막고 있던 탄이 말했다.

"도겸이 말이 맞아. 되는 애들부터라도 내려가자. 나 힘 빠지고 있어."

"우리는 이 문 안에서 넷이고 저 문을 열면 다섯이야. 다 같이 남아!"

"얘들아, 더는 못 버티⋯⋯."

주노가 달려가는 순간 탄이 나가떨어지며 벌컥 문이 열렸다. 그 문을 걷어차다시피 들어온 건 피투성이가 된 김윤과 키 큰 사내, 6자료실의 신임 사서였다. 휘강의 눈을 밖으로 돌리고 『소녀의 교향곡』을 앉은자리에서 빼돌린 진짜 범인. 6사서는 억센 손으로 탄과 주노의 목을 잡아 땅바닥에 꿇어앉혔다. 눈치를 보던 도겸이 얼른 그 옆에 가 제 발로 꿇어앉았다. 칼을 든 김윤이 성큼 다가왔다.

"특사고 벌레들이 다 모였네."

"천지웅은 어딨어?"

"걔는 제일 먼저 튀었던데."

김윤의 의도와 달리 안도의 한숨이 나왔다. 6사서는 나머지 친구들을 감시하며 그 뒤편에 서 있는 채였고 김윤과 휘강만이 2미터 거리 안에 있었다. 김윤의 몸 곳곳이 칼에 베여 벌어진 상처투성이였다. 지하 3층의 싸움이 얼마나 처참했으며 어떻게 살아남았는지 온몸이 말해 주고 있었다.

"원고!"

투둑— 빗방울이 흩뿌리기 시작했다. 비닐로 한 번 감쌌지만 이대로라면 가방 속 증거가 모두 훼손되고 말 것이다. 모든 것을 포기하거나 모든 것을 살릴 방법. AI라면 묘수를 낼 수 있을까. 김윤의 집착은 원고에 있고 그들의 약점은 서로를 버릴 수 없음에 있다. 그가 예상 못 할 수 너머의 수를 내다보았다.

휘강은 물집이 잡힌 투박한 손을 들여다보았다. 그리고 비상 탈출구까지의 거리를 가늠해 보았다. 뛰어서 열 걸음 이내, 민첩해 보이는 6사서에겐 붙잡힐 수 있지만 육중한 몸의 김윤이라면 쫓아올 수 없는 거리다. 천천히 가방 지퍼를 열며 말했다.

"내가 당신이라면 경찰이 들이닥치기 전에 도망갈 텐데, 이깟 종이 쪼가리 지키겠다고 남은 인생을 거는 건 무모하잖아."

"그 원고 때문에 살인 혐의로 감옥에 들어갈 가능성이 얼마나 될까? 원고야 오태중 작품으로 습작한 거라고 항변하고, 그 원고를 훔친 너희를 협박한 것쯤은 죄가 되겠지. 지하 3층에 있는 저 여자는 깨어나지 못할 거고 CCTV는 전체 고장인데 증거가 있나? AI가 들어올 수 없는 복잡 미묘한 형법의 세계에 나

같은 사람을 위한 출구는 얼마든지 있어. 이참에 오태중의 현수막 바꿔 다는 것도 나쁘지 않고."

휘강은 반대쪽 건물 옆면에 반사된 오태중의 현수막을 보았다. 히아신스를 쥐여 준 살인마, 김윤의 욕망은 펄럭이는 현수막의 자리에 나부끼고 있었다.

"계속 어이가 없었는데 넌 혈육이라면 뭐라도 좀 닮든가. 그사람 재능은 도대체 어느 수챗구멍으로 흘러간 건지."

"그런 말 할 처지가 아닐 텐데. 읽어 보니 좀 형편없던데, 당신 글."

김윤의 눈동자가 흔들렸다. 결핍으로부터 오는 순수한 치기, 사람들에게 인정받고자 한 비뚤어진 열망이 생생히 느껴졌다. 캄캄한 어둠 속에서 빛줄기가 보였다. 원고를 집어 들어 그의 글을 읽었다.

"……이성현은 마지막 순간에 죽기 싫다고 내 손을 부여잡고 말했다. 비루하게 살아온 과거가 부끄럽지도 않은지 희망도 없는 내일을 살고 싶다고 애걸했다. 흉측하게 일그러진 얼굴에 눈물이 번져 있었다. 우는 얼굴로 죽으면 흉하다고 몇 번을 얘기해도 눈물을 그치지 않았다."

더 이상은 읽고 싶지 않았다.

"이런 쓰레기를 쓴 주제에 할아버지 재능을 운운하다니 양심도 없는 인간이네."

"시건방진 새끼!"

"난 처음부터 당신이 하라는 건 이상하게도 하기 싫더라고."

손에 잡히는 대로 원고 뭉치 몇 장을 집어 들고 말했다.

"다는 무겁고 몇 장은 돌려줄게. 그리고 얘들아…… 미안하다!"

종이 뭉치를 김윤의 얼굴에 내던지고 비상 탈출구를 향해 온 힘을 다해 내달렸다. 탄이 휘강을 뒤쫓으려는 6사서의 다리를 붙잡았다가 발길질에 나가떨어졌다. 3미터, 2미터, 1미터, 휘강이 비상 탈출구에 몸을 던진 순간 6사서의 손이 아슬아슬하게 머리채 주변을 휘저었다. 김윤의 목소리가 탈출구 안까지 쫓아왔다.

"쫓아가서 잡아!"

탈출구를 내려가는 중에 천이 크게 휘청이는 걸 느꼈다. 덩치 큰 6사서가 휘강을 뒤쫓아 탈출구 안으로 들어온 것이 분명했다. 휘강은 숨겨 두었던 주머니칼을 꺼내 머리 윗부분의 천에 칼끝을 꽂아 넣고 두 팔로 매달려 내렸다. 부욱— 탈출구의 천이 요란한 소리와 함께 위쪽부터 찢어지며 바람에 펄럭였다. 탈출구 천의 중간 부분이 벌어지자 뒤쫓던 6사서는 오도 가도 못한 채 벌어진 구멍에 가까스로 매달렸다. 칼을 뺀 휘강은 온몸으로 탈출구를 흔들었다. 6사서는 맨 손으로 천을 붙잡고 버텼지만 점점 힘이 빠지고 있었다. 휘강은 벽을 박차 반동을 가했다. 크게 펄럭이던 천은 3층 높이에 매달린 남자를 떨쳐 냈다. 남자는 비명과 함께 아래로 곤두박질쳤다.

탈출구는 휘강을 강보에 싸인 아이처럼 안전하게 뱉어 냈다. 주위를 돌아보았다. 빗방울이 굵어져 지나다니는 사람은 보이지 않았다. 건물 주변을 둘러보다가 자전거 보관소에 대피 중인 사서들을 보고 달려갔다. 1사서를 붙잡고 다급하게 말했다.

"옥상에 친구들이 있어요! 칼 든 관장이 애들을 위협하고 있어요. 문을 열어 주세요!"

"무슨 소리야?"

"관장이 오태중 사건 진범이에요!"

옆에서 듣고 있던 2사서가 정색하며 말했다.

"얘 좀 봐. 너 그런 소리 하다 사무엘 김한테 고소당해."

"그래서 이 도서관에서 피해자가 발견된 거라고요!"

"야, 말이 되는 소리를 해. 햄버거가 미쳤다고 여기에 그런, 그런 걸, 어우, 생각도 하기 싫다."

"어서요! 사서님은 문 여는 방법을 아시잖아요!"

"전체 잠금이면 우리도 밖에서는 어쩔 수 없어."

2사서와 달리 1사서는 충격을 받은 듯 휘청이다 물었다.

"관장이 확실해?"

"사서님은 그 밤에 보셨잖아요. 8등급 고문서 보존서고에 뭐가 있었는지. 우리 도서관 사람이 아니라면 절대 알 수 없는 그 고문서 보존서고에 사체가 있는 이유, 그걸 숨길 수 있는 사람이 누군지 생각해 보셨잖아요."

"네가 그걸 어떻게……."

1사서는 나풀거리는 오태중의 현수막을 바라보았다. 더 설득할 시간이 없다. 그에게 가방을 던지다시피 맡기고 바닥의 모래를 움켜쥐었다. 도서관을 올려다보았다. 한 층을 대략 2.5미터로 잡으면 옥상까지 최소 10미터 이상, 아무런 안전 장비 없이 올라가기 힘든 높이다. 그럼에도 몸이 먼저 나갔다. 도서관의 외벽을 붙잡고 한 발씩 기어오르는 순간 머릿속에서 걱정이 밀려났다. 누구는 벌집을 닮았다 했지만 천혜의 암벽등반 벽이었다. 언젠가 이 벽을 오르고 싶다던 상상이 비가 오는 날 현실이 되길 바라지는 않았건만.

벌집 하나가 사람 키만 한 크기라 한 칸씩 올라가는 게 곤욕이었으나 그동안 아이들과 뛰었던 수많은 벽을 생각하면 어려운 일이 아니다. 남겨 놓은 친구들을 생각하며 정신없이 올랐다. 마지막 난간을 잡았을 때에야 참아 왔던 두려움이 엄습했다. 혹시나 참혹한 광경을 보게 된다면 자신을 용서할 수 없을 것이다.

하지만 옥상은 텅 비어 있었다. 누구의 것인지 알 수 없는 핏자국만을 남긴 채 모두 떠난 뒤였다. 그 핏자국마저 빗물 속에 흩어지고 있었기에 떨리는 심장을 가누며 핏자국을 쫓아갔다. 피는 계단을 따라 지하로 이어져 있었다. 지하 3층 보존서고 입구에 의식을 잃은 김부경이 쓰러져 있었다.

백동 자물쇠는 부서진 채였고 보존서고의 문은 열려 있었다. 휘강은 소리를 죽이고 다가갔다. 주노와 도겸은 가방에 들어 있던 원고를 다시 유리벽 속에 집어넣고 있었다. 김윤은 입구에서 등을 돌린 채라 휘강을 알아차리지 못했다. 탄은 한쪽 구석에서 피를 흘리며 가쁜 숨을 몰아쉬고 있었다. 휘강을 본 탄은 김윤이 눈치채지 못하게 고개를 저었다.

오지 마, 저 사람은 네 상대가 아니야.

탄은 김윤의 밑바닥을 본 뒤 겁이 났다. 가장 덩치 큰 탄을 맨먼저 벤 건 두 친구가 부축하게 만들어 힘을 쓰지 못하게 하려는 계산이었다. 보통 사람은 들여다볼 수조차 없는 짙은 어둠이 그의 머릿속이었다. 탄의 피를 묻힌 칼은 김윤의 손에 들려 있었다. 소리 죽여 보존서고 안으로 들어섰을 때 김윤은 뒤도 돌아보지 않고 말했다.

"쥐새끼처럼 도망가더니 쥐새끼처럼 돌아왔네."

김윤은 천천히 뒤돌아 휘강을 바라보았다. 휘강은 빈손을 내보였다.

"가방이 있어도 죽은 목숨인데 없으면 더 고통스럽게 죽으셔야지."

휘강은 뒷주머니에 꽂아 둔 주머니칼이 보이지 않게 천천히 정면으로 다가갔다. 김윤은 여유 있는 미소를 지으며 한 손에 들고 있던 것을 내보였다. 김부경이 숨겼던 가스총이었다.

"저 여자가 왼손을 조심하라더군. 칼 이리 내!"

김윤은 휘강의 생각을 읽고 있었다. 뒷주머니의 칼을 꺼내 툭 앞으로 던졌다. 칼을 집어 든 김윤의 손이 아이들에게 비켜나 있을 것을 명령했다. 주노와 도겸은 탄에게 달려가 상처를 지압했다. 그사이 휘강은 티셔츠 안에 넣어 두었던 오태중의 책 한 권을 꺼내 들고 라이터를 켰다.

"원한 게 이거잖아. 오태중을 불태워 버리는 거. 당신 시작이 불이라면서. 아홉 살의 김윤은 왜 불놀이를 시작했을까. 무언가 타들어 가는 걸 지켜보는 기분과 생명이 꺼져 가는 걸 지켜보는 게 같은가. 당신이란 책을 펼쳐 보니 역겨웠지만 알겠더라고. 자기 원고를 굳이 보존서고에, 그것도 할아버지 원고 아래 깔아 둔 것도, AI 판결을 기를 써서 숨긴 것도, 습작 같았던 『소녀의 교향곡』을 거둬들인 것도, 다 이해가 갔어."

"시끄러, 하층민 새끼 주제에!"

휘강의 말을 부정하면서도 김윤의 눈빛은 라이터 불꽃에 고정되어 있었다.

"소유하고 싶은 거지. 온갖 권위와 아름다운 것들을. 멍청하고 천박한 보통 사람들이 같은 선에 있는 게 싫은 거야. 그 사람들이 눈을 뜨고 당신과 같은 세상을 보는 게 견딜 수 없는 거잖아."

"6등급에서 발밑을 내려다본 특사고 벌레들은 나르셨나? 니들도 그걸 누리고 즐겼잖아!"

"맞는 말이야. 근데 9등급이라는 인간이 6등급이 찾아낸 행간을 아직도 읽지 못하시네. 진짜 압권이 뭔지 알아? 원고의 순서가 AI의 판결문, 소설가 이영종의 원고, 그리고 당신. 그 모든 걸 누르고 AI 판결문이 압권인 이유를 당신은 아직도 모르잖아. 아니면 당신의 무의식이 그걸 인정하고 있었거나."

"뭐?"

"오만한 당신 머리 위에 누가 있었을까?"

휘강은 그 말과 동시에 책에 불을 붙였다. 김윤의 얼굴에 광기가 흘러넘쳤다.

"네까짓 게 감히!"

휘강은 불타는 책을 천장 가까이 들어 올렸다. 김윤이 그의 의도를 알아채지 못하게 조금씩. 마법사가 자료실에서 스프링클러를 작동시켰던 방법이었다. 뒤늦게 휘강의 의도를 알아차린 김윤이 휘강을 향해 가스총을 조준했다. 하지만 최루가스액이 분사되기 직전 요란한 경보음과 함께 천장에 설치된 스프링클러가 작동되었다. 소나기처럼 쏟아져 나온 물살은 가스총의 위력을 떨어지게 만들었다. 그 순간을 틈타 김윤에게 돌진했다. 뒤엉킨 둘은 유리관을 박살 내며 넘어졌다. 정신을 차릴 새도 없이 칼날이 얼굴을 스쳤다. 그대로 김윤의 머리를 들이받았다. 얼굴 가득 피범벅인 김윤의 등 뒤로 주노와 도겸이 합세했다. 물줄기 속에서 예리하지 않은 주먹들이 오갔다.

칼날이 주노의 어깨를 베자 도겸이 겁을 먹고 얼어붙었다. 휘강은 몸을 사리지 않고 김윤에게 달려들었다. 주노가 욕을 하며 김윤의 얼굴에 주먹을 날렸다. 수적으로 불리해진 김윤은 비틀거리며 입구 쪽으로 향했다. 휘강은 몸을 날려 다시 김윤을 넘어뜨렸고 도겸이 등 뒤에서 김윤의 어깨를 깨물었다. 영화에서처럼 주먹 한 방에 모든 게 해결되었으면 좋았으련만 현실은 질척거리는 엔딩의 연속이었다. 물고 때리고 나가떨어지고 다시 달려들고 또다시 물고…….

물을 먹은 솜뭉치처럼 무거워진 네 사람이 뒤엉켜 싸우는 와중에 물바다가 된 보존서고 안으로 한 무리의 사람들이 들어와 소리쳤다. 창문을 깨고 들어온 사서들과 경찰들이었다. 상황을 모르는 그들은 우왕좌왕하며 갈피를 잡지 못하고 있었다. 1사서가 휘강을 일으켜 세우며 외쳤다.

"누가 스프링클러 좀 꺼 봐!"

"이게 도대체 무슨 일이래! 관장님, 괜찮으세요?"

"나 좀 일으켜……."

김윤이 손을 내밀자 2사서가 부축하려고 다가왔다. 하지만 휘강이 김윤이 내민 손을 꺾고 그의 몸을 바닥에 짓이겼다. 그 바람에 김윤의 상처가 벌어지고 고통에 찬 비명이 흘러나왔다.

"사람을 죽인 새끼가 이까짓 게 아프다고!"

죽을힘을 다해 김윤의 얼굴에 주먹을 꽂았다. 뭉개진 김윤의 얼굴을 보는 쾌감과 손가락이 떨어져 나갈 듯한 고통이 함께 왔다. 지극한 만족과 지극한 고통이 하나라던 오태중의 그 엿 같은 표현이 맞을 수도 있네.

그 멍청한 생각을 끝으로 휘강은 그대로 의식을 잃었다.

3

휘강 보아라.

네가 이 편지를 받을 즈음에는 두 가지 사건이 일단락되었으리라 본다.

하나는 책 속에 숨어 있던 진짜 살인자를 찾아내는 일이고, 또 하나는 정보 통제에 대한 AI 판결을 찾아내는 것인데 둘 모두 힘에 부치는 일이었음을 안다.

정보보호법이 통과되고 펜을 꺾은 뒤로 할아비는 소설가 '이영종'의 삶을 네게 알리지 못했다. 그 부끄러움을 영민한 너라면 이해하리라 믿는다.

네가 등급에 갇혀 살아갈 세상이 눈에 환해서 당장 내 손자 눈 앞의 더께라도 걷어 줄 생각으로 일기를 남겼지만 그 안의 술 한 날들도 부끄러움이다.

이 모든 일의 시작, 김윤과 오태중에 대해서라면, 해묵은 인연을 밝히는 게 먼저겠지.

강연회를 찾아온 그 둘 모두 제 습작 원고를 내밀더구나. 원체 남의 글을 봐 주지 않는다 점잖게 타일러 보냈으나 둘 다 각각의 방법으로 출판사를 통해 자신의 원고를 드밀었다.

읽지 않고 돌려보내려 하였으나 읽게 된 것 또한 운명이었을까. 나는 김윤의 내면에 깊숙이 잠재된 살인자의 광기를 들여다보고 말았다. 내가 처음으로 자신의 광기를 읽었음을 알게 된 김윤은 도리어 기뻐했지. 순수하리만큼.

누군가는 그리 묻겠지. AI 판결을 폭로하기 위해 친손자를 살인자 곁으로 보낸 것은 살인자를 능가하는 냉혈함이 아니냐.

이제 와 그들에게 내줄 답은 분명하다. 인간의 영혼을 살해하고 있는 그를 그대들의 손으로 붙잡지는 못할 것이다. 그대들은 그가 저지르는 시대의 살인을 눈앞에서 목도해도 그것이 영혼의 살인임을 인지조차 못할 것이다.

그는 너의 귀한 눈을 쉽게 버릴 수 없을 게다. 그치가 가진 커다란 장점 중 하나는 가치 있는 것들을 한눈에 알아본다는 것이지. 그가 위험을 무릅쓰고 늙은 소설가 하나를 살려 둔 것처럼 너 역시 제 독자로 살려 둘 수밖에 없음을 알기에, 나는 너를 그의 곁으로 보냈다. 그리고 네가 자리공 같은 그의 뿌리를 끌어내 실체를 드러내기를 응원했다.

그러나 15도서관을 제외한 다른 도서관은 조금씩 9등급 인증이 늘어나고 있음에도 그 누구도 자신이 본 경악할 만한 정보를 세상에 공개하지 않고 있다는 점이 씁쓸함을 더하는구나. 내려와 그 사다리를 걷어찰 용기가 없었던 모양이다.

휘강아, 곁에 보잘것없는 다른 것들을 두어라.
이따위 하찮은 존재를 어디에 쓸까 싶은, 존재들을 두루 보듬어라.
사람을 더하고 빼는 것은 늘 오류투성이니 그 따위 계산기는 버리고 네 눈을 바꾸어라.
네 현실도 누군가에 의해 함부로 재단된 등급 인생이나 너의 인생은 세상이 우려하는 대로 그렇게 무겁지도 가볍지도 않을 것이다.
그게 마법사든, 의사든, 종교인이든, 노동자든, 피아니스트든, 희극과 비극은 모두 한 인간의 것이니, 한 사람의 책을 읽기 전에 표지로 그를 판단하지 않길 바란다.
더 높은 등급을 가지기 전에 더 많은 겹을 가진 인간이 되길, 그리하여 네 깊이가 세상의 또 다른 깊이가 되길 바랄 뿐이다.

20××. 12. 22
가장 긴 밤에 할아버지가

월요일의 마법사와 금요일의 살인자

4

해가 바뀌고 2월이 되었다. 가장 짧은 달의 절반을 지났으나 풀릴 듯 풀리지 않은 날들만 반복되었다. 친구들은 올해 고3이 되었다는 사실보다 기온이 영하 10도로 떨어진다는 사실에 더 소름 돋아 했다. 날이 추우면 출석률이 떨어질 텐데, 태권도 승합차라도 빌려서 애들을 직접 데리러 가야 하나. 반갑지 않은 눈 예보에 아이들이 미끄러질까, 눈길에 발자국이 남을까, 어미새의 마음이 되었다.

난로 앞에 삼삼오오 모여든 친구들은 탄이 사 온 초콜릿을 까먹으며 창밖을 바라봤다. 설상가상 걱정대로 진눈깨비가 흩날리기 시작했다. 남은 초콜릿 개수를 세어 보던 도겸이 오물거리는 입으로 말했다.

"인간적으로 애들 먹을 거 몇 개는 남겨 놓자."

"그게 열 개나 까먹은 놈 입에서 나올 소리는 아니지."

"그럼 넉넉하게 사 오든가."

"얻어먹는 주제에 입만 살아 가지곤."

"강주노 밸런타인데이 때 초콜릿 한 트럭 정도 받았다며."

"그게 강주노 거지 네 거냐? 한 개도 못 받은 놈이 초콜릿 타령은."

지웅이 모임에 들어온 이후 도겸의 모든 소리는 '찍' 소리가 되었다. 그 어떤 시답잖은 말을 해도 지웅이 찍어 누르는 말발에 당해 낼 재간이 없었다. 지웅의 예리한 관찰력과 언변은 도겸의 시답잖은 넘겨짚기와 깐족거림을 곱게 넘기는 법이 없었다. 도겸은 눈을 찢어지게 흘기며 한 마디를 더했다.

"아, 이 새끼는 가뜩이나 교실도 복잡한데 집에서 해도 되는 걸 꼭 여기 와서 한다고."

"한 10킬로미터 밖에서도 추적 안 당하고 원격 작동되는 드론을 네가 발명해 보든가."

"안테나가 길어지면 되지 않나."

지웅은 옅은 한숨을 내쉬며 말했다.

"너는 먹는 거 좀 줄여. 배부르면 꼭 헛소리를 하잖아. 가뜩이나 뇌로 피가 안 가는데 위장에 피가 쏠리면 그거 소화시키느라 더 바보 같아진다고."

"와, 이 새끼! 지금 나 엿 먹이는 거지? 지능적으로?"

휘강은 씩씩대는 도겸을 뜯어말리며 지웅에게 적당히 먹이라고 눈치를 주었다. 지웅은 감규민을 끝내고 도겸을 개조하기로 마음을 고친 듯했다.

"말 나온 김에 띄워 봐. 애들 잘 오고 있나."

"안 그래도 보고 있어."

노트북 화면을 들여다보며 드론을 조정하고 있는, 수컷의 케미스트리는 싫다던 지웅의 말이었다. 사분할 된 화면은 아이들이 걸어오는 골목길을 환히 비추고 있었다. 화면을 들여다보던 지웅이 무심히 말을 던졌다.

"이휘강, 영상통화 들어왔어."

지웅은 휘강이 앉도록 자리를 비켜 주며 한쪽으로 물러났다. 영상 속 마법사의 등 뒤로 많은 사람들이 지나갔다. 그가 사람들이 없는 조용한 곳으로 자리를 옮기는 사이 휘강의 등 뒤로 친구들이 몰려들었다.

"재판 어떻게 됐어요?"

"무기징역 받았어."

"사형이 아니고요?"

"범행에 쓰인 흉기나 직접적인 증거가 많이 부족해서 정황 증거와 진술로 혐의를 증명한 거니까. 김부경이 죽지 않은 게 김윤에게는 불행 중 다행인 거지. 무기징역도 재판부가 피해자 가족이 모은 탄원서를 인정해 줘서 반영된 거야. 오태중이 그 얘기를 책으로 내지 않았다면 영원히 밝혀내지 못했을 일이니까 이 사건을 밝혀낸 최고의 증인은 죽은 오태중인 거고."

"김윤이 혐의는 인정한 거예요?"

"오태중이 밝힌 것만. 그 사건 외는 모르쇠야. 오태중은 스토리를 만들어 낼 깜냥이 되지 않아 남의 이야기를 훔친 도둑이라고. 그래서 소설을 출간하고 잡혔을 때 진짜 범인을 고발해 자신의 결백을 증명할 수 있었지만 죄를 뒤집어쓰고 그 명성을 깨지 않는 것을 선택했으니 오랜 친구인 자신을 보호한 것이 아니라 소설가로서의 명성을 지킨 거다. 어쩌면 잡힌 것마저 오태중의 큰 그림이었을 거라고 김윤이 그런 진술을 하더구나."

"김윤은 오태중이 죽은 걸 언제 알았대요?"

"그건 법정에서 김윤이 직접 말했어. 처음 금요일의 책이 시작되고 교도소 호송 차량이 도착했을 때 오태중은 멀리서도 김윤을 알아보았지만 어느 순간부터 아예 다른 눈빛이라 가짜라는 걸 눈치챘다고. 눈빛만으로 사람의 정체를 간파할 수 있다는 점에서 김윤은 대단한 인간인 거야."

"그럼 AI 판결은요? 김윤이 9등급 보존서고를 감춘 이유는 AI 판결문이 먼저잖아요. 제일 중요한 건 그 AI 판결인데 왜 그 얘기는 한마디도 없어요?"

"살인 사건만큼 자극적이지도 않고 그 사건은 별개니까. 그게 대다수의 인간이야. 나중에 또 연락하마."

통화가 종료되고 아이들은 깊은 침묵 속에 빠졌다. AI 판결문이 공개되었음에도 아무것도 바뀌지 않은 현실이 충격을 안겨 주었다. 아이들은 맥이 풀린 얼굴이었지만 시웅은 아무렇지 않게 제 할 일로 돌아갔다. 휘강은 지웅을 보며 물었다.

"넌 예상했던 거야?"

"망치는 건 쉬워도 되돌리는 건 어렵잖아. 시간이 걸리거나 영영 못 돌아오거나. 눈뜬 사람들이 눈감은 사람들 끌고 가는 게 쉬운 일은 아니야. 참, 제본소에서 지금 교재 가지러 오래."

"이제 수업 시작하잖아."

지웅은 도겸을 턱 끝으로 가리키며 말했다.

"너 말고 노는 사람."

"누구? 뇌로 피가 안 가는 나?"

"휘강이는 애들 가르쳐야 되고, 주노는 사람 얼굴 못 알아보고, 탄이는 망보러 올라가고, 여기 너 말고 되는 사람이 어딨냐?"

"암튼 제일 먼저 튄 새끼가 말은 제일 많아요. 그 쥐똥 있는 천장에서 몇 시간 숨어 있었댔지?"

그 말에 지웅의 입이 굳게 닫혔다. 천재 해커를 리셋하는 단어가 폐기방 천장이란 사실을 어떻게 알았을까. 놀랍게도 도겸은 지웅을 닮아 나날이 똑똑해졌다. 도겸은 패딩을 챙겨 입더니 씩 웃음을 흘리며 말했다.

"야, 이휘강! 너 요 앞 슈퍼에 소주 키핑해 두데? 알고 보면 제일 까졌어요."

"내 거 아냐. 아버지 거야."

"어? 벌써 털었는데?"

"죽을래?"

"농담이거든. 근데 너희 아버지는 자기 이름 쓰지 왜 아들 이름을 소주 밑바닥에 박냐. 이름도 구리구먼."

"나 들으라고 한 소리야?"

뜬금없는 탄의 말에 도겸이 당황하자 엎드려 있던 주노가 낄 낄거리며 말했다.

"그만 웃기고 빨리 갔다 와! 잡혀도 우리는 불지 말고."

"다 불 거다! 미쳤다고 독박 쓰냐. 며칠 전에도 어떤 선생님이 작문 가르쳐 주다 벌금형 받은 기사 떴다며. 벌금 날아오면 우리 아버지가 나 죽이려고 들 거다."

"걸려도 휘강이 판례 덕분에 그렇게 안 된다니까."

주노의 말에 도겸이 힘 빠진 목소리로 말했다.

"그래, 이휘강이 소년재판에 길을 닦아 놔서 우리는 죄다 도서관행인 거. 근데 억울하지 않냐? AI 판결도 공개됐고 정보 등급화를 반대하는 여론도 85퍼센트라면서 아직도 바뀌지 않고 그대로잖아. 열 뻗치게 아직도 숨어서 도둑고양이처럼 가르쳐야 하는 신세가 뭐냐고."

"바뀌겠지. 그러니까 학교 졸업해서 벌금 물기 전에 부지런히 가르쳐 놓자는 거고."

"에이 씨, 날도 추운데."

"앞쪽에 지금 사람 많이 다니니까 뒷길로 나가."

툴툴대는 도겸이 나간 문으로 아리송한 어둑서니가 머리에 눈송이 몇 조각을 이고 교실로 들어왔다.

"눈 와요, 선생님들!"

"난로 옆에서 몸 좀 녹여."

"선생님, 오늘 중간 소집일이어서 학교에 갔는데 애들이 몰려와서 작문을 가르쳐 달라고 했어요."

"애들이 몰려와?"

"내가 4등급 공부하는 거 소문냈거든요."

"그러다 잡혀가면 어쩌려고."

"잡혀가면 선생님들처럼 도서관에서 일하는 거잖아요. 꿀 빠는 감옥이라던데요."

난롯가에 엎어져 있던 주노가 기지개를 켜며 일어나자 어둑서니가 꾸벅 인사를 했다. 녀석은 잠을 자다 눌어붙은 누룽지 같은 얼굴로도 아이들을 홀렸다. 눈꽃송이를 머리에 이고 들어오던 아이들이 줄줄이 주노에게 가 숙제장을 펼쳤다.

아이들이 오기 전에 교실을 데워야 했다. 구석으로 가 땔나무와 폐기책 한 권을 난로 구멍에 던져 넣었다. 작문 교실 구석에 쌓여 있는 수십 권의 폐기책은 모두 오태중의 유산이었다. 표지의 파란 히아신스에 불구멍이 뚫리는 걸 보면서 마음이 저릿해졌다. 불과 몇 달 전만 해도 예약 대기를 거쳐서 영접할 수 있었던 베스트셀러가 종이를 낭비하고, 여러 사람 인생을 망치고, 이제는 땔감을 면치 못하는 신세로 전락했다.

그 아득한 불길을 바라보며 편집 중이던 노트북 화면으로 돌아왔다. 10여 년간의 할아버지의 일기를 정리 중이었다. 할아버지의 모든 저작권은 휘강에게 남겨졌고 나머지 일기들도 정리해서 출간하기로 출판사와 논의를 마쳤다. 다만 그 모든 인세는 저소득층 아이들을 위해 쓰기로 계약서에 명시했다. 그리고 오늘은 마침내 아이들에게 능금길의 비밀과 못다 한 이야기들을 말할까 한다. 오래전 헤맸던 능금길 27번지는 10여 년 전바뀐 도로명주소의 이전 이름이었고 그 이후로 신정보중앙로 72, 21-1로 불리게 되었다고. 능금길 27번지는 갇힌 등급의 기억 속에만 존재할 뿐 이제는 더 이상 공유되지 않는 과거의 기억이다. 하지만 그곳은 휘강이 태어나 지금까지 살아온 자신의 집이기도 했다.

이 모든 불협화음으로 이야기를 추릴 사람은 단 한 명이다. 할아버지는 요양원행을 결정한 1년 전, 집의 철문 위에 옛 주소를 새겨 넣었다. 옥상 가건물을 아이들의 안전가옥으로 만들어둔 것도 할아버지였다. 할아버지는 때를 기다려 다음 선생으로 휘강을 지목했다. 요양원의 할아버지는 휘강이 이름처럼 훨훨 날아올라 자신의 뜻을 이어 갈 것을 믿어 의심치 않았다. 우연히 올려다본 철문에서 발견한 옛 주소는 멀리 찾아 헤맨 파랑새 같았다. 우연의 우연이란 지독한 필연이었을까. 알았다면 헤매지 않고 지금 이 순간으로 왔을까. 진공관을 관통하듯 아무런 고통 없이 그저 표지판까지의 여행으로? 고개를 내저었다 끄덕였다 다시 내저었다. 도통 알 수 없는 일들은 아랫목에 담요 씌

워서 메주처럼 익어 가도록 두는 게 상책이라지 않나.

오태중 살인 사건의 진범이 밝혀지고, AI 판결문이 공개되고 세상이 어떻게든 바뀔 것이란 그들의 기대는 일장춘몽이 되었다. 세상은 짜증이 날 정도로 긴 밤이 계속됐다.

정보 통제와 등급화는 여전히 울타리를 두르고 있고 아직도 그 바깥 테두리에 속한 사람들이 존재하기에 그들은 여전히 투쟁 중이다.

아이들이 들어차기 시작한 작문 교실을 둘러보았나. 대책 없는 특사고 친구들과 간헐적이고 능동적인 치매 할아버지를 둔 자신이 이 전투의 현역인 이유는 단 하나다. 알파고의 아들로 불리던 제가 만들어 놓은 표준 매뉴얼 720시간은 누구에게나 공평하게 적용되었으므로. 그리하여 조그만 구멍들에게 용기를 주었다. 그들은 붙잡히더라도 휘강이 낸 길을 따라 도서관으로 가 720시간을 보내며, 그 용기에 대한 보상을 받게 될 것이다. 휘강은 할아버지에게서 온 새 메일을 열어 보았다. 인사도 안부도 없는 한 문장이 전부였으나 촌철살인이었다.

도대체 네 코끼리는 언제 나오는 거냐.

자신의 정신은 동쪽 하늘의 별처럼 또렷하고 맑으니 걱정할 것 없으나 열아홉 먹도록 제 안의 무엇을 꺼내지 못하는 설익은 손자가 걱정이라는, 그 많은 것을 하나로 녹여 낸 문장이었다. 그 질문에 답하듯 휘강은 다시 제 심연의 세계로 돌아왔다.

작가의 말

초고를 다 쓰고, 교정까지 마치고, 쌓아 놓은 책을 다 읽자 늙은 고양이처럼 잠만 자던 노쇠한 스마트폰이 관심 동영상을 추천한다. 무슨 알고리즘으로 가져왔는지 또 야구의 벤치클리어링 영상이다. (5년 된 나의 스마트폰은 제 스스로 꺼지는 인공지능이니 믿어 볼 수밖에.)

빈볼 하나에 양 팀 선수들이 벤치를 말끔히 비우고 쏟아져 나와 팽팽한 수 싸움의 규칙과 질서를 무너뜨린다. 룰과 과정은 평등한데 인적 자원이 평등하지 않으니 결과가 평등하지 않은 것은 당연지사.

이 책에서 도서관의 질서를 붕괴시키는 것 또한 나름의 벤치클리어링. 한 번은 뒤집어엎고 스스로의 질서를 만들어 가길 바라는 마음이었다. 계급의 꼭대기가 만든 불공평한 룰과 독식을 그 계급의 다음 상속자인 소년들이 덤벼들어 바꾸고자 했던 건 결과가 아닌 그들 자신이 성숙해지는 과정이었다.

소설이란 그저 삶의 파편들을 애정 어린 시선으로 그러모아 꾸러미를 만드는 것. 책의 모든 설정은 현실의 반영인 동시에 뒤집기였다. 등급의 가장 높은 곳이 1등급이 아닌 9등급이고 가장 접근할 수 없는 책이 인문학인 것은 역설인 동시에 현실에 대한 비판일지도 모른다.

나를 사랑해 주는 사람과 상처를 주는 사람이 같을 수 있듯 마법사와 살인자가 한 사람일 수 있다는 설계는 우리네 인생의 단면이라고 이해되길 바란다. 삶의 예측 불가함이 우리 생의 가장 아름다운 빛깔이라 믿기에.

예측 불가로 책을 만드는 사람으로 살게 되면서 모든 책이 각각의 운명을 사는 유기체 같다는 생각을 하게 되었다. 언젠가 이 세상에 올 이야기였지만 나를 통해 세상으로 나가 독자를 만나는 것뿐, 그들을 힘껏 밀어 주어 내 틀을 벗어나 큰 바다로 향하게 하는 것 또한 작가로서의 사명임을 감사히 생각한다.

혼자 넘겨짚어 보건대, 지리멸렬한 시간들과 너울에 실려 유유히, 넌 남아서 좋아하는 글이나 들여다보고 살라고 누군가 나를 살짝 이곳에 내려 준 듯도 하고. 그리하여 또 한 권의 책을 독자의 바다로 내보내며 갈무리를 한다.

변방으로만 향하는 내게 늘 든든한 지원군이 되어 준 돌베개 편집부에 깊은 감사의 인사를 전한다. 책 한 권이 독자에게 전달되기까지 무수히 많은 사람들이 음지에서 노력하고 있음을 잘 알기에 모두의 성과라고 말해 주고 싶다.

또한 나의 15도서관이 되어 준 C도서관에게, 서가 곳곳에 보물처럼 숨겨진 책을 찾아 읽는 즐거움을 주어 고맙다고.

마지막으로 누군가를 사랑하는 마음의 양, 그 총량을 나날이 경신시키는 아들 송깐돌과 남편에게 사랑의 인사를. 더불어 내 자신에게도 묵묵히 잘 왔노라 격려를. 주저하였으나 이쯤 오니 이 길도 나의 운명. 이 말을 전하며 이만 내 심연 속으로.

2020년 용인에서
추정경